一次未公开的珠峰探险

yi ci wei gong kai de zhu feng tan xian

1958年中苏联合登山队侦察组考察珠峰始末纪实

翁庆章 · 著

中国文史出版社

图书在版编目（CIP）数据

一次未公开的珠峰探险：1958年中苏联合登山队侦察组考察珠峰始末纪实 / 翁庆章著. —北京：中国文史出版社, 2017.4

ISBN 978-7-5034-8821-4

Ⅰ.①一… Ⅱ.①翁… Ⅲ.①纪实文学 – 中国 – 当代 Ⅳ.①I25

中国版本图书馆CIP数据核字(2017)第003037号

责任编辑：刘　夏
装帧设计：陈欣欣

出版发行：中国文史出版社
网　　址：www.wenshipress.com
社　　址：北京市西城区太平桥大街23号　邮　编：100811
电　　话：010-66173572　66168268　66192736（发行部）
传　　真：010-66192703
印　　装：北京俊峰印刷厂
经　　销：全国新华书店
开　　本：1/16
印　　张：18
字　　数：185千字
版　　次：2017年7月北京第1版
印　　次：2017年7月第1次印刷
定　　价：39.00元

中国文史出版社官方微网

前 言

　　我写本书的目的，是为了讲讲我亲历过的一起登山盛事，过去由于种种原因，没有完全公开过。现在半个多世纪过去了，我要把这尘封了几十年的往事披露出来，用个人的日记、信件和参阅有关的文献资料、书刊、公文档案、照片等记录以及登山战友们的共同回顾加以编织起来，把它们组成文字像片片的浪花那样倾入历史的大江大河之中，让后人知道它的来龙去脉。

　　中国登山队于1960年北坡首登珠峰成功，队中王富洲、贡布、屈银华三人实现了人类首次从北坡登上珠峰峰顶的壮举。此事在当年和随后已作过很多报道，是大家所熟知的事。

　　然而为什么年轻的中国登山队成立才5年，就在1960年一举挑战世界第一高峰呢？这得从1957年苏联登山界的倡议讲起，是苏联登山界首先提出要组成中苏联合登山队攀登珠峰，并先后上书苏共中央和中共中央（均经批准）。这么高规格的申报和审批是两国两党关系史中极为罕见的，也是历史条件造成的。首先是珠峰的北坡当年还从来没有人类登上过顶峰。在第二次世界大战前英国队虽曾经攀登过7次〔有资料提到是8次，这之间差别在于是1935年为英国人莫里斯·威尔逊个人攀登（但是他也组织了几十个尼泊尔舍尔巴人支援的后勤队伍）。可以说是，英国队登7次，英国人登了8次〕，但都失败了。人们把珠穆朗玛峰这个特高海拔地区称之为地球的第三极，将它与南极、北极相提并论。要想冲击世界第一高峰并试图登上世界最高峰峰顶这当然是件大事。

其次是中苏关系此时处于最佳时期，有这个氛围去共同携手干件让全世界瞩目的盛事，而且苏方还提出要以此项活动来庆祝中华人民共和国成立10周年，这自然也是很友好的表示。

经过会商，于是在1958年10月中苏双方组成侦察组去珠峰实地考察进山的路程、登山的路线、高山营地的设置和气象条件等。值得提到的是，这是我国人员有史以来首次抵达珠峰地区的群体，是一个具有里程碑式的记录。珠峰地区在我国西藏的西南部，平均海拔高度4000米以上，由于高寒缺氧，气压及氧含量为平地的1/2左右（海拔5500米空气中的含氧量为平地的1/2、7500米为1/3、8000米为1/4）。而且它的地理位置太偏远了，侦察组从日喀则骑马去就走了15天，那里只有当地附近的居民才偶尔到珠峰山下的寺庙去朝山拜佛。西藏解放前全境没有公路，运输基本靠骡马、牦牛。境内密布雪山、深谷，道路稀少、崎岖，旅途十分艰险。故西藏其他地区的大部分藏胞过去因交通不便，一般也无缘进入。

当时中苏登山会谈商定的是：1958年侦察，1959年试登，1960年登顶，用三年时间来完成。然而于1959年3月，中国登山队正在拉萨集训，苏联登山队即将于3月22日从莫斯科启程来我国与中国登山队会合进山之际，一个突发事件的出现，严重地干扰了登山队的进程，即3月10日西藏拉萨发生了分裂分子的武装叛乱。出于对运动员安全的考虑，中方通知苏方春季登山暂停后延。

中国登山队受困于拉萨之际，在西藏军区的领导下，成立了150人的武装民兵连，在拉萨的两天半平叛战斗中，配合解放军某部炮兵连（炮兵只能攻击远处，需要有步兵协防）坚守阵地。平叛胜利后，担任接收押运停房，奉派出100人参与搜索和警卫布达拉宫达半个月，派出50人参加拉萨军管会去接管有关寺庙等。这真是历史的机遇，一个国家运动队参加了平叛活动，而且还在当时西藏的政治中心、西藏地方政府的办公地——布达拉宫参加搜索和担任警卫、执勤站岗。

　　到了1959年10月，西藏局势已趋稳定，中方邀请苏方商谈拟于次年（1960年）恢复继续登珠峰，但此时中苏两党的分歧正在加剧，在苏方高层的干预和阻扰下，苏方登山界则借口技术准备不及而不来了。

　　处此进退的关键时刻，副总理兼国家体委主任贺龙试问了中国登山队的态度，登山队本着自力更生、发奋图强的精神，表达决心可以克服困难由中国登山队单独执行。经中央的批准后，在国内有关单位及西藏军区的大力支持下，1960年春季中国登山队200多人奋战在珠峰的雪山峻岭之间，克服重重艰难险阻，奋力拼搏，在付出一定伤亡代价下（牺牲2人，冻伤40多人），终于在5月25日由王富洲等三人胜利登上珠峰峰顶。

　　关于1960年登山队登顶的盛况，新华社驻队记者郭超人当时以《红旗插上珠穆朗玛》为题在国内各主要报刊作过长篇连载的报道。本书只对其中第四次行军、突破第二台阶、突击主峰等亮点作些陈述。另外重新采访了运动员，在他们的回顾中补充一些过去没有提到的情节。

　　本书着重对登珠峰前，登山队在1958—1959年为此做过的前期准备工作的经历作首次的披露。1958年中苏登山队侦察组赴珠峰，此事当时中苏双方都强调要保密，带到珠峰去的电台都用密码配备有机要员，这大概是当时的国际大环境，东西方两个阵营严重的对立所致，我们干些什么都不愿意让西方知道，也许还有在成功登顶后一鸣惊人的想法。所以中苏登山侦察组一行赴西藏在国内对外部的称谓是国家体委参观团。

　　中苏珠峰侦察组工作结束，联合登山队的中方人员于1959年初到拉萨训练时，仍沿用国家体委参观团的名号，直至当年底苏方决定1960年不来了，参观团的名称才终止使用。

　　从此关于1958—1959年中苏联合攀登珠峰活动的信息归于沉寂，也未对外公布过。直到1993年，中国登山协会出版的《中国登山运动史》上第八章第二节——"中苏联合攀登珠峰的协议及其终止"的段落中才有一页（P92-P93）文字记载，首次提到有过这么一件事，但无具体情节。

　　半个世纪过去了，当年参与中苏联合登山队侦察组的中方成员，有的偶尔还能联系一下，有的长期卧病在床，已经有好几位不在人世了。1958—1959年中国登山队的经历是一个特殊的成长过程，它承载了若干个第一次的纪录和传奇，把这段历史事件的细节回放出来，将是我们这些亲历者的职责。

1958年的珠峰之行在日喀则以西，大部分都是在荒芜的、人迹罕见的崇山峻岭中穿行，但也经过了萨迦、协格尔等宗教圣地，所以一路既充满着艰辛，也饱览了奇异的风光。为了增加可读性，本书增添穿插了珠峰的地理、历史背景、沿途的风土人情及有关科学考察等。

经过几年的收集资料和走访，在当年登山战友的鼓励和帮助下，我决定以纪实的写法，尽可能地把当年的经历原原本本地表述出来。

我从1955年大学毕业时开始记日记，直至现在，已经历了60年。1958—1960年这三年有特殊任务，我也记载得比较翔实一些。如今把当年的日记找出来，经过整理，以日记记事的形式为主线，采访了当年同事的回顾并查阅了国内外登山文献和大量的体育档案，特别是体育博物馆保存的登山案卷。把其中重要者进行了摘录引用，从中也可见当时中央对此项活动的重视和特殊的关注。

本书主要是根据各方的史料写成的，有些场景也是由当年登山队员亲自的见闻、回忆提供的，其中重要的情节至少要经过两人以上的核对才予以收纳。希望本书能起到史料的作用，从中见证中国登山队在建队初期一段经历困难的过程及其成长。

笔者的能力和水平有限，书中难免有不够准确和错漏之处，请各有关方面、登山队老战友及关心登山事业的同志们及读者们给予批评和指正。

翁庆章

目录

序

　　翁庆章同志是我国第一支登山队的运动员兼医生。他参加了1956—1978年我国早期的主要登山活动。这些活动大部分都在当时的报刊上作过充分的报道，受到过广大读者的关注和欢迎。

　　但是唯有关于中国和苏联联合组成登山队攀登珠穆朗玛峰这件大事，过去由于种种原因却从未公开宣布过。如在1958年中苏双方对珠峰进行了一次联合实地侦察，因为双方均强调要保密，进藏时用的名称是国家体委参观团。到1959年春，中方登山队员在拉萨集训。3月10日西藏分裂分子在拉萨等地发动武装叛乱，这个突发事件使当年预定的中苏联合登山暂停后延。中国登山队则在当地组成了民兵连参加了平叛活动。经历平叛这件事除了中央新闻电影摄影厂随队的摄影师沈杰在他的《我的足迹》一书中（2001年出版）有部分提到外，其他均未曾公开过。到1959年底，中苏政治分歧加剧，苏方提出来不合登了。于是才演变为1960年中国登山队单独攀登珠峰，在中央的关怀和有关部门的大力支持下，全队经奋力拼搏，终获成功（此事当年已有过大量报道）。

　　翁庆章同志说，中国登山队1958—1959年那段在西藏的经历是登山队创业和成长中艰难的一页，也是光辉的一页，如果不把它写出来，留给后人，这段历史的具体情节就会随着时光的流逝，烟消云散，被永远地淹没了，这太可惜。他说写这本书要按纪实的文字来写，写真人真事，不虚构，拿不准的宁可少写也不讲假话，要还历史的原来面目，我认同他是按这个设想做的。

我用了好几天认真地读完这本书的初稿，由于我的视力不好，只阅读了一部分，大部分是由我女儿朗读我倾听。从书中使我回想起当年与登山战友在高山雪峰并肩奋斗的情景，如历历在目，倍感亲切，对我仍然是一种激励。我也参加了1958—1960这三年的登山活动。我和翁庆章同志共同见证了中国登山队这一段光辉的历史。

我认为本书是一本纪实性、史料性、知识性的作品，文字朴实、内容丰富。它填补了我国登山史上一段重要的空缺。

我们期望，书中提到老一代的登山人为祖国的荣誉，为登山事业、为科学考察事业所表现的奉献精神以及登山作为一个集体项目所表现出的团队精神能为当代更多的青少年所理解和传承。

2015年

原中国登山协会主席

原中国科学探险协会常务副主席兼秘书长

一、问题的提起

在20世纪50年代，苏联的登山运动已很普及，在第二次世界大战以前就有相当的基础，卫国战争中以登山运动员为主组成的高山部队在高加索山区抗击德寇累建功勋。苏联登山运动的蓬勃发展与苏联人民喜爱户外运动，有定期的休假制度以及物质条件丰富后在山区设置了度假、野营和登山基地，开创了客观条件有关。多年来在实践中已经总结出了一套攀登经验，登山运动的技术水平也挺高。他们还喜欢从事探险活动，较早就去过北极、南极和高山地区考察。而苏联本国内的高山并不多，其最高峰为海拔7495米的共产主义峰（原名斯大林峰），到了50年代中期，其著名高峰如列宁峰（7135米）、胜利峰（7439米）、本国最高峰——斯大林峰等已经全部登顶成功。下一步怎么办呢？他们想到了拥有众多世界一流高山的友好邻邦——中国。

早在1955年3月，中华全国总工会副主席刘宁一访问苏联期间，全苏工会中央理事会即向刘宁一提出要求来中国攀登位于新疆的慕士塔格山（7546米）和公格尔山（7719米）。

当时新中国成立才六年，百废待兴，忙忙碌碌在建设新的国家，工农业处于优先发展的地位，文教体育事业也在相应发展。1954年在北京召开了第一届全国工人运动会，显示群众体育在蓬勃开展，但竞技体育仍是萌芽状态，而在登山运动方面则是一片空白。

为了帮助我国开展登山运动，也为苏联日后来华登山铺路，1955年5月，全苏工会中央理事会邀请中华全国总工会派人去苏联参加登山培训。由工会系统出面邀请，这是出于苏联管辖基层群众性登山活动（包括它的度假基地）都是由工会系统组织和管理的（大型的登山活动则由苏联体委负责）。当年5月中华全国总工会登山队应邀派出许竞、师秀、周正、杨连源四人赴苏参加在格鲁吉亚的登山教练员学校学习。这是我国运动员接受现代高山登山技术和中苏登山合作的开始。

接着在1956年春季，苏方派出2名登山教练来华，由全总从各产业工会抽调有一定运动基础的职工40余人在北京西郊八大处举办登山营进行登山的理论和技术授课，培训出了一批登山运动员。

1956年4月25日，成立不久的我国第一支登山队——中华全国总工会登山队30多人在苏联教练库金诺夫和兹维兹特金的指导下，队长史占春等31名运动员登上陕西秦岭主峰太白山（3767米）的顶峰。

对于这么一个新发展起来的运动项目，国家体委也给予了特别关注。1956年5月16日国家体委在其东楼礼堂召开的庆祝会上，体委主持常务的蔡树藩副主任在致辞中说"祝贺中国第一支登山队成立和攀登太白山的成功，登上太白山为中国登山运动的诞生日"。贺龙副总理出席了会议，在会上还给登顶运动员颁发了登上太白山的纪念章。

1956年夏季，苏联总工会又接受了10多名中国运动员在苏联的登山营进行培训。接着7~8月中苏两国运动员组成中苏混合登山队登上了位于我国新疆维吾尔自治区境内的慕士塔格峰（7546米）。这座山的攀登史上，曾有瑞典探险家斯文赫定和英国登山家希普顿试图登顶，但没有成功。此次有中方12人、苏方19人登顶；三周后中苏队攀登公格尔九别峰（7595米），中方2人、苏方6人登顶。正因为有了首次良好合作的顺利登山，今后联合去攀登更高的高峰，也是可以想象和期望的事。

正如中苏登山队队长别列斯基在1956年中苏混合登山队登上慕士塔格山后，在苏联《劳动报》上著文中指出："苏联登山运动员今后的任务，要向更高更困难的山峰进军，创造更优异的成绩，为了完成这一光荣的任务，就有必要与中国登山运动员密切合作，去攀登位于中国境内的世界级的高峰。"所以在1957年苏联向我国提出共同组队攀登世界第一高峰——珠穆朗玛峰，对于年轻的中国登山运动似乎显得有些仓促，但是对世界最高峰向往已久的苏联运动员来说，似乎是顺理成章的事了。

二、苏方的建议

1957年10月，苏联部长会议体育运动委员会登山运动协会主席团委员功勋运动员阿巴拉科夫、洛托达也夫、阿鲁弗林诺夫、马林诺夫、库兹明和运动健将阿尔金、波拉格夫、拉帕欣科夫、菲里莫诺夫、达依波克、萨多维基及格林基蒙特12名苏联登山界的知名人士联合签名致信苏联共产党中央委员会及中国共产党中央委员会，信中的主要内容是：要求苏共中央和中共中央批准组织中苏联合探险队，以便在1959年3～6月从北面登上埃佛勒斯峰（原信如此，接着我方复信用珠穆朗玛峰后，苏方以后对这个世界最高峰就一直用珠穆朗玛峰的称谓了）。

信的全文如下：

苏联共产党中央委员会：
中国共产党中央委员会：

1953年5月23日，尼泊尔的丹增·诺尔盖和新西兰艾特蒙德·希拉里2人（从南坡）登上了埃佛勒斯峰（珠穆朗玛峰——译注）——8882公尺，这也和征服地球的南北极一样，标志着人类深入地球各部的重大胜利。1956年，瑞士爬山队的4个队员又第二次登上了埃佛勒斯峰。两次都是从南面、从尼泊尔方面登上去的。从北面登埃峰也有人作过多次尝试，1924—1938年就先后有8支英国登山队试图从北面登上该峰，但都失败了。这一任务至今尚未获得解决，它现在也同样具有体育运动的和地理上的重大意义。

近几年来，苏中爬山运动员顺利地进行了一系列的爬山探险活动。1956—1957年间，苏联登上了本国最高峰，叶·科尔热涅夫斯基峰（7495米——此峰为斯大林峰的塔吉克语的称谓——笔者注）、列宁峰（7135米）、胜利峰（7439米）、斯大林峰（7495米）。他们和中国爬山运动员一起（1956年）征服了位于中国境内的慕士塔格峰（7546米）和公格尔九别峰（7595米）。中国运动员今年又登上了贡贡嘎山（7590米）。中苏优秀运动员的成长经验说明，顺利登上世界最高峰是可能的、是有根据的。

目前14个高度在8000米以上的高峰中，已有11个高峰被各国爬山队员征服了。奥地利、英国、法国、瑞士、意大利、日本等国的爬山运动员在征服世界最高峰中作出了自己的贡献，只有社会主义阵营各国的运动员尚未发表自己的贡献。目前在爬山记录方面剩下来的任务是攀登尚未征服的三个"8000米"高峰和从北面登上埃佛勒斯峰了。为解决这些任务作出自己的贡献是社会主义阵营爬山运动员，首先是苏中爬山运动员的光荣事业。

因此我们认为我们有责任向你们提出要求，要求允许组织苏中混合爬山队，以求在1959年3—6月登上埃佛勒斯峰，并以此作为中华人民共和国十周年纪念的献礼。

为了进行总练习，我们要求在1958年从中国方面登上中国与巴基斯坦边境上的8000公尺高峰之一——喀喇昆仑峰。爬山队成员最好由20名苏联运动员、20名中国运动员、5名教练员、10名辅助人员（医生、无线电报报务员、总务人员、炊事员）以及数名科学工作者组成。

这封信有几个附件，涉及"目前世界各国登高山的情况（西方攀登简史）及登埃佛勒斯峰的意义。信后还附有埃佛勒斯峰调查情况一份以及从北坡登埃佛勒斯峰的准备计划一份"。落款的地址是苏联部长会议体育运动委员会登山协会主席团，签名为上述的12人。

显然，这封信是在苏共中央同意了之后，于1957年10月发出，接着就寄到北京中共中央来了。

三、中方的考虑—— 一波三折

中共中央办公厅于1957年11月8日收到苏方来信，中办杨尚昆主任于12月3日批示：

送赵毅敏同志（中共中央联络部副部长），请考虑如何处理。

12月7日中联部赵毅敏致国家体委主管常务的蔡树藩副主任信，称"按中央办公厅杨尚昆批转的苏体委登山部主席团来函，此事请体委考虑，看是否可行，以便复信"。

接着蔡树藩于12月10日批示："约请荣高棠、黄中两位副主任及李梦华（运动司司长）、张联华（国际司司长）参加并邀请中华全国总工会栗树彬（体育部长）、史占春（登山队长）来体委共同商讨此事。"（当时我国只在中华全国总工会有主管登山的机构及运动队，而体委还没有）此次会议经过几个小时的认真讨论，认为我方条件尚不具备，拟婉拒。此次讨论的内容和意见可见于下列12月20日信中。

1957年12月20日，国家体委党组致中央国际活动指导委员会转中共中央办公厅信称，现将我们对这一问题的意见报告如下：

一、1956年在苏总工会要求下，我全总（中华全国总工会）举行爬山训练班，培养了56名登山运动员。其中28人登太白山实习。24人赴苏实习，其中14人参加中苏队，12人登上慕山（与苏方队员19人）。1957年6月登上贡嘎山。只有两年能征服两座7500米的高峰，确实不易，在世界上震动很大。虽做了一些工作但基础仍非常薄弱，仅56名运动员，其中能登5000米13人、6000米11人、7000米7人。这些运动员缺乏必要的科学知识，还缺经验、资料和特殊装备（如尼龙保护绳、高山帐篷、通信联络设备等）培训一批能登高山的运动员，绝非一个短时期可能办到的。

二、近几年来，要求到我国爬山的国家，除苏联外，还有民主德国、波、捷、南、日、瑞士，兄弟国家要求比较迫切，波兰在去年派一登山协会副主席来京二周之久未得解决。周总理曾指示，我国西藏边境目前不能开放，所以除中苏慕峰之外，对一切来华都一律谢绝。

三、据以上情况，对苏要求联合于1958年登喀喇昆仑山，1959年登珠峰一事，经反复研究，认为时间太短，准备困难，我爬山运动基础太弱，能爬高山运动员太少，花钱很多，我与苏（1956）登慕峰我方负担经费20万元，如爬喀喇昆仑山和珠峰，要相当于爬慕峰的七八倍以上。两峰位于中尼、中巴边境，又是少数民族地区，会有许多复杂问题，特别是已经谢绝其他兄弟国家，如答应苏联会影响与其他兄弟国家关系，故以谢绝为宜。

四、我们对中苏合登的谢绝后，估计苏方可能提出单独进行的要求，我们考虑仍应谢绝。

五、如果中央全面考虑，答应苏方要求，上述困难并非完全不可克服，请中央通知各有关部门，对此事必须大力支持协助并立即开始准备。

上述意见请中央指示

附苏爬山协会主席团来函

蔡树藩　盖章　1957.12.20

1957年12月28日，赵毅敏致陈毅同志并杨尚昆同志：

先将体委关于处理苏联部长会议体育活动委员会登山部主席团委员致我中央函的意见送上，体委所提的各种困难是值得考虑的，请决定如何答复。

1957年12月29日陈毅批示：

1.同意体委意见，婉辞谢绝，请尚昆简报中央书记处批准作复。
2.如需国际活动指委会拟复，可令办理。陈毅。

由于主管外事的陈毅提出要简报中央书记处。在档案上见到此件分送到书记处的批示情况如下：

彭真同志：
我同意体委意见，请你批。
（谭）震林（时为书记处书记）（五八年）一月二十三日

彭真的批示是：
拟同意　　　　　　　彭真　二月一日

到1958年2月初，中苏联合登珠峰之事，经中央有关部门研究及请示之后，本将以婉拒结束。如中央国际活动指导委员会1958年2月10日致中央办公厅李颉伯同志的信中提到：

　　苏联体委登山协会致我中央委员会的来函，倡议于1958、1959年中苏爬山队运动员先后攀登喀喇昆仑山及珠穆朗玛峰的问题，业经中央批示，婉辞谢绝。现将我会和体委代党中央委员会拟的复函送上，请中央审查核发。

　　这份复函于1958年2月10日由中央国际活动指导委员会拟就，将以中国共产党中央委员会名义致苏联共产党中央委员会并转苏联部长会议体育运动委员会登山协会主席团委员及协会委员的。就等中办请中央审发了。

　　本来此事走到这一步，差不多是定下来要婉拒了。但到了1958年2月底，此事又出现了转机。从事后了解到，贺老总对此一直持积极态度，并影响及体委，而且苏驻华使馆也来催问。苏使馆一秘以苏体委和对外友协代表身份向体委黄中副主任正式催问过这件事情，并称苏体委曾向印、巴提出过要求，想从南面爬上去，遭到了印、巴的拒绝。所以希望我国考虑苏体委登山协会的要求。从而再次推动了苏方建议的进展。

　　1958年2月28日，中央国际活动指导委员会王廷岚在致中联部和中央办公厅副主任李颉伯的信中称：

　　中指委已拟好答复苏联体委的函，准备婉辞谢绝，赵毅敏同志（中联部副部长）说，总理出国前，蔡树藩又同总理谈过这个问题，因此未送审，今天又问过蔡树藩同志，他谈了两个情况。

　　1.他（蔡）在成都曾同小平同志谈过，在一次国务会议上又同总理谈过这个问题，问这个问题似有考虑的必要。

　　2.苏一秘以苏体委和对外文协代表身份曾向体委黄中副主任正式催问过这件事情，并称苏体委曾向印巴提出过这个要求，想从南面爬上去，遭到了印巴的拒绝，所以希望我国考虑苏体委登山协会的要求。

这些都说明内（体委）外（苏驻华使馆）都还在推动此事。

1958年3月4日中办副主任李颉伯的信中写到：

小平同志：

　　蔡树藩同志请您（对中苏登山报告）批几句，以便和有关方面协办此事。

到4月终于有结果了。4月5日，总理提出了意见"可以考虑来"。同日，书记处邓小平总书记作出了如下批示：

　　此事同总理、陈毅同志商量，大家同意：我国同苏联等兄弟国家合作爬上世界第一高峰是有意义的，此事可由体委与苏方非正式商谈或由中苏两国爬，或由社会主义各国一齐爬，商量后再提出方案来。退贺总。

　　　　　　　　　　　　　　　　　　　　　　　　邓四.五.

至此总算原则上定下来了，下一步就是中苏双方的体育部门来会谈落实联合攀登珠峰的具体事项了。

事后回顾：1957年国家体委和全国总工会商谈后，初次提出婉拒的确是事出有因的。那就是基础太差，开展登山运动仅两年，仅登过两座7000米以上的山峰，仅有几十名受过培训的运动员。而到1958年复议时，周总理和小平同志作出同意苏方建议的决断，那的确是高瞻远瞩了。人们不得不想到，在20世纪50年代初、中期，中苏两国正处于"蜜月"时期，我国在政治上"一边倒"，在经济建设上苏联援建的156个大工程项目，有110多个正是在当时由赫鲁晓夫执政时开始启动的，当然我国对苏方也是有回报的。毕竟在一些西方大国，从经济等多方面对我国封锁、围堵、禁运之时，苏联还是我国主要依靠的支柱。众多的工程项目我们需要苏联的支援，而人家提出的一个合登珠峰，就能那么谢绝吗？何况苏方还提出要在1959年以联合攀登珠峰的盛举来庆祝中华人民共和国成立10周年。当时新中国才成立8周年，不像现在已是60周年那样成长壮大，还是褓褓之期，而且处在很多西方大国都拒不承认新中国的国际环境，苏方的这一表示也是非常善意的。而且苏方也曾想过从南坡登珠峰，但求助于印、巴时遭到了拒绝，转向珠峰北面的兄弟中国，后来又通过苏联驻华使馆来过问催促，表示苏联党和政府对此事也是很重视的。所以说，由中央的高层领导人来批准的，的确是项艰巨而光荣的特殊任务。所面临的诸多困难，就要靠各有关方面的支援，以及和体委、登山队本身去面对和拼搏了。

苏方的来文及体委的报告，经过多个部门的征询意见和中央领导人的拍板定案下来了。在回顾所阅的档案当中，统计一下，这期间经过的中央单位和国家机关就有：中央办公厅→中央联络部→中央国际活动指导委员会→国家体委→全国总工会→外交部→对外文委→中央书记处（箭头并不完全表示传递的顺序）。

从中似可反映中苏组队攀登珠峰的复杂性。在这里还要交代一个重要的背景，即在当时我国许多边境地区是不对外开放的。正如国家体委党组1957年12月20日致中指委的函件提到：

> 周总理曾指示，我国西藏边界目前不能开放，所以除中苏攀登慕士塔格山之外，对一切来华都一律谢绝。

那时像西藏的珠峰边境地带地跨中国和尼泊尔的交界处（而中、尼的边界的划分还在商谈中，至1961年两国才正式签订）是个非常敏感和特殊的问题。不要说是外国人，即使本国的内地人，一般也无缘前往。所以中苏联合攀登珠峰之事也是特事特办。

　　1958年4月份，中方正式函复苏方，同意双方共同组队攀登珠峰，并邀请苏方派人于7月份来北京，商定登山的具体计划及进程。

　　在莫斯科的苏中友协得知此事后，也受到鼓舞，希望再扩大些合作与交流。苏中友协理事会主席安德列耶夫于1958年5月28日致函中苏友协总会会长宋庆龄称："我会理事会认为扩大共同举办的旅行和体育活动如攀登额非尔士峰（珠穆朗玛峰）及其他等，希望知道你们对这一问题的意见。"

四、珠穆朗玛峰的地理背景

喜马拉雅山是世界上最大的山系，分布在我国西藏自治区和巴基斯坦、印度、尼泊尔、锡金、不丹境内，东西长约2450千米，南北宽200~250千米。呈向南突出的弧形，是构造复杂的的年轻褶皱山脉。珠穆朗玛峰是喜马拉雅山主峰，海拔8844.43米，岿然屹立在莽莽喜马拉雅山脉的最高点，处于地球之巅，人们又把它与南极、北极相提并论，以其特有的高极而称之为地球的第三极。这其中主要有两个地理因素。一是珠峰举世无双的高度，尽管各国测得的高度在尾数上尚不一致，但都在8800米以上。二是珠峰地区的低温气候。珠峰和附近的群山雪峰林立。海拔4500米以上的高原腹地年平均气温在摄氏零度以下，其现代冰川和冻土是中低纬度地区最大的冻土岛和最大的冰川作用中心。这种高度和低温还影响到全球大气环流的改变。这样寒冷的气候及所产生自然现象，只有地球的南极、北极可以与之相比。

珠峰长年覆盖着冰雪，四周地形极为险峻，气象瞬息万变，在山脊和峭壁之间，分布着数百条大小冰川和冰塔林，它那金字塔形的峰体，在几百千米之外就清晰可见，给人以肃穆和神圣的感觉。珠穆朗玛峰以其"地球之巅"的美誉，成为世界各国登山队心目中的"圣殿"，是每一个登山运动员的向往目标。

珠峰位于东经86° 55'44"，北纬27° 59'16"，地处中尼边界东段，北坡在我国西藏境内，南坡在尼泊尔境内。

珠峰不仅巍峨高大，而且气势磅礴，在它周围20千米的范围内，群峰林立，山峦叠嶂，仅海拔7000米以上的高峰，就有40多座，较著名的有南面3000米处的洛子峰（海拔8516米，世界第四高峰）和海拔7859米的卓穷峰，东南面是马卡鲁峰（海拔8463米，世界第五高峰），北面3000米是海拔7543米的章子峰，西面是努子峰（7855米）和普莫里峰（7145米）。形成了群峰汹涌的波澜壮阔的场面。

珠穆朗玛山区覆盖着万年积雪，山谷中发育着巨大的冰川（冰川是大量的冰在重力的作用下，从雪线以上顺着山坡或山谷缓慢地向下移动，并且能长期存在的冰体），是喜马拉雅山脉的一个现代冰川中心。珠穆朗玛峰北坡有东、西、中绒布冰川汇合成的著名的绒布冰川，从冰川舌部的冰面小溪起，流向绒布寺往下形成绒布河而北去。

如果把青藏高原称为世界屋脊的话，那么珠峰就是屋脊的屋脊了。用科

珠峰傲立崇山峻岭之上

学的术语来说，就是最高的"地壳隆起"。可是这一处隆起，却是地壳上所有各处高大隆起中的最年轻的一处。据地质古生物的研究，大约在2亿年以前，珠穆朗玛峰地区以至整个喜马拉雅山一带，还是一片汪洋大海，是古地中海的东部。在漫长的地质年代，从陆地上冲刷来的泥沙和碎石，堆积在喜马拉雅山地区，形成了厚达3万米以上的海相沉积岩层。直到数千万年以前（地质学称为"第三纪"），由于地壳的这一区域发生皱褶运动，也就是造山运动，这种造山的动力，目前通常以板块学说来解释，即印度板块缓慢向北移向亚洲板块，古特提斯海被抬高升，乃形成喜马拉雅山这个隆起部分。印度次大陆的不断北移，推压青藏高原，而喜马拉雅山脉地处推挤前缘，位于其间的珠穆朗玛峰正处于这隆起的轴部，因此在山体的抬升过程中升得更快，从而超越群峰，成为"地球之巅"。

这个地区地壳的强烈上升运动，科学考察者是从喜马拉雅山河流的横剖面（即河谷的复式结构）上得到证据的。同时，上升运动也表现在地震、地壳断裂和温泉等许多现象中。例如珠峰北坡绒布寺一带，地震很活跃，其中有记录的计四次。1932年藏历1月1日傍晚的一次地震，达8级以上。当时绒布寺的挂钟剧烈响动，临近的绒布德寺屋顶倒塌，附近一带尘土弥漫天空，珠峰顶出现了云彩。

荣膺"地球之巅"这一尊称的珠峰，并不以它现有的高度为满足。据地质学家的考察研究，包括珠峰在内的喜马拉雅山区的地壳，自第四纪冰期以来（大约距今100万年前直到现在），上升了1300～1500米。据推算，平均每一万年升高20～30米，至今仍在不断上升之中。这就是地质学上所称的"新构造运动"，再过千万年以后，8844米这个数字，将不能表明珠峰高大的躯体了。

珠峰位于喜马拉雅山脉中段，是它的最高部分，对于印度洋暖湿空气的屏障作用非常明显。以降雨为例，在珠峰南侧，多站多年降水量平均为2000~3000毫米；在其北侧，为多站多年平均降水量的7~8倍，与此相应，珠峰南北的气候带和自然带也差异颇大。在珠峰南侧随着海拔高度的增加，从山地亚热带常绿阔叶林带到高山冰雪带的各种气候带和自然带都有，而北侧却只有从高原寒冷半干旱草原带到高山冰雪带的三个气候带和自然带。我国科学工作者曾在珠峰南北两侧考察过，气象学家高登义记录了珠峰南北不同的自然景观和气候状态。高登义提到："如以珠峰西南侧樟木至聂拉木一带为例，在中尼边境的友谊桥附近（海拔2100米），遍布着终年常绿的阔叶林，这儿有珍贵的楠木树和青岗树，有生活在森林中的猴群。一到雨后天晴，常可遇到美丽的太阳鸟在树梢歌唱。从中尼边境的友谊桥往北走，经过樟木（海拔2300米），来到海拔2500米附近，这里只有少量的青岗树，而参天的红松遍布山腰，这就是针阔叶混交林带。到达曲乡（海拔3200米）附近，冷杉、红衫参天盖地，一片片细小的竹林点缀于林海之中。到了聂拉木县城（海拔3800米）附近，则从林海中走向遍地的杜鹃花地带。从聂拉木往北行，便进入了喜马拉雅山脉北坡，这里则是巍巍群山、白雪皑皑，偶见河谷地区一片草地，也就算绿色世界了。到了珠峰北麓的绒布冰川区，冰塔林立，稍下则是碎石和泥土混合区。珠峰南北气候和自然带的迥然不同给登山者在南北坡攀登带来了不同的遭遇。从南坡攀登顶峰的主要危险是大雪和雪崩带来的生命威胁，尤其是在海拔5000~6000米的雪崩区；从北坡攀登顶峰的主要危险是大风带来的冻伤和滑坠等生命威胁，特别是在海拔7400米以上。"

五、珠穆朗玛峰的名称

我国对珠峰最早的文献记载始于元朝，其名称为"次仁玛"。

西藏出土的《莲花遗教》中以"拉齐"称之，这是最早的本土文献中出现对珠峰有记载的文字，而藏传佛教噶举派的僧人桑吉坚赞则在《米拉日巴道歌集》中称珠穆朗玛峰所在地为"顶多血"。

在藏经中，珠穆朗玛有时亦被称作"洛札玛朗"，意思是南方养鸟之地。在藏族人民心目中，珠穆朗玛还是一位美丽的女神。在黄教寺庙里，就有着珠穆朗玛五女神的神位。

藏语Jo-mo"珠穆"是女神之意，glang-ma"朗玛"应该理解成母象（在藏语里，glang-ma有两种意思，高山柳和母象），藏语"珠穆朗玛"就是"大地之母"的意思，也被称为圣母峰。神话说珠穆朗玛峰是长寿五天女所居住的宫室。在珠峰北坡下的绒布寺还有表现长寿五天女的壁画。因珠峰附近还有四座山峰，珠峰按排列位居第三，"珠穆朗玛"又意为第三女神。

耸立在我国西藏地区与尼泊尔交界边境上的喜马拉雅山主峰——珠穆朗玛峰，在尼泊尔称它为萨迦玛塔（Sagarmatha），是梵语复词，"Sagar"表示"天"，"Matha"表示山峰，意即高达天庭的山峰。自1951年作为英国殖民者傀儡的拉纳家族被迫交出了世袭统治105年之久的政权，尼泊尔王国获得了独立，即把"额菲尔士峰（"Mount Everest"，埃佛勒斯的早期译名）这个带有殖民主义印记的名字恢复为原有的名称萨迦玛塔（Sagarmatha）。

18世纪末，英国完成了对印度的血腥征服已基本控制了印度。为了与沙俄在中亚地区竞争势力范围，英国和当时的印度政权认为有必要把他们的触角扩大到当时还未知的兴都库什、帕米尔（即中亚东南部，地跨塔吉克斯坦、中国和阿富汗）和西藏地区。

"Mount Everest"这一称谓起于19世纪中叶，公元1773年，英国通过它侵略亚洲的主要机构——东印度公司设置了直接统治英属印度全部领土的总督。而后又开始了对西藏及其周围属国的侵略，先后占领了布卢克巴（今不丹）、哲孟雄（今锡金）、廓尔喀（今尼泊尔一部落）和克什米尔等国，并把侵略矛头直接指向西藏。

1908年，英属印度测量局开始实施测量整个印度次大陆的计划，以后慢慢北移。1823年时任局长的乔治·埃佛勒斯（George Everest）开始了对包括喜马拉雅山脉在内的一系列山峰的测绘，但当时由于清朝中央政府采取闭关政策不许外国人入藏，尼泊尔的统治者也对欧洲人十分戒备，英国人一时不能进入那里，于是只好在殖民地印度平原上遥测喜马拉雅山。由于他们未能去到当地，对于喜马拉雅山的高峰的当地名字一无所知，为了表述那些山峰，他们只好用罗马数字，从东到西，给山峰排列号数。喜马拉雅山脉的东部有79座峰，珠峰当时排在第15位，用罗马数字XV来表示。

接着在1865年他们最先测量出了珠峰的高度为29002英尺（相当于8839.8米），从而测出了世界最高峰是珠峰。在此之前，一直以为珠峰东边的干城章嘉峰（海拔8585米，标志为IX峰，实为世界第三高峰）为最高峰。如果称珠峰为XV，似乎没什么特殊含义，就像称世界第二高峰乔戈里为K2（喀喇昆仑第二峰）一样，因为这毕竟只是当时的一个代码，没有什么文化上的意思。但是用一个外国人的名字，并以纪念为目的给一个已有名字的山峰（而且是世界最高峰）正式命名，实际上是更名，这就大有问题了。

最早提出应该给珠穆朗玛峰正名的是时任开明书店自然编辑室主任的王鞠候。1951年1月9日，他看到当天《人民日报》的"伟大的祖国"专栏里，刊出一幅喜马拉雅山主峰的照片，旁边的说明文字指出，"这就是世界第一高峰——额非尔士峰"。王鞠候根据他对地图的历史沿革的研究，认为位于我国西藏的世界第一高峰的名称应是珠穆朗玛峰。他在《大小高低》这篇文章中决心为珠穆朗玛峰正名，此文刊登在《开明少年》1951年2月号上。文章发表后，引起了人民日报社编辑胡仲持的注意，胡请王鞠候对考证的有关珠峰的资料再加核实。一天，王鞠候在北京故宫博物院找到一幅康熙时代的地图，在西藏的那一幅上喜马拉雅山的各个高峰都标明名称，珠穆朗玛峰与所谓的"额非尔士峰"从经度和纬度上看是在同一位置上，真是铁证如山。

根据已故北京大学地理学林超（1909~1991年，是我国地理史学和地名学专家，从事地理教学和研究达61年）教授的论述认为，是英国殖民主义者的无知和自大一直误导着世界，把中国西藏和尼泊尔交界处的地球最高峰称为"额非尔士峰"。林超在1958年《北京大学学报》第四期发表了《珠穆朗玛峰的发现与命名》一文中指出：

　　　　最先发现珠穆朗玛峰的是居住在西藏南部的藏族同胞，他们给予这个峰以名称。但是把这个山峰，用科学的方法，记录在地图上的，则是在1715—1717年到西藏测量的中国测量队员胜住、楚儿沁藏布和兰本占巴胜住三人都曾在钦天监学过数学，受清朝康熙皇帝的委派从北京到西藏进行勘测，胜住是理藩院的主事，其他二人是喇嘛。他们较为精确地记录了珠穆朗玛峰地区的地理情况，并把该峰以藏语名字标在地图上。林超说他们三人的工作为随后两个世纪人们了解珠峰奠定了基础。

有关文献提到他们采用经纬图法和梯形投影法对珠峰的位置和高度进行

了初步测量。

　　标有珠穆朗玛峰名字的地图在1719年被收入了康熙皇帝的《皇舆全览图》，并制成铜版。当时该峰的名字是用满文标注的。而在1721年版的《皇舆全览图》中珠穆朗玛峰的汉语名字首次出现。康熙的《皇舆全览图》成为有关这座地球最高峰的最早的官方文献。这是地理发现史与测量史上的重大事件。后来，参与了地图修订工作的法国传教士雷孝思把《皇舆全览图》带到了法国，法国的皇家制图官唐维尔于1733年根据该图编制了《中国新地图》。这一法国版的中国地图册包括两幅西藏地图，在图上都用法语标上了珠穆朗玛峰的名字（M.Tchoumour Lancma）。此幅图现藏于中国科学院图书馆，根据1721年康熙的《皇舆全览图》复制的道光年间版中国地图上，清清楚楚地标着汉文"珠穆朗玛山"。

清朝时期的《皇舆全览图》中珠峰位置在我国境内——清楚地标着汉文"珠穆朗玛山"

　　康熙版的《皇舆全览图》在道光和同治年间曾在中国复制并流传到更大范围，虽然当时的地图中珠穆朗玛峰的汉语名字与现代汉语书写不同，但发音完全一样，而且音译与藏语音节、发音非常吻合。1836年，德国地理学家克拉普洛息根据中国的文献发表了中亚地图，其中标出了珠穆朗玛峰的德语名称（Disomo Langma）。

　　康熙时期对珠穆朗玛峰的测量和记录比英国殖民者对该峰的测绘早了139年。林超教授说，当年，英国人从遥远的印度平原测量珠峰，他们对此峰根本就是一无所知。他们既不能到此山附近去调查，也不去研究欧洲和中国的文献，就贸然断定此峰无固有名称并擅自以一个与该峰毫无关系的人命名，这"实在是违反国际惯例的极端恶劣的行为"。

　　如果说19世纪中期英国殖民者将珠穆朗玛峰命名为埃佛勒斯是出于"无知"或"不想知"的情况下的一个随意行为的话，那么半个世纪之后，当1921年英国登山队到达了珠峰山下，发现该峰早已有自己的藏语名称后，还要用埃佛勒斯，那就是故意坚持了自己的错误。当年，英国登山队队长在伦敦皇后大厦的报告上说"西藏人称埃佛勒斯为珠穆朗玛"时，本应到了纠正历史错误的时候了，但英国皇家地理学会拒绝这样做。皇家地理杂志的编辑说："我们现在已经确知藏名是珠穆朗玛，但埃佛勒斯是个例外，必须维持我们熟知的欧洲名称。"其实在这次登山探险出发之前，皇家地理学会就打定主意，绝不改名了。布鲁斯将军在皇家地理学会讲话说："我从夏尔巴人（珠峰山下的背夫群种）那里知道了，他们以珠穆朗玛的名字来称埃佛勒斯峰。我希望探险队即使找到它的真正名称，清清楚楚地写在山上，我们也不要理它。我知道你们一定同意没有一个名称比埃佛勒斯更美妙更合适。"其后，此人两次率队（1921年、1924年）去珠峰探险，从他那里发出的信息就很难再听到珠穆朗玛的名字了。其实那时的英国皇家地理学会已无道义可言，地理科学成了殖民的工具。当时的皇家地理学会会长、所谓的埃佛勒斯峰委员会的会长竟是1904年带兵入侵西藏，大肆屠杀藏民的殖民者荣赫鹏

（F.Younghusband）。

傲然挺立的地球最高峰虽然从未沦为殖民地，但是殖民时代早已成为过去。今天，珠穆朗玛的名字尚未完全为西方人士所接受，对此中国藏学研究中心的著名藏族学者格勒说："时至今日，西方社会中就应该承认世界最高峰的藏族名字'珠穆朗玛'了，这是他们应该给予藏族人民的尊重。"

来自日喀则，在中央民族大学学习藏学的巴桑次仁说："我相信没有藏族人会接受埃佛勒斯峰这个名字。他们怎么能够给我们的女神起个外国男人的名字，这与我们世代相传的故事极不协调，这是对藏族文化的不尊重和歧视。"

一些西方人士同样感到这种强加于人的做法欠妥。一位叫道格拉斯的英国记者在他的题为《珠穆朗玛峰吟唱词》的书中说"我感到遗憾，世界上大多数人仍在称这座山峰为埃佛勒斯。这个名字当中的殖民色彩让人感到不舒服"。（Ed Dougles:Chomolungma Sings the Blues.Published by Constable，1997，pp.99-100）。

北京广播学院国际关系学许铁兵教授指出，按照国际惯例，对于地理名称，本土人的称谓应当得到尊重。"如果不知道珠峰本来的藏文名称而把它称为埃佛勒斯峰可以谅解，但时间已经过去了这么久，这个错误应该更正过来了。"

1952年5月8日中央人民政府内务部、中央人民政府出版总署，通过新华社发出通报，称："应正名为珠穆朗玛峰"；"外喜马拉雅山"应正名为"冈底斯山"。通报全文如下：

我国西藏喜马拉雅山的最高峰原名"珠穆朗玛峰"，这在公元1717年（即清康熙五十六年）清朝理藩院主事胜住会同喇嘛绘制西藏地图时，即根据当地藏族的习惯称呼开始用这个名称。"珠穆朗玛"是藏语"圣母之水"的意思。但自1852年印度测量局测得珠峰高度以后，西人便从1858年起，将印度测量局局长额非尔士（英国人）的名字作为此峰的名字。我国编撰地志舆图的人也盲目地采用了这个名称。以帝国主义殖民官吏的名字来称呼我国的最高山峰，是一个很大的错误。同时，多数地志舆图中，对于西藏境内的"冈底斯山"，一直沿用着"外喜马拉雅山"这一极端错误的名称。冈底斯山横贯西藏中部，位于喜马拉雅山以北，帝国主义者竟以其侵略者的观点，妄称此山为"外喜马拉雅山"，这个称呼是非常荒谬的。此后，无论教科书、舆图或其他著作，凡用到珠穆朗玛或冈底斯山时，都不得再称为"额非尔士峰"或者"外喜马拉雅山"。

随着我国对外开放山峰，外国人到中国来登山，特别是来攀登珠峰的人越来越多，更重要的是我国国际地位的提高，珠穆朗玛峰的名字正在传向世界各地。

六、 珠穆朗玛峰的高度*

珠穆朗玛峰为地球之巅，有关它的海拔高度数据历来为世界各国所关注。长期以来，我国和其他一些国家，都对珠峰的高程进行了多次测定。

公元1590年喜马拉雅的初次草图为西班牙的安托尼·蒙赛拉特（Anthony Monserrate）神父所绘。

1717年第一张西藏和喜马拉雅地图由中国的喇嘛制成。

1733年法国人让·巴勃底斯·当维勒（Jean Baptised Anville）引用了在中国基督教传教士的测量和观察材料绘制了西藏地图，此地图收在巴黎出版的《中国地图》（42幅）中。

国际上对珠峰的测量

首先确定珠穆朗玛峰高程的是一个由英国组织的印度测量队1848—1952年在乔治·埃佛勒斯的领导下，从100英里之外的印度平原用大地测量方法进行远距离观测，以当时印度洋为基准面，从喜马拉雅山群峰中推算出珠峰（先称为XV峰，后称之为埃佛勒斯峰）的海拔为8840米。

---

*高度在测量学中叫高程。

翻阅过去的地图和有关资料，珠峰的高程也曾几度变更。先后用过如：

1850年的8839.8米；

在1852年测量基础上，1854年印度测量局地理学家以珠峰南侧不同位置为基准测量，得出海拔8848（8847.6）米的结果；

1902年印度测量队在距珠峰数10千米远的地方采用水银气压测定方法，五年后经英国人计算出数据为8882米作为珠峰高程；

1922年——8863.6米；

1929年——8854米；

1954年，印度测量局在1852年测量的基础上，以珠峰南侧不同位置为基准测量，得出珠峰高程为8847.6米。

在历史上，关于珠峰高度的争论从未停止，20年来，其中比较著名的几次是：

1988年，Bradford Washbum和妻子Barbara驾驶一架喷气机环行380英里测绘珠峰地图，他们得到九个国家的合作，其中包括中国和尼泊尔的飞行许可。在许多专家、机构的支持下，所绘地图成为目前最详细的珠峰地图。

1992年5月和10月间，美国、意大利分别采用GPS技术和光电测距仪技术重新测定珠峰高程，意大利的德希奥提供的数据为8846.10米。

较近的一次测量是在1999年5月，美国"千禧年珠峰测量"计划实施。我国测绘人员张江齐等作为合作方在北坡脚下给予协助，并提供参考数据。此次使用了全球卫星定位系统测定。11月，该计划的组织实施者布兰德福特·沃斯本在美国国家地理学会的年会上宣布珠峰的海拔高度为8850米。

综上所述，其中最高值和最低值相差约42米，有的则非常接近。由于这些测量是从不同坡向，使用不同的现代测量仪器和参数测定的，所采用的不同高程系，如黄海高程系与印度洋高程系，基准面（即海平面）本身之间就存在一个差值。如果按统计规则来看待，去掉最高值和最低值，当今珠峰的高程可能的变化范围应在8845～8850米。

我国对珠峰的测量

珠穆朗玛峰作为世界第一高峰——地球的第三极，过去，外国人虽对其进行过多次测量，但由于测量都不够科学和严密，很难估计其测量误差有多大，因而，珠峰的海拔高程究竟是多少，长期是一个待解之谜。为此，我国测绘部门认为有必要由本国对珠峰进行科考测量。

我国对珠峰作过几次重要的高程测量。

1958—1960年，从珠峰侦察组起始的登山科考队测绘工作者在绒布寺河谷开阔地段丈量基线，用水银气压计测定基线丘高程并进行天文观测，获得珠峰高度为8882米。但是此次所测的高度是用水银气压计测量的，估计到将会存在较大的误差，因此这个高度有不够准确之处。然而巧合的是，8882米的高度与新中国成立前我国书刊常引用的印度在1902年也是用水银气压计测量的数值正好一致。

1966—1968年，珠峰登山队、科考队、测高组（集中了当时全国测绘界的精兵强将）在海拔5000米以上，600多平方千米范围内，应用先进的仪器设备，在珠峰北侧再次测定其高程，1972年底计算出珠峰高程为海拔8849米（没有减去峰顶的积雪厚度）。

1975年为精确测定珠峰高程，由国家测绘总局和总参测绘局共同组成了一个测绘分队，除临时雇请的民工外，专业测绘人员近50人。当我国9名登山运动员于5月27日登上珠峰，首次在峰顶竖立测量觇标，测量覆雪深度后，我国测绘人员在距珠峰顶7~11千米，海拔5600~6300米的10个三角点上同时观测。此后，求得从青岛验潮站黄海平均海水面为基准的珠峰海拔高程为8848.13米。这一数字向全世界公布后，立即得到联合国和世界各国的公认。

8848.13米的高度在计算时已扣去覆雪厚度0.92米，此厚度的数据是当时登顶队员潘多用标杆插入雪地，当插不动了就认为是到达了岩石，这个数字正是0.92米，但这只到达浅层的雪覆盖。（30年后，2005年我国测量人员采用先进的冰雪雷达探测仪对珠峰峰顶就行了扫描探测，发现珠峰峰顶上方是有密度不同的三层物质。）

"中国人对珠穆朗玛峰的最早发现、命名与1975年首次精确测量"也入选了2009年《中国国家地理》杂志社与中国地理学会共同发起的"中国地理百年大发现"。

时间到了20世纪80年代后期，1987年3月，美国和意大利等国的报刊报道了一个惊人的消息：美国天文学会乔治·沃尔斯坦从卫星传递的信息测出我国的乔戈里峰高为8859米，比珠峰还高11米。但同年意大利的迪托·德希奥采用全球定位系统测得珠峰为8872米，乔戈里峰为8661米，否定了上述数据，再次确定珠峰为世界第一高峰。这个国际学术界的轰动，也引起了我国的关注。因而国家测绘局用航测的方法再次求得珠峰和乔峰的高程，说明珠峰还是比乔峰高出200多米，即使有二三十米的误差，也不至于把老大变成老二。

此外，经中外科学工作者多年考察后证实，大约在1000万年以前，喜马拉雅山还淹没在海洋里，由于地球内部运动，使珠穆朗玛峰脱颖而出，逐渐成为"地球第三极"，并且至今仍在继续增高，平均年增高达3.7厘米。因此，珠峰的高程和变化，再次成为世人瞩目的焦点，世界科技界期待中国人再次拿出令人信服的精确数据。

1992年3月，国测一大队又一次接到了复测珠峰高程的命令。迅速组成精悍的测量珠峰小分队，经体格锻炼和技术培训后，便携带先进和精良的测量仪器，于1992年6月进入珠峰北坡。按预定计划，这次复测，除同1975年一样应用常规大地测量技术测量珠峰外，要在珠峰顶上竖立金属测量觇标，安放当今最先进的全球定位系统GPS接收机和用于激光测距的反射棱镜，届时，将在顶峰和地面进行GPS同步观测。

测量小分队18位队员，到达西藏测区后不久，就听到中、日两国登山队在云南梅里雪山遭遇雪崩致使全军覆没的消息，大家的心头浮起了乌云，尽管那时已有好几个国家的登山队云集在珠峰北麓，可直到7月下旬为止，还没有哪一支登山队登顶成功。

1992年7月20日，各测量组到达珠峰附近的测量点位。

中外科学家都曾做过考察和实验：人类在海拔4000米以上的地区，生活将极其困难。但珠峰测量小组，有的一开始就登上了海拔5200米的雪山。由于1992年我国登山队没有登珠峰计划，而意大利队提出希望与中国合作复测珠峰高程，因而，国家测绘局与意大利登山队约定，由意方登山队把金属觇标、测距棱镜、GPS接收机安置在顶峰，配合中国测量员观测珠峰。1992年9月28日，是意方运动员计划登顶的日子，各测量队员于28日晨全部到达山下谷测高点。下午3时，测量员从望远镜中看到有人到达峰顶，然而，意大利部分运动员28日虽然登顶成功，却未见把觇标树起。9月29日，各测量组又早早地架设好仪器，直到下午1时许，意第二梯队胜利地登顶，并很快竖了觇标和棱镜。GPS仪器在峰顶、峰下、山南、山北，中国人和意大利人同时开始接收卫星参数，进行同步观测，而珠峰附近的数台大地经纬仪、激光测距仪，也都照准珠峰顶上的测量觇标或棱镜。自9月29日至10月1日，测量队员对珠峰一连测了三天，获得了大量的测量数据。测绘人员于10月上旬撤离珠峰大本营，历时90余天的测量全部结束。

平差计算工作是由国家测绘局大地数据处理中心完成的。测量数据除GPS观测数据、激光测距数据外，还有常规三角测量、导线测量、水准测量、天文测量、重力测量以及14次(有效)施放探空气球进行气温气压等气象参数的测量数据。

经计算机处理，得出由常规大地测量技术求定的珠峰(雪面)海拔高程为8849.22米，由全球定位系统GPS技术求定的珠峰(雪面)海拔高程为8848.54米。取权平均值后，得出1992年珠峰(雪面)海拔高程为8848.82米，由此减去珠峰顶上的积雪深度（此次意大利登山运动员是用一根长3米、有小拇指粗细的钢钉，在顶峰不同的位置往雪里插，取其最小值为2.55米），最终得出"世界之巅"的海拔高程为8846.27米。国家测绘局这一重要科研成果，已发表在中国最权威的科学刊物《科学通报》上。

　　最近一次是2005年5月22日，我国重测珠峰高度，此次登山队成功登上珠峰两次，将带到峰顶的觇标树起，山下6个交会点通过经纬仪等设备连续进行48小时测量。峰顶测量队员进行卫星GPS高精度定位，用冰雪深雷达探测仪对觇标处冰雪层厚度做了测量。野外测量工作结束后，在西安和北京，把水准测量数据、重力测量数据、三角测量、卫星GPS数据、雷达测深等放在数据中心进行处理，得出最终数据。

　　2005年10月9日在国务院新闻办公室举行的新闻发布会上，我国测绘局局长陈邦柱宣布："珠峰的表面海拔高度（顶峰岩石面）为8844.43米，峰顶冰层厚度3.50米。"从此我国采用这一新的珠峰高度数据，我国的教科书及地图等都以8844.43米为珠峰的新高程。

　　随着时间的推移，珠峰的高度还会因为地理板块的运动而不断增加。

七、攀登珠峰简史

　　1958年中苏双方协议要去攀登珠峰，这里要交代一下至当时为止国际方面攀登珠峰的历史背景。

　　近代对珠穆朗玛峰的探险与攀登的打算最早始于1893年，但这一次以及1904年、1913年英国军队组织的三次探险攀登活动均因当地藏族人民的反对而未能真正展开。

　　20世纪初，因尼泊尔不对外开放山区，所以国外登山队无法从尼泊尔侧到达珠峰南坡，都得通过尼泊尔或印度进入西藏，由北坡攀登珠峰。如英国登山队一般都在印度东北部城市——大吉岭集中，经边境城市噶伦堡从我国西藏的边境城市亚东入境，向北至日喀则，再走向西南方的珠峰北麓，从亚东至珠峰北坡，大部分为崎岖的山路，以运输物资牲口的行进速度计，得走半个多月。

　　1885年，英国登山俱乐部主席克林顿·托马斯·登特（Clinton Thomas Dent）在他的《雪线之上》书中，首次提出攀登此世界最高峰的可能性。

　　对珠穆朗玛峰的攀登活动始于20世纪之初，从1921年第一次正式攀登珠峰的英国队，直到1938年为止，英国登山队先后试图从我国西藏境内珠峰北坡登顶，都告失败。

1904年，荣赫鹏（1904年英国侵略军入侵西藏占领拉萨的上校司令官）下属的一个职员克劳德（Claude）和怀特（White），从珠峰东边94英里远处的岗巴宗（Kampa Dzong）处拍摄了第一张珠峰的照片，这张照片显示了这座山峰所处位置的所有重大细节。

1906—1907年，英国高山俱乐部（The Alpine Club，成立于1857年）的布鲁斯等，准备在1907年远征珠穆朗玛峰，但遭到尼泊尔和中国西藏地方政府的拒绝。

1907年，英国的印第安勘测队的队员——内森（Natha Singh）从尼泊尔一侧到达珠峰南侧孔布冰川的末端。

1910年，凯拉斯（Kellas）在北坡拍摄了一张珠峰照片。

1913年，一名英国陆军上尉约翰·诺尔（John Noel）乔装到西藏旅行（此时外国人是被禁止进入西藏的），他到达距珠峰60英里处，在寻找前往山区的道路时，他所携带的并不精确的地图上没有标出的一座山峰阻拦了他，在山区薄雾转移的间歇中，看到了珠峰上部的岩石和积雪，他说从西藏接近珠峰是最佳的途径。

1915年，罗林斯（Rawlings）计划登珠峰因第一次世界大战而停止。

1919年3月，当时担任英国登山俱乐部理事会会长的帕希·法拉在伦敦正式宣布，英国登山俱乐部从当年起，将开始组织和筹备征服珠峰的活动。

1920年，英国驻锡金的政治代表查尔斯·贝尔（Sir Charles Bell）爵士，在尼泊尔政府拒绝英国的请求后访问拉萨，向西藏官方申请允许英国派探险队去珠峰。由于英国军队曾于1888年和1904年两次入侵过西藏，后经过索要赔款、开放通商才撤兵，并在西藏上层中培植亲英势力。在此背景下，达赖喇嘛宣称可以让英国人来西藏登珠峰，英国向西藏地方政府提出的申请书上，他们用的是"珠穆朗玛峰"，并注明是"南方的百鸟之国"。而没有用"埃佛勒斯峰"这一令人难以接受的称谓。这说明英国人对这座世界高峰的固有名称是心知肚明的。稍后，英国皇家地理学会和高山俱乐部在伦敦举行了一次联席会议，商谈如何进行远征登上珠峰。此时，国际上的探险家们已经到达了北极和南极，认为下一个目标应该是珠穆朗玛峰了。于是组成了以荣赫鹏为会长的委员会，并决议通过下一年（1921年）去首次侦察珠峰，至于可能登顶的打算是不被看好的。

1921年，第一支英国去珠穆朗玛侦察的探险队由霍华德·伯利（Howard Bury）上校率领，花了10周时间，首次从中国西藏一侧侦察了珠峰北坡的中、东、西绒布冰川。9月24日，盖伊·布尔科克（Gay Bullcock）和乔治·马洛里(George Mallory)攀登到7000米的北坳，由于体力不支而下撤，此次英队认为找到了从北坡经过东北山脊通至峰顶的路线。此行在从加德满都进山途中死亡了一名生理学家凯拉斯（Kellas），死因说法不一，有的认为是肺水肿。凯拉斯于1920年曾参加英国高山科学探险队到喜马拉雅山脉的凯梅特（Kamet）地区在6000米的高度上首次试验使用氧气对人体的作用，并肯定它的积极效果。这是推动登山运动向8000米以上的高度进军以及在高山急救中起了重要作用的研究成果。

1922年，第二支英国珠穆朗玛峰探险队由布鲁斯（C.G.Bruce）准将率领，他被称之为喜马拉雅的老手，曾是廓尔廓（今尼泊尔）士兵的传奇统帅，在印度是个家喻户晓的人物，在20世纪初，是他首先提出了攀登珠穆朗玛峰的设想。此行沿着1921年的路线到达山区。5月22日，马洛里、诺顿(Norton)、萨默维尔（Somervell）、莫斯黑德（Morshead）做首次突击，在北山脊登至8170米。5月23日，芬奇（Finch）、布鲁斯在使用氧气的情况下，登至8320米。芬奇注意到供氧的特殊作用，这是在登山中第一次使用氧气，并认定了在高山使用氧气的好处。6月7日，马洛里试图进行第三次突击登顶，因此时在登北坳冰雪坡上的七名夏尔巴族搬运工遭遇雪崩遇难，致使该队在后勤物资供应上出现了困难而作罢乃退出登山。

1923年，马洛里访问美国做登山演讲时，《纽约时报》的记者问到为什么要攀登珠峰时，马洛里回答："因为山在那里"（Because it's here），这成为一句流传至今的名言。

　　1924年，英国第三次珠峰探险队来到珠峰，领队原是上次的布鲁斯将军，由于布鲁斯原本身体就不太好，患有高血压和心脏病，这次进入西藏后不久，就因为几周前在印度感染上的疟疾，而不得不回到大吉岭（印度东北部的城镇，又称茶叶之乡）。领队临时改为爱华德·诺顿（Edward Norton）上校，马洛里为突击组组长。6月4日，经历几个星期的恶劣天气后，探险队在北坡建成了一连串营地，在8150米山坡上建立第6号营地。诺顿和萨默维尔试图用无氧登山，他们沿着一条走廊式的斜坡，凑向北壁，萨默维尔在8500米的高度上因过劳而被迫下撤，诺顿继续前进，达到8570米高度后，想直接插向峰顶的北下方，但遇到一个大峡谷（时至今日，这一地点仍为一突出的难点，西方称此为"诺顿峡谷"，尚无人由此直插顶峰），无法越过它，他的这个高度纪录保持了29年后才有人超过它。6月6日，马洛里（Mallory）和欧文（Irvine）试图使用氧气（背负着13.6千克重的氧气瓶）登顶。奥德尔（Odell）留守在海拔8534米营地观察队友的行踪，下午12点50分，奥德尔发现马洛里和欧文二人在攀登东北山脊上的巨大岩石台阶（即第二台阶），然而一阵雪雾扫来，他们就消失在风雪之中，再也看不到他俩的身影。后来奥德尔回到8156米营地，守候一夜，没有消息。6月8日，奥再上8534米营地，周围仍空无一人，他继续向上，因体力不支，又回到原营地，他将两位登山者遗留的毛毯，摊开呈T字形，下面营地的战友，通过望远镜看到这个信号，按事先的约定，读出它不幸的含义。而英国队则认为他们可能是失联后又登了顶，从上山的时间、天气及队员的身体状况来看有可能登顶的。然而，时间一天天、一年年过去了，如今，几十年过去了，关于马欧失踪曾出不穷的理论和推测，形成两派意见。这些意见被人们反复成型、辩论又推翻，形成了世界探险和登山史上最大的谜团，从此引发了一场历时半个多世纪"马欧之谜"的议论。

　　38岁的马洛里是英国当时最优秀的登山家，欧文则是牛津大学年轻的学生，他们的遇难，在英国引起很大震动。人们为马洛里举行了隆重的具有国葬规模的葬礼，这在英国和国际登山探险史上是空前绝后的，它再次表明英国对开展亚洲高山探险活动的重视。

马欧之谜

马欧遇难半个世纪后，中国登山队员王洪宝最先发现了英国人的遗体，并把此信息透露给外界，西方登山界才由此得知。

1975年，中国登山队再次攀登珠峰时，队员王洪宝在8100米营地周围探察路线时见到过一具人体遗骸。1960年中国队登顶珠峰之前，只有英国队来过这里，因此他推测这个遗骸可能就是半个世纪前遇难的英国人。1979年，王洪宝担任日本登山队来珠峰侦察的高山协作人员，据传王曾在山上将此信息告诉了日方人员长谷川良典。日本登山队此次来华攀登珠峰系由日本发行量最大的报刊《读卖新闻》提供赞助，作为回馈，日本队的所有登山活动均由《读卖新闻》作独家报道。该报记者1980年在该国登山队来华正式攀登珠峰的消息中，撰写的《站在喜马拉雅峰》一文，其中提到了王洪宝曾在8100米附近见到过一具人体遗骸之事。《读卖新闻》发行有英文版，此消息乃首次公开传向西方各国，并引起了英美登山界的特别关注。至于王洪宝是如何具体向日本队员描述的，已无法论证。王原为北京地质学院学生，不会日语，学过英语。1979年，日本来珠峰侦察的队长斋藤惇生（医生）近年来与笔者通信时提到，王洪宝当时是用英语和长谷川交谈的。因为王洪宝在和日本人谈及此事后几天，就在从北坳下6800米地段遭遇雪崩，连同带下的成百吨冰雪一起被打入深深的冰裂缝中而遇难了，同时遇难者中方还有尼玛扎西和洛朗，当时他们一行四人，只有一名日本队员处在雪崩区的边缘被雪崩的气浪甩了出去，跌断了三根肋骨却捡回了一条命。

1999年，一直想破解"马欧之谜"的美国登山界，在英国广播公司（BBC）赞助下，由美国著名登山家及珠峰的登顶者埃里克·西蒙森率领16

人，含登山家、历史学家、冰川学家和制片人等组成了一支1999搜索马洛里和欧文探险队（1999 Mallory&Irvine Research Expedition）。4月从中国境内的珠峰北侧进入山区，5月他们来到珠峰北坡第一台阶附近发现了一个英制的老式氧气瓶。他们根据日本报纸提到的"1975年王洪宝在8100米六号营地走出帐篷，在附近闲逛了20分钟，见到一具英国人的遗体"。西蒙森探险队里的地质学家海姆勒伯根据珠峰照片的背景，对六号营地的位置进行研究，判断出中国人当年的六号营地应该在海拔8220米处，并用仪器把王洪宝帐篷的位置缩小到一个非常小的区域里，由五名搜索人员从这个小区域向各个方向走出15分钟进行撒网式寻找。

36岁的安克尔独自向原中国队的营地走去，路上他发现了一具尸体，从衣着和装备的款式上，安克尔知道这是一个遇难时间不长的登山者，不是自己要找的人。他沿着下坡向西走，登上一个山脊的巨石，向西望去，看到一块白色的物体，比周围的物体都要白。几分钟后，安克尔走近一看，他意识到这不是一具现代人的尸体，他趴在那里已经很久很久了。尸体身材高大，头部已腐烂，躯体尚完整，右腿已折断。安克尔用报话机召来了同伴。搜索队员们看到这个赤裸的背部冻得像白瓷似的遗体时，都深深地被感动了，他们说："那像是一具希腊或罗马的大理石雕像。他紧抓着岩石，一直到死亡前的一刻仍在战斗。"（死者的皮肤由于冷冻干燥已完全革化成白瓷色。我国《北京晨报》1999年5月30日第6版也曾登载了这张照片，相关的文章是《珠峰之魂》）应该是马洛里或欧文中的一位。队中考古学家理查德和诺顿轻轻揭开其周边残破的衣服，有法兰绒衬衫、羊毛套衫和裤子、棉布和丝质内衣裤、帆布式的外套。随后在其遗物得到证实是马洛里（在遗物衬衣领上有洗衣店留下的马洛里名字，胸部的口袋里有几封其他朋友写给马洛里的信及马本人亲笔写的登山用氧计划和各营地物资计划安排）。马洛里去世时是俯卧在雪地的，所以胸前登山服口袋中的信，未直接接触空气没有完全风化。信及纸片保存完好，上面的墨水笔迹清楚，没有模糊或褪色。身体右边口袋里找出了一块精美的软绸手帕，上面绣有乔治·马洛里的名字缩写（GLM），还有一盒保存完好的火柴，居然还能打得着火。搜索队有备而来，甚至使用了金属探测器来探查，在附近散落的遗物中还找到被认为是马洛里的手表、睡袋、手套、小刀、防护眼镜、一个扁盒牛肉罐头等，唯独没有找到最想要的照相机。考古学家还从其手臂切下了一小块肌肉带回去作DNA核对。马洛里遗体正好位于1933年发现欧文冰镐（镐上刻有欧文的记号）遗落处垂直的下方。

据了解，马洛里和欧文当年在攀登时还携带了一部柯达照相机拍登山的情景，如果能找到这部相机，便可把相机中的胶卷冲洗出来，可了解马欧到底登到什么地方，但是在漫漫冰雪峻岭中要想找到它，实在是太渺茫了，何况时间又过去了75年。

美国队从遗物中收集了足够的证物，拍摄了照片，举行了一个按照英格兰大教堂的传统方式做葬礼祷告作为告别。然后遵照马洛里家属的愿望对遗体就地掩埋，搜索队在附近采集石块在遗体叠砌成石堆，将之葬于珠峰。美国队下山经加德满都时，举行了记者招待会并展示了遗物和照片。返回美国后在旧金山办了展览，后来又来到伦

马洛里的遗体，坠落在8100米高度处，最上方为珠峰峰顶（摄影：杰克·诺顿）

敦举行了报告会及展览。稍后，由探险队的组织者德国人乔琛·汉姆莱、队长美国人艾瑞克·西蒙森等三人将此事的前前后后撰写了一本书——《寻找马洛里和欧文——埃佛勒斯的鬼魂》（*Ghosts of Everest:The Search For Mallory&Irvine*），此书于2007年由我国汕头大学出版社翻译出版。

为何马洛里的遗体前些年一直没有被发现？可以有两个解释。一个较合适的解释是，可能遗体长年为降雪所覆盖，而近些年天气转暖，如同山体某些突出的岩体那样才比较容易暴露出来。如果再遇到大雪，仍然随时有可能再被覆盖起来。另一个解释就是遗体的位置偏移了传统的登山路线。如果没有1975年中国队的王洪宝在8100米的六号营地附近四处探索路线的话，可能外界一时还得不到这个信息。美国搜索队此行虽然找到了马洛里的遗体，但是仍然没有证据表明马欧是否曾经登顶，也无法证实他们是否登上了第二台阶这一登顶的必由之路。英国登山界一直希望能找到马洛里或欧文的照相机，试图从中获得登高的信息，但是这个愿望落空了。至此，有关"马欧之谜"的议论才告一段落。

29年后的1924年，当英国登山探险队的希拉里和丹增从南坡登上珠峰，站在顶峰居高临下，观察了"马欧之谜"的攀登路线——珠穆朗玛峰北坡后，他们认为"马洛里和欧文没有登顶，因为从北坡登上珠峰简直是痴人说梦"。

2001年9月，美国1999年珠峰搜索队队长埃里克·西蒙森等两人，专程访问北京。在中国登山协会先后会晤了王富洲、王勇峰，又去京郊屈银华家，最后还到拉萨见到贡布。西蒙森此行主要是了解中国队攀登第二台阶的地形及经过和马洛里遗体位置的地形。

1933年，第四支英国珠峰探险队，由16名新一代登山者组成，领队是休·拉特利奇（Huhg Ruttledge），还拥有一队体格健壮、精力充沛的夏尔巴"山虎"队。这支探险队于4月17日到达绒布寺上方的大本营。5月16日，他们攀登上升到8320米处黄色岩石地带中段的山脊上建立了营地，但是随后的暴风雪使得他们不得不下撤。在下撤途中，他们发现了1924年英国队6号营地（8140米处）的废墟，还找到了遗下的手电筒及电池。

5月30日，由温·哈里斯（Wyn Haris）和韦杰（Wager）做首次无氧（不携带人造氧气）登顶的尝试，他们的计划是侦察先前马洛里所走山脊的路线（即走第二台阶），如果不可行的话，就走诺顿走廊的路线。在此之前，他们在第一台阶东边250码处（8460米高度）发现了1924年落下标记为欧文的冰镐。两人继续在东北山脊下横插，但是无法通过在第二台阶下的一个浅沟壑到达山脊，被迫在此宿营止步。

6月1日，希普顿(Shipton)和斯迈思(Smythe)进行第二次无氧冲击登山，做了一次超人类极限的努力，为了等候好天气，他们在8000米以上的"死亡地带"未用氧气待了两个夜晚后开始行动，他们基本上沿着哈里斯和韦杰的上升路线到达第一台阶的底部，继续走诺顿横切的大走廊路线。希普顿过了第一台阶不远就精疲力竭被迫放弃了，斯迈思独自继续跨越大走廊，但所走路线的高度比他预料的要低，因为稍低处的礁石比较容易迈过去，斯迈思在诺顿曾经到达过的最高点处也无法再前进（即诺顿峡谷的峭壁）。暴风雪又连续袭来，所带的食品和氧气即将耗尽，一直到6月15日以前暴风雪也没有减退的迹象，只有下撤，1933年探险队宣告登顶失败。

1934年春，有英国怪人之称的莫里斯·威尔逊（Maurice Wilson）陆军大尉企图单人登上珠峰，他缺乏登山经验，但却有狂热的信念想去获得成功。他最初企图使用轻型飞机进行登山，由于高山风大，结果飞机被损坏，他受了轻伤。后来他雇了一些人协助，在北坳建立了营地，独自一人上山，他要求雇用的夏尔巴人搬运工等他10天，10天后如果他还没有回来，这些搬运工可以自由离开。之后是威尔逊在北坳往上登一直未回，这些夏尔巴人在等到规定的时间后，就撤至山下并转回到印度的边境城市大吉岭去了。威尔逊的遗体于第二年（1935年）才被英国侦察探险队在北坳下6400米处发现，遗体被包裹在帐篷中，探险队还在帐篷中找到他的日记本（估计是从7000多米处的山脊滑坠下来又经过冰川的推动而到达这里的）。1960年，中国登山队在6400米地段也见到一具西方人的遗体，估计还是第二次世界大战前英国人威尔逊的，因为其他西方人尚未在此地失事过。刘连满等队员一是出于登山运动员之间的情谊，二是避免让新队员看见后产生恐惧感，当即组织对此遗体挖雪坑深埋。此事在登山的报道中披露后，英国登山俱乐部和遇难者家属曾来过感谢信。

1935年，第五支英国侦察探险队为一个小型季风后的探险队，队长是埃里克·希普顿（Eric Shipton），队员六人及一批当地搬运工，丹增·诺尔盖（Tenzing Norgay，即以后在1953年英国队从南坡登顶的二人之一)作为一个年轻的背夫（porter，我国则称为搬运工），第一次来到珠峰。探险队的主要任务是勘探和测量，登山排在第三位。

7月初，珠峰北坡已经遍山都覆盖着季风带来的大雪，英国队尚未到达绒布冰川，就已意识到此时不具备攀登珠峰的条件，尽管如此，还是在季风后做一些侦察的尝试。他们在北坳下建立了三号营地，在那里发现了威尔逊（1934年）的登山装备等遗物。7月12日，他们带着充足的装备登上北坳（7000米）并在那里等了两周，然而季风带来的额外持续降雪阻碍了他们进一步往上攀登。于是在返回大吉岭之前，只得分散成立了几个小组，在这个地区海拔较低的西山脊、西南壁、东南山脊和北壁等处可能通往顶峰的地点，分别做了记录和摄影。此行的目的是找寻登山路线，并确认雨季风雪太大，雪崩多，不宜登山。

1936年，第六支英国探险队，10人组成由重新归队的休·拉特利奇（Huhg Ruttledge）任领队，除迈斯思和希普顿等老队员外，还增加了奥利弗（PR.Oliver）和加文（JML.Gaver），丹增·诺尔盖（Tenzing Norgay）作为背夫，第二次参加探险队。当时新研制的轻便型无线电台第一次被带到了珠峰，这么一支强有力和经验丰富的探险队本来是很有希望登顶的，但他们到达北坡地区的时间太晚，5月2日才到绒布寺上方。在5月18日到达7400米营地，风大（此处地形特点为具有管道效应的风口）雪大，乃下撤至7000米的北坳，待了11天以等待时机，但天气一直太差，只好收兵。这次失败主要原因是季风在5月25日提早到达了，巧合的是在历来登珠峰的经历中仅有两次季风是推迟来到的，偏偏赶上1921年和1935年的侦察活动，所幸两次侦察活动并无登顶计划。

1938年，第七支英国探险队由比尔·蒂尔曼（Bill Tilman）率领，是一支人数较少（七人）、费用较少的探险队（虽然带有四套氧气装备），丹增·诺尔盖作为背夫再次参加。

有了在1936年受季风提前而吃苦头的教训，该队4月6日就到达了绒布冰川，他们惊奇地发现山上的冬季积雪已经被大风清除，花了三周时间才在北坳山下建立了三号营地，但是天气太冷，队中连续出现太多的病号，于是他们往东撤退到卡塔（Kharta）河谷较低的高度上休整，当他们一周后返回珠峰北坡时，季风已经令人难以置信地在5月5日就到达了，整个山体又覆盖起大雪，探险队随后在北坳建立了营地，接着往上在黄色地带下的8290米处碎石斜坡上建立了6号营地。迈斯思和希普顿在向上突击因积雪太深行动困难而折回。次日，蒂尔曼和劳埃德（Lloyd）也遇到同样的遭遇，只好下撤而宣告登顶失败。

1939年到1946年间，因第二次世界大战整个喜马拉雅山的攀登活动陷入停顿状态。

1947年，加拿大出生的阿尔·登曼（Earl·Denman）非法私自进入珠峰北坡，只带了夏尔巴人达瓦（Ang Dawa）和丹增·诺尔盖（这两人是自1938年的9年后，第4次来到珠峰）。在路上几乎被西藏巡逻队逮捕，三人抵达绒布寺后继续上山，因登山的装备太差，不够抵御严寒，他们只到达北坳之下，未超过6400米高度，身体就很虚弱了，只得无功而返。

1950年，尼泊尔经历了一次宫廷革命，拉纳家族的统治被推翻，尼泊尔此时对西方开放，外国探险队首次被允许由尼泊尔进入珠峰南坡。

1950年，美国探险队从尼泊尔至珠峰南坡侦察，该队由美国人查尔斯·胡斯顿(Charees Houston)率领。同年英国人比尔·蒂尔曼（Bill Tilman）率领的探险队进入了夏尔巴人的家乡Solu扎布地区，并在扎布冰川的下方5480米高度考察。

1951年5月，我中央人民政府与西藏地方政府签订了17条协议，西藏和平解放，西藏的环境不向外国登山队开放。自此，外国登山队只能从尼泊尔进入珠峰南侧，从南坡攀登珠峰。

1951年秋，英国登山队由艾·希普顿（Eric Shipton）任队长，全队共七人，从南坡只攀越了一段孔布冰川，到达6450米处返回。

1951年春，丹麦队队长拉森（Klans BLarsen）私自从尼泊尔越过边境，到达珠峰北坡北坳下6500米处。

1952年春，瑞士登山队长迪南(E.Wyss-Danant)从珠峰南坡攀登，队员兰佰特（Lambert）和尼泊尔搬运工丹增·诺尔盖从洛子峰一侧登上南坳，间歇地使用氧气，从东南山脊到达8534米高度。

1952年春，英国登山队队长希普顿（Eric Shipton）来到珠峰南坡，在冰川上训练，皮尤(Pugh)在门龙拉高度为5486米的帐篷实验室里工作了三个星期。他为了论证氧气对登山速度的作用，进行了一系列实验。他们认为这一工作与其他对营养和服装的研究，为次年（1953年）英国珠峰登山队首次登顶成功做了必要的准备。

1952年瑞士和法国登山界相继宣布，他们将在1954年和1955年向世界第一高峰挑战。消息一传出，在英国引起强烈反响。曾多次派队远征喜马拉雅的登山俱乐部立即迅速组织起一支登山探险队，决心抢在瑞士和法国人之前征服珠峰。

英国登山界先从全国征募了100多名登山预备队员，进行了长达一年多的体能和技术训练。然后进行了严格筛选，挑选出优秀人员作为正式队员。他们是：科学家鲍·迪伦、维斯特马考特和班德，医生伊文斯、华德和波夫，教师诺伊斯和新西兰人罗、养蜂专家新西兰人希拉里，陆军军官维雷、旅行家格列格里、摄影师斯托波特和尼泊尔夏尔巴人丹增·诺尔盖及通·杜普，还雇用了400多名高山搬运工。

1953年4月，英国登山探险队由汉特上校率领队员9人，在尼、藏搬运工400多人的协助下，带着7.5吨的装备和食品，开始了人类第14次向"地球之巅"挑战。从尼泊尔进入珠峰南坡，4月15日到5920米二号营地，4月22日到6200米三号营地，5月1日到6470米四号营地，10日到6700米五号营地，11日到7000米六号营地，17日到7320米，22日组成突击组6人，24日到8000米八号营地，26日到8350米九号营地，28日到8500米突击营地，此时突击组6人中包括队长汉特在内有4人已体力不支，汉特决定连他都下撤。只留下体力较好的希拉里和当地尼泊尔向导丹增·诺尔盖两人，并把突击组的氧气、食品和燃料尽量留下，以保证登顶之需用，这真是个果断和正确的决定。

1953年5月29日，英国登山队在尼泊尔境内的珠峰南坡，由新西兰人埃德蒙德·希拉里（Edmund Hillary）和当地尼泊尔向导丹增·诺尔盖(Tenzing Norgay)从8500米的突击营地登顶成功。

在西方通常将这种重要的登山探险活动与政治挂钩，英国登山队选择6月3日为登顶的最后期限的考量是，1953年6月2日是英女王伊丽莎白二世在伦敦威斯敏斯特大教堂举行加冕典礼的日子，伊丽莎白二世是英国及英联邦16个成员国的国家元首。英国队很看重这次登山，想以登上珠峰作为加冕献礼，结果如愿以偿。英国队登顶的消息及时到达伦敦，赶上了英女王的加冕典礼。

英国《泰晤士报》以头版重要位置和很长篇幅报道了这个国际登山史上的盛事。由此埃德蒙德·希拉里被奉为英联邦国的英雄。下山后，在加德满都，队长汉特和希拉里被授予英帝国的爵位。丹增·诺尔盖被授予乔治勋章，也成为尼泊尔全国引作自豪感的偶像。

埃德蒙德·希拉里于2008年1月11日在新西兰因心脏病去世，享年88

岁。新西兰政府于1月22日在全国最大的城市奥克兰为希拉里举行了国葬，全国下半旗纪念这位传奇人物，看来西方对于这位举国公认的英雄人物有独特的垂青。

在1958年中苏登山探险队侦察组对珠峰考察后的两年之际。

1960年5月25日凌晨4：20，中国登山队员干富洲、贡布、屈银华三人在登山队经历了前三次行军的失利后，在最后组成的第4批突击组当中，历尽艰辛，终于完成人类首次从北坡登上世界第一高峰——珠穆朗玛峰的壮举。

正当中国登山队正在从北坡向珠峰突击时，一支由吉·辛格少校率领的印度登山队正在尼泊尔境内从珠穆朗玛峰南坡攀登珠峰。当他们到达南坡海拔8625米的高度时，宣布由于天气愈加恶劣无法前进，而放弃了这次登顶活动。

至此，从1921年开始，从北、南两个方向，向珠穆朗玛峰顶峰进军的计划成功告一段落了。

人们不禁要问，攀登珠峰的难点在哪里？首先要认知明白的是，攀登高山被认为是人类向自身体能极限和自然极限进行的双重挑战，对于特高海拔的珠峰来说，大致可以归纳为三点。

一、高度，高度带来的缺氧。高度越高，空气越稀薄，缺氧越严重，到5500米高度，空气中的氧含量只相当于平原的1/2；到8000米以上只相当于平原的1/4，即减少了75%。

高度带来的低温，海拔高程越高，气温越低，每升高150米下降1℃。根据推算，在冬季的8230米处约为-40℃。

二、高空风大，加上飞雪即为暴风雪，一旦遭遇行进会很困难，且易冻伤。

三、地形复杂坡度大、陡峭，容易滑坠。

对于这种特高海拔的严酷高山环境，此处摘录1999年美国登山探险队员在高山的亲历感受，以增加读者的感性认知。

1999年，美国登山探险队在珠峰北坡搜索到马洛里遗体后，又成功登顶珠峰的两队员之一的哈恩说过这么一段话："从五号至六号营地（7600~8100米），风速维持在每小时40千米——虽不至于把人吹走，但是天气这么冷，想在这么大的风里轻松走路可不容易。实际气温我们说不准，在那个高度我们没有足够的氧气来帮助产生热量，所以常常感到极度寒冷，可能实际的温度并没有这么低。这就像是火，你需要的不仅仅是燃料和一点火花，你还缺不了氧气。"

哈恩说："从六号营地8100米区域，由此往西，要搜索的地区巨大无比，大约相当于12个足球场那么大。"其同伴保罗也同意："如果是在海平面，这片地方感觉可能没有那么大，可是在海拔8000米的高度，当你的心脏以冲刺跑的速度跳动，可是脚步却以爬行的速度往前挪，每走一步都得喘三口气，这个地方就显得大得可怕。"

1999年，美国登山探险队的杰克·诺顿在珠峰已经破了自己的高度纪录（超过8000米），每走一步他也是小心翼翼，他说："在这里找什么尸体本身就恐怖至极，尤其是你身处这样的一个险恶地形，一步走错，你恐怕就变成了另一个被找的人。"

八、中苏登山第一次会谈

　　根据中央批准的中苏共同攀登珠穆朗玛峰的计划，国家体委于1958年7月21—26日在北京新侨饭店召集会议，苏方与会者为苏联体委第一副主席波斯特尼柯夫、全苏登山协会副主席库兹明（苏联一高级工程师，曾为1956年中苏慕士塔格峰登山队副队长）、全苏登山协会主席团委员别列斯基。中方参加会谈的有国家体委副主席黄中、中国登山协会主席栗树彬、中国登山协会秘书长史占春。会议在充分合作和谅解的气氛中进行。

　　会议就下列问题达成了共识：

　　1.组织领导：原草案对双方队员的人数是中苏队员各15人，而苏联方面另配备有5名教练，实际上苏联队员数为20人，这样就不够对等。中方提出也配备5名教练（由许竞、刘大义、刘连满、彭淑力、石竞担任），亦为苏方接受，成为双方各20人。

　　关于队长问题，苏方建议由中方担任队长，苏方任副队长，但苏方的草案中，对副队长职权的规定是：完全有权代替队长解决登山队的问题，我方建议改为受队长的委托，才能代替队长解决登山队的问题。为了发挥集体领导的作用，我方提出建立核心小组代替一长制，队长、副队长受核心小组领导。此外，我方考虑到这个队是由中苏双方共同组成的，在执行具体任务时，中苏双方分别对登山队进行领导，对工作将有很大不便，我方提议在北京建立一指挥部，由中苏体委双方派代表参加，主要负责人由中方出，苏方亦同意。

2.为了做好准备工作，我方提出在当年（1958年）由中苏共同组成一侦察组去西藏对珠峰进行实地考察，并建议苏方的别列斯基领导此组（别列斯基在1955年曾任中国赴苏学习登山的教练和1956年中苏慕士塔格峰登山队队长，其组织领导能力为中方所熟知）。苏方同意，并提出侦察组增加菲里莫诺夫和科维尔柯夫两人，也为中方接受。此一派出侦察组的决定和行动乃引出本书的中心话题。

3.航测与空投，由苏方承担，但须由我国政府正式向苏联政府提出。航测的底片归中国，照片可充分提供给苏方。苏方提出，参加航测的苏方飞机不从苏境内的机场起飞，而是从中国的机场起飞。

4.由中苏合登，而不是由社会主义多国参加。

由社会主义国家组成多国登山队登珠峰是中方建议的，这是考虑到此举可以显示社会主义国家大团结，其次是近几年陆续有几个社会主义国家，如前民主德国、前波兰、前捷克、前南斯拉夫要求来华登山，当时都被我国婉拒了，前波兰在此前一年曾派登山协会副主席来京两周之久也未得解决，如组成多国登山队也可偿还这几个国家的登山愿望。苏方对这一问题在政治上是肯定的，但强调在组织工作方面困难很多，提到除捷克外，其余国家都没有高山队（即仅有一般登山队，而没有能登高山的队伍）。我方最终同意只由中苏两方合登。

5.建议西藏党政军成立支援组织。

关于攀登珠峰的行动计划：

1. 1958年开始准备，预计三年完成。即1958年侦察，1959年试登，1960年登顶。

2. 高山装备、高山食品由苏方负责，约需300万卢布。

中方负责全部人员、物资的运输（北京至珠峰），且补充部分装备，需200万～300万元人民币，若修公路（日喀则至珠峰山下）还要远高于此数。

九、中央对攀登珠峰实施计划的批准

国家体委将以上列中苏第一次会谈并达成共识的内容以体委党组的名义（蔡树藩盖章）于1958年8月1日向中央写了专题报告，并送上两个附件（一、《苏联为中苏会谈爬山问题提出的会议记录草案》；二、《中苏会谈爬山问题备忘录》）。

报告中还特别提到希望中央军委和西藏（军区）协助解决的几个问题。

1.登山探险队在（大本营）修建临时活动房屋所需的原料和人力及向高山上搬运物资的搬运工；

2.保证该队安全的警卫部队；

3.苏联飞机在从事空投和登山队将携用的15吨物资从拉萨运至珠峰山下所需的汽车和牦牛（公路终点至山下的营地）；

4.航测任务时所停留和起飞的机场以及航空燃料（陈毅副总理后来在此处批示：我们的飞机要参加）；

5.登山队日常所需的又为西藏地区可能解决的其他物资的供应；

6.气象预报；

7.西藏支援组织在解决上述问题时所需经费由登山队负责。西藏支援组织应设一专用电台以保持与登山队经常联系；

8.登山队全体人员（70人）自北京—拉萨往返的空运和15吨物资由兰州至拉萨的运输，建议由中央军委协助解决。

中央对体委报告的批示。

1958年8月3日，邓小平同志在体委送审的报告中批示：

　　　此件请总理、陈毅同志先阅，拟请总理主持找体委同志研究一次，我也参加。邓 八.三（在此文件上，总理、陈毅都作了圈阅）

　　8月初，中共中央政治局扩大会议在北戴河召开期间，中央领导同志都集聚在那里。8月8日，中苏登山会谈的中方代表、国家体委副主任黄中和登山处处长史占春来到北戴河，找到贺老总，详细汇报了中苏登山会谈中的情况及中方已开展的人员调配、物资准备、科考立题等方面的进展。稍后，贺龙让黄中向周恩来、邓小平和陈毅等领导人作了详细汇报。领导层对此及时作出了肯定的决定。前几年，当笔者问及史占春同志去北戴河向贺老总汇报的情况时，史仍能娓娓道来，并高兴地说，临回北京时贺老总送他一瓶茅台酒，他在火车上没舍得喝，一直带回了家。

　　在登山文档中，黄中同志注："8月10日在北戴河周、邓、陈、贺共同研究批定此项计划"。此报告（共10份）由中央办公厅机要室盖章分送：主席、少奇、恩来、朱德、小平、彭真、陈毅、尚昆、外办等。

十、进山的准备工作

在1958年4月，经中央批准同意中苏共同攀登珠峰之后，在国家体委的领导下，一系列的组织工作开展起来了，人员的配备和物资准备等具体事务由体委副主任黄中来主管。在组织机构作出的重要调整，就是把中华全国总工会体育部所属登山队的人员、物资装备和任务，全部调拨至国家体委的编制内，并新设立了登山处（我国在1956年、1957年、1958年曾用过中国爬山队的称号，从成立登山处之后，就统一用登山队而不用爬山队的称号了）。

1958年4月8日，体委在西二楼会议室召开登山运动座谈会，会议由贺龙副总理亲自主持并作了重要讲话。这次会议是一次动员会，布置了中苏两国攀登珠峰的任务及与之相配套的高山科学考察工作。贺老总在部署攀登珠峰任务的同时，也考虑到了科学考察工作，那就是攀登珠峰不仅是一件单纯的登山体育活动，更是要在那些偏远山区、人迹罕至的地方进行的科学考察。弄清它的气象、地理、地质、冰川、水文、动植物等的自然资源，先了解它，再去开发它，让它为社会主义经济建设服务。我国的科考队当时因交通等问题还从来没有过西藏，何况这次是去珠峰那么远的边陲之地。登山队在攀登时所需要的气象、冰川、水文等信息，科考队可以提供。科考队所需要的登山装备和攀登技术以及带领考察路线等，登山队也可以支援，这真是相得益彰的事。

参加此次座谈会的人员有：贺彪（时任卫生部副部长）、林敦荣（气象局）、袁维舟（地质部）、于超（国家民委党组成员）、李秉枢、唐邦兴（中科院地理所）、李璞（中科院地质所研究室主任）、杨宣仁（科学院）、韩复东（军委总参体育局局长、大校）、栗树彬、史占春、许竞（全总体育部）、林恺（国防体协办公厅主任）、林超（北京大学地理系教授，研究喜马拉雅山系和珠峰的知名专家）、马杏垣（北京地质学院副院长）、黄中、李克如、张之槐、晏福民（体委），还有新华社、《工人日报》、新闻电影制片厂等新闻单位。

会议决定：

一、成立中国登山协会，制定十年发展规划。

二、筹备1959年攀登珠峰：

1.组织50人队伍，当年赴苏联训练（含科考队员）；

2.全国建若干登山营（暂定5个）；

3.科研单位提出研究课题，考虑组建相应的高山工作站；

4.请国内有关文化用品、食品公司准备或研制登山装备及食品。

并要求有关单位对中国登山协会委员人选、赴苏训练的队员人选、拟进行的科研题目于本月15日提交国家体委。

1959年5月16日，中国登山协会成立，选出主席栗树彬，副主席漆克昌（中科院综合科学考察委员会副主任）、副主席陈外欧（国家测绘局局长）、副主席张文佑（中科院地质所副所长）、秘书长史占春。

同时成立和选出的还有登山协会下属的科学研究工作委员会主任张文佑、技术指导工作委员会主任许竞。以此次会议为契机，向珠峰进军已由计划逐步走向准备工作的实际行动中了。

中方准备工作的启动

准备工作千头万绪，从何下手？国家体委黄中副主任及时提出，就像打仗一样，要求"情况明，决心大"。在准备工作中首先抓信息。他提出要把英国同行几次攀登珠峰的历史记录整理出来，进行分析研究。对此，中国登山队邀请北京大学地质地理系侯仁之、林超教授，对英国队登珠峰的资料进行翻译和整理，先后总共编译达30万字的文字材料。

鉴于此次攀登珠峰的活动在西藏进行，很多方面势必取得西藏地方的支持。

在涉及西藏的事务时，贺总认为在西藏需要人力物力支援时唯有依靠当地军区，这是当时的环境条件决定的。当时西藏的党政军三大系统，在1958年有中共西藏工作委员会简称西藏工委，只是个领导机构。行政方面，自1951年和平解放以来，地方政权仍由原噶厦政府在掌权，而西藏自治区筹委会于1956年才成立，处于初创阶段，没有具体实力。而西藏军区则有较完整的后勤系统，有提供物资保证的能力。

对此，1958年6月的一个晚上，登山处处长史占春和负责登山后勤物资的总管罗志昇来到东交民巷贺老总家汇报工作，谈及西藏的支援时，贺总认为在西藏需要人力物力支援唯有依靠西藏军区了。贺总提出，我可以给西藏工委和西藏军区发个电报，一些具体细节，你们可以先去找西藏军区司令员张国华将军，他现在正在北京出公差，我给你们写个条子去找他面谈。经电话联系后，次日史和罗随即驱车来到西直门外位于小西天的张国华家。史占春问候了张国华将军的健康后，提出目前最紧迫的就是运输方面要修建日喀则至绒布寺（珠峰山下）公路之事。因为修路太花时间了，需要提前着手准备和及时开工，否则就会赶不上明年春季的应用。张将军答应军区可以帮助，当即拿起军用电话接通了在拉萨主持军区常务工作的政委谭冠三中将，张和谭两位将军商谈并允诺了西藏军区可作尽力支援，以后的事实进展证明完全如此。

关于张国华中将，他原是解放军十八军军长，1950年率部走进雪域高原西藏把红旗插上世界屋脊，给如今人们称之为"天堂"的地方带去了曙光，当地人民送给他一个美丽的称号——佛光将军。后来以十八军为基础，成立了西藏军区，张为军区司令员。他因心脏有些问题，难以耐受高原缺氧，一般说来是不宜在西藏居住和工作的。然而因军情需要，仍然长期带病驻藏。特别是有紧急军情，如在1959年西藏平叛时，他在数天内即带领部队从青海赶至拉萨参战。尤其是1962年中印边境反击战中，更是亲临高原边境山区前线指挥作战，并取得了卓越的胜利。后来，在"文革"期间，于1967年调任成都军区第一政委，后出任四川省委第一书记、省革委会主任，终因事务繁忙、积劳成疾，于1971年因心脏病发（不到58岁）不幸英年早逝。

依据登山的总体计划和中苏双方达成的分工，我国登山部门，从攀登珠峰可能遇到的难点，进行了充分的准备。物资方面真是千头万绪，大到一顶帐篷的制作材料及其搭建固定方法，小到一根火柴的防湿。

当时进入西藏地区，人们的生活用品基本上都是从内地运去的，况且登山者要去高寒地带，对装备、食品方面都有特殊要求。为此，必须进山前在内地准备好。

按照中苏登山协议，高山装备（指7000~8000米以上）由苏方提供，如防护用的尼龙绳只有小手指粗细，要能在低温下不裂不脆，仍然柔软有力（拉力应达2000千克左右）。而在较低海拔如5000~6000米高度的低山队员及工作人员的防寒服装，则归中方自理，也要能抵御零下一二十度的低温，如鸭绒衣裤都是选用国内最好的原材料找服装厂做特殊的加工，如需用加厚及密织的面料，才能防止最纤细的绒毛不从织物或缝线的针眼里透露出来。有些装备如帐篷都得在模拟低温条件下的冷冻室里进行试验。为此，国家体委还专门致函国家计委、经委请予价拨优质鸭绒3000千克，尼龙丝1500千克，并得到及时购得。

在食品方面，首先粮食（米面）就需几万斤（以200多人，3个月计，还不包括警卫部队），这在凭粮票计划供应的年代，可不是一个小数目，于是得由体委写报告，经粮食部特批解决的。还考虑到在大本营（5000米）以上的高山营地，无法携带高压锅及相应的燃料上去，而高地的气压低，水沸点低，米面煮不熟，都是夹生的。根据有关部门推荐，军队为高寒地带野外执勤的官兵生产了一种套餐——快熟米（一种已蒸熟的米饭，经烘干制成）和干燥面（类似现在的方便面），这种米、面用温水浸泡10来分钟后即可食用，适合登山队员在山上应用。为此通过解放军总后勤部从上海的有关工厂以出厂价拨了一万斤的快熟米和干燥面。上山用来烧水、煮饭的小型汽油炉，在山地对燃料也有特殊要求，用一般品牌的汽油则显得火力不足，得用航空汽油，虽然用量不大，但市面上买不到，只有到航空部门求助了。

由于当地还有匪情，为了自卫起见，还向总参谋部借用了一批枪支弹药，借出来后暂存在国家体委在西郊的北京射击场的枪弹库里。1958年10月侦察组出发时，每人都配备了五四式手枪一支，到年底大批人员进藏时，则每人配备一短（手枪）一长（步枪），国产步枪的精确度、击出的射程都很好，就是偏重，因为登山队员每人的随身装备要适应野外山地生存都有一大背包，于是选择了美式的卡宾步枪，主要是看中它的重量比较轻，便于配带。

需要找的部一级的单位都不少，如运输几十吨装备、食品到青藏路起点的甘肃柳园站需要铁道部批车皮，当时正值"大跃进"，大炼钢铁，铁路运输紧张得很。开设无线电台要找邮电部批准并配备报务员；天气预报及在山下建气象站要找国家气象局连预报人员及设备一起借调；要空军派飞机运人员物资进藏得找空军司令部。好在当时盛行全国一盘棋的大协作精神，这也是举国体制的好处，加上有中央批件的"尚方宝剑"，所以事情虽然繁杂，倒也一路绿灯，都能得到充分的支持和顺利解决。

在登山技术方面也在加紧培训，否则在攀登珠穆朗玛的险峻地段时，光靠冲锋和勇气可能也会有劲使不上的，要不然为什么英国队上了七八次也没能登顶呢。

当务之急是选调运动员，首先从1956年为各产业工会培训过的登山运动员及近两年参加过登山的人员中选拔，还从有关单位商调。

为了培养军队的登山骨干、传授攀登技术及充实中国登山队的实力还通过总参从部队中抽调了10多名军人参加集训。例如总参谋部在1958年8月21日致电新疆军区王恩茂司令员要求"选派昆仑山部队4~8名登山运动员到体委报到"。此件由张宗逊（上将）签发。

登山队员的技术和体能训练大致分为以下几个阶段。

第一阶段：1958年6—9月在北京香山举办中国登山营第一期训练班，共有学员90名，其中女学员6名，教练员、工作人员13名，学员中有科学工作者20名，大学生25名，部队官兵26名，厂矿职工11名，其他人员8名。从训练新队员和原有骨干的基础上集中起来的90名运动员，作为重点的培养基本力量，将着重提高其各种登山技术的训练。

训练后期，8月中国派登山运动员赴苏集训数周，以执行第一次中苏会谈中商定的共同训练方案。

8月6日、8月25日分别由胡本铭、史占春率领中方运动员44人，从北京出发，中转莫斯科、奥什前往苏联的帕米尔高原，与苏方运动员会合，以苏联第二高峰列宁峰（7134米）为目标进行集训，进行一次联合登山的实地演练。

9月7日，第一批38名集训队员登上了列宁峰，其中有17名中国队员。

9月9日，第二批（其中有中方队员14人）登上了6800米高度，由于天气突然变化的原因，总教练别列斯基命令停止前进，因而未能登顶。随后，有8名集训队员（中苏各4）登上了附近难度较大的无名峰（6852米）。后经双方有关单位同意，由苏联塔吉克共和国最高苏维埃主席团发布了一项命令，决定将此峰命名为"莫斯科—北京峰"。这次集训是攀登珠峰的重要准备阶段，集训结束后，就1959年参加攀登珠峰的中苏登山探险队具体问题进行初步协商，然后分别呈送双方体委以作最后决定。所以此次在苏集训及攀登列宁峰、无名峰达到了培训技术、中苏队员混合编组、增加双方默契和选拔队员的目的。

第二阶段：1958年10月~1959年3月，登山队各类人员160多人以国家体委参观团的名义由北京分批进藏（大部从青藏公路，少部分乘飞机）。大部分队员在拉萨进行身体训练，并于1958年冬季至1959年2月初，有72名运动员分三批登上了藏北6177米念青唐古拉东北峰，着重训练运动员对高山各种恶劣自然条件的适应能力和冰雪作业技术。

与登山队相配套的科考队，所涉及地理、地质、水文、冰川、气象、测绘、动植物等学科的人员也在仪器设备、测试技术、身体体能方面进行练兵与进行充分的准备，其中少数人也参加了赴苏联集训及念青唐古拉东北峰的实习。

在诸多的准备工作中有两项是牵涉精力最多、耗资最大、工作最繁杂的，那就是为这次登山而修筑的一条公路和购买两架飞机及在珠峰附近设置临时机场等配套设施的操作。

涉及西藏的准备工作

1958年8月13日，贺龙致电西藏张经武（时任西藏工委第一书记）、张国华同志交代支援中苏登山队的事宜，从中可见此次登山探险活动的难度和复杂性以及贺总对此事的重视和关切，电文如下：

> 经中央批准，中苏将组织的探险队于1958—1960年攀登珠峰，这一活动不仅是巩固我国国防事宜和发展科学研究工作的一件大事，也在国际政治上有重大意义。为了保证这次探险活动的顺利进行，望在交通运输、警卫部队、航测空投等方面予以大力支持。

修建进山公路

1958年西藏的公路建设尚不发达，除川藏、青藏两条进藏的公路外，从拉萨往西只能通到日喀则。从日喀则再往西南行至珠峰山下有300多千米，全是山路，登山物资都得靠牲畜驮运。第二次世界大战前英国人几次来登珠峰，都从日喀则西南的边境城镇——亚东入境，他们的牲畜运输队从亚东经日喀则至珠峰，一般也要走20~30天。1958年中苏珠峰侦察组从日喀则至珠峰下绒布寺骑马就走了15天。今后按计划1959年中苏珠峰登山队的物资就约有40吨（4万千克），以每匹牲口驮运160斤（80千克）计算，就得500匹牲口，再加上人员骑行的那就更多了，时间也得花半个月左右。登山队员在山路上长时间颠簸，一路也会很辛苦。

在1958年7月中苏会谈时，提到了修公路之事，由中方承办。在荒漠高寒的野外地带要修建300多千米的公路，即使是简易公路，无论在什么时候，都将耗费较大的人力和物力，这绝不是一件小事，何况是在当时经济尚不发达的西藏地区。然而为了支援中苏登山队，同时也考虑到西藏今后经济发展的需要，当时就下了决心要促使这条公路的修通。

原来西藏工委从经济发展考虑，早有意将公路从日喀则向西延伸，但碍于经费安排未到位，迟迟没有开工，现有登山队的需要当然乐于助成。在这之前于1957年，西藏工委曾请公路设计院第一分院第五测量队测绘出了日喀则至定日的路线为280.49千米。

1958年8月13日，贺龙副总理致电张经武、张国华同志的电文中，就运输问题问到：

　　日喀则至绒布（珠峰大本营）多少千米，建公路需多少时间？如不能建，从日喀则至定日，能否解决300匹牦牛、马匹，200名运输工。

西藏工委8月26日致体委并贺龙同志电文中称：

　　当雄（机场）—拉萨—日喀则之间全年均可通车。日喀则—定日—绒布全长330千米，其中日喀则至定日289千米，定日至绒布40千米。按修简易公路及永久性桥梁计，约需人民币600万左右，冬季可施工。如不修公路，可解决牛马及运输工，牦牛可逐站接力运，每一趟需时半个月，不如修简易公路省时方便。

还提到

10月份侦察组探险人员的安全、运输任务可解决，但探险人员中的医生、炊事员、记者、摄影师宜由京带来，西藏有困难。

9月11日，国家体委致电西藏工委称：

为保证运输，决定日（喀则）—定（日）—绒（布寺）修简易公路。此任务中央已原则同意，我们拟请你委负责完成，因登山任务紧迫，须于（19）59年1月底完工，所需经费由我委负担。

9月15日，西藏工委致电国家体委：

修公路（任务）已布置，（19）59年1月底可粗通到绒布。

自此，在青藏公路管理局的主持下1000多人（400多人藏族民工，600多军工）在日喀则以西开工筑路了。

10月13日，西藏工委致电国家体委并财政部：

10月6日电悉。日喀则—定日公路详细预算另报。初步概算约248万元。为了赶时间已由西藏财委财政处垫拨30万元，以后续拨续给。

1958年11月，国家体委也行文财政部申请修公路的经费。经批准后，1958年11月22日，由体委和财政部联合行文西藏工委称：

10月13日电悉，日喀则—定日—绒布全部预算多少，此项预算最好列入你区体育支出内，由你区掌握，同意暂由你区垫支。

从9月修路工程开展以来进度基本是顺利的，但是到了11月份，修路指挥部反映，全线石方工程量比较大的有三处，共计31千米，要进行爆破作业，因缺少硝胺炸药而影响工程作业进度。而西藏工委原来无此项工程计划，也没有那么多的存货，为此请求国家予以调拨。

国家体委接到西藏工委此项函电后，于1958年11月10日专门致函国务院并请批转一机部供应硝胺炸药及批转铁道部安排运输。报告内容如下。

西藏工委电称，根据中央批准的中苏登山探险队攀登珠峰的计划，为保证大队的运输工作，西藏工委已责成青藏公路管理局修建西藏境内从日喀则经定日宗至珠峰山下的公路，经测量全长约为400千米，全线石方工程量比较大的有三处，共计31千米，需用硝胺炸药70吨，因西藏工委库内无炸药储备，请求国家予以调拨。为此请批转一机部调拨70吨硝胺炸药给青藏公路管理局，又因当时国内运输繁忙，计划外的车皮不易要到，为保证按时将这批炸药运至施工地点，请国务院批转铁道部将这批炸药予以及时运送。

不久在国务院的批示下，经一机部和铁道部的大力支持，这批炸药在12月中旬运到了西藏，赶上了施工需要。

这段公路到了1959年1月底，的确是如期完工了，给后来我国登山队、科学考察队进入珠峰地区，带来了极大的便利，从日喀则至绒布寺汽车当天可到，是西藏地方对中国登山队所作的最大支援之一。反过来说，由于登山队对改善进入珠峰地区的运输的迫切要求，乃向国家申请到了一笔特别经费的拨款，使西藏至少提前三年完成了修建这段公路的夙愿，真是做到了相互支持和"双赢"。日喀则至定日这一段长达289千米的公路就是现在中尼国际公路中段的前身，如今早已从当年由碎石铺成的简易公路的基础上，改进成了柏油路面，并成为107国道的一部分了。

航测与空投

对过去英国队从北坡登珠峰的资料分析显示，他们几次最高到达8500多米（从未超越过第二台阶）就上不去了，看来最后300米的路程，在地形条件方面似确有难以克服的障碍。如果通过航测的空中摄影，从图片上应可获得有益的信息，找出地形上的难点到底在哪里，以便作出对策。

关于空投方面，考虑到计划突击登顶的一线队员会有十几名，可能还有第二梯队，这势必需要把大量物资运到6000多米的北坳下方或北坳上7000米的营地里。还想到英国人在过去从北坡以及1953年在南坡成功登顶，都是使用了氧气装备的。1924年，马洛里和欧文所背的氧气瓶每瓶重达13.6千克。当然随着科技的进步，氧气瓶重量会有所减轻，然而这种氧气瓶仍然重得像铁弹一样，也是毋庸置疑的。如果有飞机能空投一批装备和食品到北坡下面的几个营地，那也将大大节省登顶队员的体力，有利于他们在7000~8000米的高度上提高攀登速度。

苏方的上述建议，言之有理，中方也同意，在第一次会议纪要中提到关于空投与航测归苏方负责，但须由中国政府向苏联政府提出。细节还说到苏联航测的底片归中方，洗印出来的图片可以充分向苏方提供。但是这件事要把它形成一个具体可行的实施方案，牵涉方方面面，却不是一件简单，靠花钱、花人力就能办成的事。要航测与空投必然要有相应的机场，从珠峰地区至当时最近的当雄机场（在拉萨以北）直线距离约400千米，航线距离要大于此数。这个相距还是太远了，势必要修建一个靠近珠峰的中间机场，这个简易机场在中苏双方讨论时，初步选定在协格尔附近3千米靠近公路的地方，该地距珠峰直线距离为80千米。

这个方案还有其他一些事要办，其中主要的是飞机。1958年8月3日贺龙副总理致电西藏张经武（中央人民政府驻西藏代表，中共西藏工委第一书记）、张国华（西藏军区司令员，工委副书记）中询问，可否使用当时我国拥有的安-2型飞机，利用拉萨北侧的当雄机场进行航测、空投的可能性。回答的结果是不行的。因为安-2型飞机的飞行高度偏低，还达不到珠峰的高度，而且当雄机场也太远了。在一次体委向中央的请示报告中提到：

　　（用）苏联飞机从事空投和航测任务时，停留和起飞的机场以及航空燃料的补充都有待研究。

陈毅副总理（出于从外事的角度考虑）批道：

　　我们的飞机要参加。

　　于是又想到另外一个方案，在会议中苏方的别列斯基称：苏联最近生产了一种安-6型（安东诺夫—六型）的小型高空机可飞到10000米以上。是否可由中国向苏联购买两架，由中国人来操作，苏方只提供技术支持，这样比较方便省事，还可以免除苏联飞机过境停留等外事方面的复杂事务。也就是说，用中国本国的飞机来顶替苏联飞机来执行航测与空投。
　　但临时提出向苏联购买飞机从一般的外贸渠道肯定是来不及的，只有报请高层领导人出面作为特事特办，才有可能办成。不久此事报告到周总理那里，只有请总理亲自出面了。1958年9月4日，我外交部致电驻苏使馆，要求将如下电报速转苏共中央尼·赫鲁晓夫同志，电文如下：

　　尊敬的尼·赫鲁晓夫同志：您一定知道，在1959年和1960年期间，我国的登山运动员将与苏联优秀的登山运动员共同合作，向世界的最高点——珠穆朗玛峰进军。现在，中苏双方正在按中苏两国体委代表所商定的计划进行有关的准备工作。还要利用航空力量把他们所必需的部分高山装备和食品空投，但是我国目前尚没有能够进行飞行一万公尺以上、速度又较慢、合乎于在这种复杂的高山地带从事航测和空投的飞机，为此我请您帮助我们解决这个困难问题。如果可以的话，最好在1958年10月底以前，由苏联政府提供我国AN-2新型飞机两架，或者提供您认为对进行上述工作更为适合的飞机，上述飞机作为我国政府向苏联政府的订货，由中国购买，等待您的答复，并致共产主义的敬礼。

周恩来

1958年8月31日

1958年10月23日，赫鲁晓夫回电周总理：

    亲爱的周恩来同志：我研究了您提出的关于提供中华人民共和国两架飞机为中苏登山运动员攀登世界最高峰——珠穆朗玛峰之用。我已指示国家对外经济联络委员会在1958年10月供给中华人民共和国两架安-6型的飞机。致以共产主义敬礼。

尼·赫鲁晓夫

周总理10月23日收到赫鲁晓夫回电后批示：

    家鼎（总理的秘书）与体委商办，并告民航局。

同日周家鼎致函体委荣（高棠）主任：

    赫鲁晓夫复信附上，总理讲，请你考虑这种飞机能否解决攀登珠峰的要求，如不行，请研究提出解决办法。

安-6型飞机（每架人民币24万元）于1958年底，由四名苏联民航飞行员驾驶，从苏联的伊尔库茨克飞抵北京西郊机场。1959年1月19日由我方航测队接收并试飞。该飞机的理论高度为13000米，我方试飞时空载可飞达10300米，全载重（5250千克）可达9000米，认为性能较好，起降要求的跑道距离短。

原在中苏第二次会谈（1958年12月）侦察组汇报时提到拟将中间简易机场修建在协格尔附近3千米处，后经空军派人去勘察，认为协格尔附近有的山势较高，再向西移几十千米靠近定日县比较合适，因为临近定日有大片高原平原，地面只要稍加平整即可起降如安-6型的轻飞机。经西藏工委、军区同意后，已经开始着手平整土地了。

到了1959年1月，航测和空投的准备工作都在紧锣密鼓地进行。试飞中有关主要配件也消耗了一些，估计再试飞过不了多久，配件可能会有所不足。对此，贺龙副总理以国家体委主任的名义，向苏联体委罗曼诺夫主席发去电报，电文称：

> 我国于1958年12月从苏联购得了两架安-6型飞机，这种飞机的用途是为了执行探险队的物资空投任务。经过试飞，性能良好。但由于这种飞机的螺旋桨和涡轮增压器的使用寿命均为300小时。而目前经过启运和初步试飞，已耗费了60多小时，估计将来正式投入工作只能剩下不足200小时的使用能力。此项器材目前我国尚难解决，如通过国家对外贸易机关向苏订货，则不能在探险队所需的短期内获得。对此，我请您与苏有关订货部门联系，设法帮我们再从苏购得两套安-6型用的螺旋桨和涡轮增压器的备品，务于1959年3月份运抵北京，以保证探险队的需要。
>
> 贺龙签字　1959.1.5

到了1959年3月初，空军司令部正将调派90名地勤人员去定日县进一步建设机场有关设施时，3月10日，拉萨的反动上层人士和分离分子策划了反革命武装叛乱。3月20日，驻藏的解放军在拉萨全面进行反击，此时西藏的重点转到了平叛，临时机场的建设停了下来。直到1959年11月中苏登山第三次会谈中，中方汇报中仍涉及了有关安-6型飞机的试飞工作，如安-6型飞机在高空风速不超过80千米／小时，可在协格尔航线上飞行，全载重起飞的滑行距离为330~350米，从2600米高度升至7000米需1小时17分等。

到了1959年底，苏联方面却表态，1960年肯定不来了。不久，中央批准改由中国队单独攀登珠峰。这样要航测和空投的原倡议者不来了，也就不一定要按双方的协议规定的内容把它继续完成。因为在高原修建临时机场的确太费事了。关于向高山的运输问题，中国队决心从其他方面着手解决。

到了1960年，我国登山队居然雇请当地牧工把牦牛驮运的物资赶到了6400米营地，也就创造了牦牛的登高纪录。用土办法代替洋办法，解决了这一段路程的大量物资运输问题。这两架安-6型飞机，稍后由国家体委拨给位于河南安阳中国航空俱乐部进行滑翔及高空跳伞训练之用。

最终，这两架安-6型飞机虽然没有用于攀登珠峰之所需，但从中可以看到中方在中苏合作登山方面所做的准备工作的确是认真和尽力的。

一份令人惊异的西藏地图

在20世纪50年代，内地人很少能去西藏，对于珠穆朗玛峰更是感到遥不可及。1958年由北京赴拉萨，一般循铁路到甘肃后，由青藏公路至拉萨，往西可坐汽车到日喀则，再往西没有大路了。如何前行，除了想到要靠当地向导外，侦察组本身也打算自己来拟定一条路线列入行动计划中。从新华书店买到的中国分省图西藏那一页上看到，在城镇之间描述得太简略了，缺少沿途的细节。后来在军队有关部门的支援下，送来了一份三张西藏中西部的地图。出发前，组长许竞在体委东楼登山办公室和组员们一起把地图摊开一看，果然比较详细。在日喀则以西的地段标出了沿途的山岭、溪流、村庄等。然而此时令侦察组成员大吃一惊的是，这是一份日本的西藏地图，上面标有昭和的编印年代。这种几万分之一的细致地图，显然不是民用而是军用的了。

西藏在当时是我国内地人都难到达的边陲之地，日本人是如何去测绘制成的呢？登山队员们都感到很诧异。对这方面知道得多的人，就见怪不怪了。章明在《我接触过的日本军用中国地图》一文中（载于《作家文摘》2015年2月13日）提到：

从抗日战争时期起，我军使用的作战地图多数是从日寇手中缴获来的。1949年冬，我听一位参加过长征的老将军在闲谈中提道："我军缴获的日本军用地图范围之广，可以覆盖整个中国领土，可以配发到每一个团。"以后我在部队文化工作岗位几十年，曾经多次接触到这些日本军用地图。

至于这些军用地图是怎样画出来的，当然离不开人的亲力亲为。那时能用于测绘的现代技术很少，侦察卫星还没有发明，飞机摄影技术也十分初级，这就不得不派遣特务间谍混入或收买当地人帮忙。据史料记载，从19世纪末，日本推行其"大陆政策"到20世纪中叶，妄图将西藏纳入"大东亚共荣圈"中，地处南亚、中亚、东亚交会口的西藏具有相当重要的战略地位。因此，日本企图将势力扩进西藏，于是相继有一些日本人以宗教活动、旅行、留学等名义进藏，有的甚至入庙为喇嘛。这些侵藏活动都是秘密进行的，一直持续到第二次世界大战结束。后来，他们多著有回忆录记载20世纪初至西藏解放前的一些活动。如：寺本婉雅1929年的《西藏秘密国的事情》、如能海宽的《入藏途中见闻》、河口慧海的《西藏旅行记》、木村肥佐生的《潜伏西藏十年》。以多田待的时间最长，他在拉萨色拉寺"学经"10年，返国后被称为"西藏通"，西川一三于1947年前后潜入哲蚌寺"学经"。其中以1941年野元甚藏的《入藏记》最有代表性，野元受关东军特务机关的派遣于1939年5月经印度潜入西藏，1940年12月回到长春。主要活动在日喀则地区，对当地的农业、商业、贸易、社会生活及寺院等作了详尽的记录。可以推测这些人的活动会是绘制地图的基础。

日本有些人一直对我国的国土和资源特别关注，新中国成立后特别是改革开放以来，经常借口来华旅游、考察进行非法测绘。近几年就有好几起。如：我国家测绘局2007年通报了三起。

（1）2007年3月，日本公民相马秀广等人在新疆艾比湖区开展生态环境考察，未经测绘部门批准，用手执GPS接收机非法采集地理坐标信息。新疆测绘局依规定，没收测绘工具及成果并给予罚款处理。

（2）2007年3月，日本爱信艾达株式会社职员神道大，未经批准，在上海各主要道路进行导航软件测试。上海测管办作出没收及罚款。

（3）2007年3月，日本公民佐藤正光等，未经批准，以考古研究为名，在江西南丰、鹰潭、上饶、铅山等地擅自实施测绘，所采集的部分地理空间信息涉及重要军事设施和交通枢纽。江西省给予没收工具及罚款。

还有2006年6月9日《南方日报》报道："大林成行（日本株式会社国土情报技术研究所所长）以旅游者身份于2005年9月从北京入境，到乌鲁木齐后，脱离旅行团伙同他的学生东俊孝赴和田机场附近一居民家，安装了GPS接收机为固定站，另一台GPS为流动站。未经批准擅自采集了和田机场、和田市至当地重要水利设施公路的地理坐标数据。大林所执的测绘工具属高精度仪器，可将数据精确到20~50厘米，超出了普通游客的使用性质，完全可以用于军事目的，这在全世界各国都是绝对不允许的。新疆测绘局调查人员还发现，两人被扣的便携式计算机里还有中国其他省市的相关测绘数据信息。"

我们过去大多只知道日本扩张主义者对我东北、华北、内蒙古、沿海地带、中原大地深感"兴趣"，没有想到对我国西藏也那么"热衷"，真是野心太大了。综上所述，的确有一些日本人热心到我国搞测绘，不论有何借口，但未经批准，就是违法。更要深层次看到其幕后的推动者和组织者，他们一直在觊觎我国的国土和资源，不得不引起国人的高度警惕。

十一、侦察组的组成

西藏地处祖国的大西南，当时和内地的交通主要靠康藏（今川藏）、青藏两条公路，这两条公路的运输一直是挺繁忙的，由于解放军在西藏的供给和援藏员工的给养几乎全部要由内地支援，大量的军车都在搞货运，新成立的西藏公路运输局只有少量客车，在运送驻藏干部的休假和藏族同胞到内地开会、参观、上学之用，而且一个单程2000多千米，就需用时约一周。当然，这比之西藏解放前和内地的交通全靠牲畜驮运，一个单趟就要耗时数月要方便快捷多了。

如今登山队侦察组的人员和大量物资要迅速进藏，如果再晚就要入冬，今年就不会有好天气可供利用。铁路转公路得走10天左右，显然是太费时间。于是想到空军已有军航通往拉萨附近的当雄机场，要想乘飞机进藏，就只有依靠空军的帮助。当体委把中央对登珠峰的批件转报给空军司令部并进行沟通后，很快就得到了空军的允诺。接着体委派翁庆章持函去到北京南锣鼓巷空军司令部作战处，双方谈定了运送中苏登山侦察组进出西藏的派机计划，并具体安排了赴西藏的日程。

由于当时国际环境，东西方仍处于"冷战"状态。在中苏登山会谈时，双方均同意合登珠峰一事对外是保密的，何时公开宣布尚未谈定，也许是想在登顶成功之时，来个一鸣惊人吧。所以此次中苏联合登珠峰侦察组的西藏之行，即使是在国内对业外也均称为"国家体委参观团"，所以在本书以下章节中，有时称登山队侦察组，有时称体委参观团，实为一套人马两个名称。

1958年10月，侦察组一行20余人离京进藏，其成员是：

许竞　侦察组组长，对外为国家体委西藏参观团副团长。1955年首批赴苏参加登山培训的四名成员之一。1956年我国第一支登山队队员及1956年中苏登山队慕士塔格山（7546米）登顶队员之一，之后，在1960年中国珠峰登山队任副队长，登至8500米高度。1964年希夏邦马峰队队长，登顶（8012米）成员之一。多次作为先遣组、侦察组领队进入新开拓的山区。为我国登山技术主要负责人及组织者。曾获体育运动荣誉奖章，曾任中国登山协会副主席。

陈荣昌　1956年我国第一支登山队成员，1956年中苏登山队慕士塔格山登顶及公尔九别山（7530米）登顶，时为登山队教练，入队前为西藏军区某部少尉排长。

刘连满　1956年我国第一支登山队成员，1956年中苏登山队慕士塔格山登顶队员，时为登山队教练。入队前为哈尔滨电机厂消防员。1960年中国登山队登珠峰时登至8700米高度，因精疲力竭而被留下，他以舍己为人的感人事迹成为登山队中的楷模，受到人民的敬仰。为体育运动荣誉奖章获得者。

彭淑力　1956年我国第一支登山队成员，1956年中苏慕士塔格山登顶队员为俄文翻译。 1975年随中国登山队登珠峰至8200米高度。

翁庆章　1956年我国第一支登山队队员兼医生。1956年中苏慕士塔格山登顶队员，入队前为空军航空医学研究所研究人员。

王富洲　1958年香山登山训练班学员，1960年中国登顶珠峰三人之一，突击队长。后曾任中国登山协会主席，中国科学探险协会常务副主席，入队前为北京地质学院应届毕业生。

石竞　香山登山训练班学员。1958年苏联的莫斯科——北京峰（6852米）登顶队员。1960年中国登山队登珠峰至8500米高度。入队前为北京地质学院应届毕业生。

赵国光　1958年香山登山训练班学员，时为北京大学地质地理系三年级学生。

万迪堃　1958年香山登山训练班学员，时为北京大学地质地理系一年级学生。

王家奎　1958年香山登山训练班学员，解放军某部战士。

张方范　中央气象局预报员。

李长旺　北京电信局报务员。

肖毓秀　北京登山营炊事员。

罗志昇　国家体委西藏参观团副团长，负责登山队的后勤物资工作。原全国总工会体育部干部，前中南军区排球队队员。

苏方成员三人是：

别列斯基　苏联登山界的元老之一。苏联登山教练员学校的专职教练，时任列宁格勒基洛夫机床制造厂精密车床车间的工长，斯达哈洛夫工作者（相当于我国的劳动模范）。第二次世界大战中，曾是苏军步兵排长，他所在的营和他领导的排，率先攻下柏林市的国会大厦。为此，他曾获得当时苏军的最高奖章——红旗勋章。第二次世界大战后仍回原工厂。曾在1955年苏联高加索登山教练员学校为中国培养过四名登山教练兼运动员。曾任1956年中苏慕士塔格峰登山队队长，此次为中苏珠穆朗玛峰侦察组副组长。

菲里莫诺夫　苏联登山运动健将，曾任全苏登山教练员学校（业余）教练，第二次世界大战时参军，1943年退役入莫斯科钢铁研究所工作，战后通过物理学博士。时任国家有色金属研究所分析化学教授，从事高纯度的有色金属的提炼研究。

科维尔柯夫　苏联登山运动健将，第二次世界大战时曾参军入伍，曾为1956年中苏慕士塔格峰登山队登顶队员，时为"莫斯科人汽车厂"工程师。

由于以上三位苏联登山队员都有第二次世界大战从军的经历，联想到两年前中苏慕士塔格登山队中的苏方队员也几乎全是第二次世界大战下来的复员军人，其中还有不少是高学历的工程师、高知技术人员等，可见苏联在卫国战争中，其动员是何等广泛，差不多每家都有人牺牲，其人民为战争付出的代价是何等的巨大。

1956年中苏慕峰登山队中，苏方来了一名业余炊事员，后来得知第二次世界大战时他是一名大尉级的军官，因为爱好登山，所以就要求跟着来了，由于他的登山技术水平不高（按苏方的条例登7500米级的山峰得运动健将级的），只得留在大本营搞后勤，干起了厨师。他的俄式红汤（罗宋汤）还是烧得不错，记忆犹深。以当时中方队员的看法是，一个当过大尉的人至少是个营级干部了，来当炊事员未免有些大材小用，但人家干得很愉快，这也就是当时在认知之间的差距吧。

十二、启程——北京至拉萨

　　侦察组人员连同5吨登山装备、营地设备、食品及科考器材等分三批次赴藏。组长许竞等于1958年10月16日，王富洲、刘连满等于17日，三名苏联专家别列斯基、菲里莫洛夫、科维尔柯夫，翻译彭淑力，医生翁庆章等于19日，从当时的北京军民两用的西郊机场分别乘空军的伊尔-12型三架专机直赴西藏。

　　伊尔-12型为苏制两个螺旋桨的飞机，能搭乘20多人，只用于飞短途，飞几个小时就得在机场降落检修和加油，这种飞机的性能在当时国内就算是好的了。在当时西方对中国全面禁运的条件下，我国民航也多用此型飞机。

　　笔者一行的飞机于19日上午8时从西郊机场起飞，当即从颐和园上空掠过，只见昆明湖面水平如镜，俯望机下的楼堂馆所，像积木玩具那样越来越小，越来越远了。飞机上升再转向西南，途中越过黄河，俯视如带，飞行平稳。11时30分在西安军用机场降落。人员在飞行员食堂用餐，飞机经检修加油后，14时从西安起飞。

　　16时抵西宁，入住新落成的青海省交际处——西宁宾馆。西宁属亚高寒地带（海拔2261米），比北京冷，10月中旬夜晚室外已有霜冻，白天在室外穿着厚厚的皮军大衣，还是觉得有点热。

在西宁偶遇彭总

10月17日，许竞、王富洲、刘连满一行，入住西宁宾馆时还巧遇见彭总——彭德怀元帅。

那天傍晚，许竞等在一楼进入餐厅的甬道上，看见一群人簇拥着一位老者从餐厅里走出来。王富洲低声问许竞，那位老先生是谁呀？有些面熟，许竞说那是彭总呀！当年彭总是国防部部长，主持中央军委工作，此次是到西北来视察军事设施，路经西宁，也住在此宾馆。此时彭总身着便服，所以一时没有被认出来，待双方走近时，彼此都停下了脚步，注视着对方。因为侦察组队员的服装很特殊，穿的是军大衣，里面是黄卡其布的登山服，足穿长筒坦克兵靴，还挎着五四式手枪，军不军民不民的一身打扮，引起彭总的注意和发问：你们是哪个部门的？许竞首先向彭总问好，接着说：我们是国家体委派出的中国和苏联合作的登山队侦察组，后天还有三位苏联专家来此，和我们一起去西藏考察珠穆朗玛峰，乘空军的飞机经西宁去拉萨。彭总说，这件事我还不知道呢。大概是彭总不分管外事和体育，所以体委报中央的文件没有及时送彭总。但是中央批准后，要求军委支持此事，彭总当然要会知道的。彭总说要登上珠穆朗玛峰可不是一件容易的事，祝侦察组顺利完成任务，许竞等祝彭总身体健康，一场短暂的偶遇就这样结束了。

侦察组分三批次进藏，他们在途中的遭遇各不相同，其中以第二架王富洲、刘连满乘坐的格尔木至当雄的那段最为惊险。

在撰写本书时，笔者问及王富洲在1958年侦察珠峰之行中，哪件事对其印象最深刻时，王富洲谈起了一件相当惊心动魄的往事。

1958年10月18日下午，王富洲、刘连满等几位登山队同志预定从青海格尔木军用机场出发。当地晴空无云，天气甚好，正在登机之际，飞机也在发动之中，格尔木机场少校站长乘吉普车来到飞机旁说："降落地西藏当雄机场在下午天气要转坏，不宜降落。"但是此专机的少校机长说这条线路及降落地的地形，他都很熟悉。据说机长就是首航探路者之一，他自恃熟悉地形，称对降落应没有问题。两位少校都各持己见，甚至发生了争吵，加之二人的级别也是一样，谁也没有说服谁，而是同意把意见反映给他们的上级西安空军，但是西安空军值班军官的回话讲得模棱两可，要在格尔木的两位商量着办。听到这个回话后，机长还是坚持要飞，站长只好放行。飞机起飞一路顺利，越过唐古拉山后进入藏北，天气逐渐变坏，空中出现高厚云层，飞行了两个多小时，到达当雄地区上空，能见度也逐渐变差。机长呼叫当雄机场地面站，回应是"能见度不好，机场不能接受降落"。机长在6000多米的高空多次盘旋，想找个云雾中的空隙穿行而下，却也没有找到机会，地面站始终也没有发出接受降落的指示，在机场上空地区盘旋了约一个小时，飞机终于掉头北返。

在机舱前排的王富洲和与他同排并坐的是西藏军区军事法院院长刘步周上校，此时也犯了嘀咕，怎么飞机飞了这么长时间还没有到达，而且颠簸又是如此厉害？

在返航途中，向北飞越唐古拉山后，驾驶舱内也预示出将要发生的险情，那就是燃料指示器的指针越来越低了，临近格尔木时，指针几乎接近于零，机舱内外天色渐暗，已近黄昏，机长此时作出了两个打算，第一个是马上下降找一个河滩或荒野开阔地做紧急迫降，当然这种迫降只是在万不得已的情况下才能采取，因为要把着陆的轮子收起，用飞机的腹部去摩擦缓冲着陆，这样做的话，飞机将要受到很大的损害。另一个选择是利用飞机现在所处高空的位置，以仅剩的一点点燃料，作少量的驱动，并利用滑翔的方法，从高空滑翔到飞机场。最后，机长终于在燃料达到零点时，勉强把飞机降落到格尔木机场的一端。机长深深地喘了一口气后，立即跨进客舱，向刘步周上校举手敬礼，并报告称："今天飞行天气不好，加上操作不当，现已返回格尔木机场，让首长受惊了。"此时，机场的消防车、救护车等大小汽车好几辆也呼啸蜂拥而至，因为机场当局从通信中早已得知飞机已处无油的困境，正在担心迫降是可能出现的问题。此事当即报告西安空军司令部，传来的话说，明日继续执行此任务，其余的问题，返回西安再作处理。

王富洲和刘上校等，于次日终于在忐忑不安的心情下安抵当雄机场。事后得知，如果飞机再晚几分钟，不，也许是几十秒，那么将飞不到机场，只有用机腹来迫降，其后果如何就难以预料和设想了。好在还是幸运的，有惊无险。

由苏联专家等乘坐的第三架飞机，10月19日飞抵西宁后，次日飞机需检修，当天未飞。由于下一段进藏的空中旅程中飞机上升的高度要增高，飞机的载重量就要减少。对此，侦察组把登山装备尽量先随机走，对一部分食品及次要装备则暂留西宁，待稍后再分次运进拉萨。21日清晨赴机场，因风速偏大，为9米/秒，而且是西风，当时西宁机场的跑道受地形限制，只能从西向东飞，在顺风风速太大时，飞机上升有困难，在机场等了几个小时，风力未见减小，不利起飞，乃返回宾馆。

22日晨5时，从西宁起飞，客机被调走，改乘伊尔-12型运输机，大小与客机一样，只是座位不同，客机为前后一排排横着的座位，可乘20余人，运输机的座位在机身内两侧的长条凳上，可乘10余人，以装载货物为主。经两个半小时飞行抵格尔木，机场离城市60千米，海拔高度2800米，途中看见许多盐湖。下午1:30，从格尔木起飞，飞行3个小时，4:30到达当雄机场，下午飞机越过唐古拉山口（海拔5300米），飞机升高至6500米，机内人员有的开始戴氧气面罩吸氧，飞机舱外结冰，机内无空调设备，都感到手脚冷，临近当雄时，掠过念青唐古拉山（海拔7111米）侧，飞机颠簸得很厉害，有两次遇到强烈的气流，飞机直落百余米，瞬间身体都被抛离开了座位。

在飞机上俯瞰藏北，这是喜马拉雅山北侧的山区，窗外连成一片的云朵像无边无际的大海汹涌澎湃。当云海慢慢退去，莽莽的群山就显露出来，使人有一种这样的感觉：这是山的海洋，这是山的波浪，亿万年来，它们这样雄壮地起伏着，这片山本来就是特提古海的后代，它使人们领略了大自然的浩瀚无边。

在青藏高原上航行的确充满着艰辛，其南缘的喜马拉雅山脉在国际航空

当年西藏未通民航，登山队侦察组往返北京—拉萨乘坐的是空军派遣的伊尔-12型专机，右起菲里莫诺夫、翁庆章、史占春，中立者左为别列斯基，背向为彭淑力。

史上享有盛名。20世纪40年代初期，第二次世界大战中，美国援华物资经由越南、缅甸的陆路都被日本侵略军切断了，在中印公路未打通前，援华物资只有依靠从印度东北部的基地空运到云南昆明，途中穿越西藏南部的喜马拉雅群山，那时受飞机性能所限，载重的螺旋桨式的（其时喷气式飞机尚未问世）运输机飞行高度很难超越七八千米以上，只得寻求在五六千米高度的群山的峡谷中穿行，因为要在群山之中不断地起伏飞行，被西方称之为"驼峰航线"或"驼峰之旅"。遇到恶劣的天气，看不清航线，或碰到剧烈的气流，则容易撞山导致机毁人亡，这条航线以艰难危险而著称。

　　苏联专家及彭淑力、翁庆章等一行到当雄后，如果要当天赶到拉萨，则需要走一段夜路，考虑到安全因素，决定在机场住一晚。承蒙机场关照，入住条件较好的飞行员宿舍，而飞行员一般都不愿意在此高海拔的机场过夜，主要是4000多米高度的缺氧会引起身体不适以致休息不好，而宁愿在当天飞回格尔木。晚上在机场的一角看露天电影，上映的是香港电影由夏梦主演的《新寡》。

当雄机场

西藏地区地形地质复杂，气候恶劣，境内多高山，平均海拔在4000米以上，被世界公认为飞行难度很高的"空中禁区"，特别是20世纪50年代，一般飞机的飞行高度只有六七千米，而在藏北的高山也有六七千米，如念青唐古拉山的东北峰就高达6177米，所以当时乘飞机进藏，在有些地段要飞越"世界屋脊"就要在山谷间穿行。这条进藏的航线在1956年5月26日才由空军的伊尔-12型运输机首航当雄，从此打开了西藏的空中大道。

当雄机场位于拉萨北面168千米处，一个50千米长、20千米宽的山谷里，东西两侧为高达6000米的山头。机场于1956年建成，海拔高度4300米，为当时世界海拔最高的机场。由于西藏当时物资相对匮乏，所以无法修建混凝土跑道，只能用普通石质来代替，再用滚石和压路机整平。跑道总长4500米。

当雄机场于1960年起才有民航进入，当年6月我国登山队胜利登顶珠峰后，大部分人员就是乘民航首航伊尔-18飞机的回程返抵西宁的。由于西藏空中交通的发展与对外交流的需求，随着拉萨贡嘎国际机场于2004年的建成，当雄机场完成了它的使命，现已经退出使用。

10月23日上午9时，从当雄出发，登山侦察组一行三辆车，一辆客车坐人，一辆卡车装货物，由一辆配有机关枪的警卫班10余人的军车在前面开路，因最近青藏路上有匪情，一般少数几辆车都不敢行走。途中超越了一个往拉萨运煤的汽车大队，由100多辆车结队而行。从当雄南下至拉萨160多千米，都是碎石土路，有些地段还坑洼不平，所以车速不快，除在中午在羊八井镇休息一小时吃午餐外，路上走了6个小时，下午4:30到拉萨，住西藏工委交际处，当晚侦察组全体在此聚齐。

十三、在拉萨的进山准备工作

10月21日

侦察组许竞、罗志昇等乘第一架飞机最先到达拉萨后，即与西藏工委有关负责人讨论一周前致电给工委的侦察组工作计划（草案），有待解决的方方面面真不少，其内容可见如下的工作计划。

中苏登山探险队侦察组的工作计划

1958年10月组织一侦察组去西藏（有三位苏联同志参加）。

甲、任务

一、测绘珠峰山下的地形图，选择大本营址及空投物资的地点，探查登主峰的路线。

二、解决大队1959年3月进藏时所需的交通工具及供给站的问题，初估大队将携带50吨物资，其中食品40吨，装备及仪器10吨。

1. 了解修公路情况，希按时通达。

2. 请支援委员会为1959年3月进藏解决有关交通工具。

3. 联系解决供应站的有关问题。

在当雄、羊八井、拉萨、日喀则、萨迦、协格尔、定日、绒布（公路的终点处）设供应站。

三、继续了解活动地区的政治情况，沿途的、珠峰附近的，科学考察路线一带等。

四、联系解决在大本营修建固定房屋（仓库、厨房、饭厅、科学站、浴室等）的原料、人力。

五、建立高山科学工作站。

六、与西藏地区研究如何供给大队每日及短期的天气预报。

七、了解支援委员会的情况。

八、联系解决大队160人在大本营的炊具。

乙、侦察组的组织领导

全组29人组成（苏方3人），须与北京保持联系，一般两天汇报一次，侦察完成后，负责同志1~2人与3名苏方人员返京。

丙、侦察组本身需要的物资装备

所需物资（29人，6吨物资）

1. 个人装备60套，相应集体装备约1吨；

2. 29名队员，25名搬运工人食品约4吨；

3. 两部电台、三部步行机、一部发电机，约0.6吨；

4. 科学仪器、高度计、望远镜、其他仪器，约0.4吨。

所需交通工具

除两个月的物资随同侦察组空运至当雄外，其余大队的物资，用火车运至峡东，由汽车运至日喀则。

许竞等于到达次日即赴西藏工委与工委组织部部长惠毅然、工委宣传部部长方驰辛商谈侦察组需要西藏工委和军区帮助解决的诸多问题，经讨论后达成如下共识。

一、西藏成立支援委员会，名单报谭冠三政委批准后宣布

二、关于建设气象站的问题

1. 拟在定结与定日之间设建气象站一个，负责协助完成登山队的气候汇报，气象站由区气象处负责，保卫工作由军区派警卫。

2. 请军区责成当雄机场气象站负责完成登山前准备工作阶段中的天气预报，以便空投和空中侦察。

三、运输问题

1. 第一批去绒布侦察的26人，其中包括三名苏联同志携带物资6吨，运往绒布寺需雇牦牛150头，马40匹，嘎斯－69越野车一部。

2. 日喀则至定日的简易公路要求于明年（1959年）1月底按时完成。

四、通信工作

登山队大本营拟在绒布设建一部电台，同意派出一机要员。

五、保卫工作

登山队全体人员和物资的护送，拉萨至日喀则地段由军区负责，日喀则至绒布寺大本营，由军区告日喀则驻军负责。目前，侦察组赴绒布寺时为外宾（苏联3人）派一保卫人员，明年，大队前往绒布寺时，派保卫人员3~5人，请军区解决。

六、选调运动员、干部，为军区培养登山骨干及补充国家队人员

1. 拟选调15人（男10人从军区调，女5人从西藏干校调）。

2. 藏语翻译2人，一干部去支援会办公室工作。

3. 请日喀则分工委代雇搬运工30名，向导2名。

七、登山队（含今年侦察组）在西藏需用的炊具、灶具、主副食等约需银元25万元，请工委财委负责解决，以后和国家体委或登山队结算。

八、1959年年初，为登山队大队在藏选择的训练地点，其要求是：

1. 在交通线上。

2. 有海拔7000米左右的一座雪山，物色后再定（后定为藏北的念青唐

古拉山并实施了训练）。

九、请谭政委作一次政策、纪律方面的报告。

以上内容由惠毅然、方驰辛联名于10月22日向谭政委写了书面报告，并得到批准。

10月26日，成立支援委员会。

谭政委在工委召开为保证登山成立的支援委员会，有关成员出席，并宣布经批准的名单。

主任委员：谭冠三

成员：方驰辛（时任西藏工委宣传部部长）

　　　王　亢（时任西藏军区参谋长、大校，后为少将）

　　　智泽民（时任西藏工委社会部副部长）

　　　梁选贤（时任日喀则分工委第一书记兼日喀则支援组组长）

　　　狄征西

　　　霍正西

　　　刘士元

　　　夏时清（时任日喀则分工委宣传部分部长，西藏工委政研室成员）

　　　多吉才旦（时任文化处长，后曾任西藏自治区主席）

下设办公室，王亢任主任，方驰辛任副主任。

谭政委对与会人员说，这是中央批交下来的任务，又是中苏合作的项目，只能做好，不能做坏，大家要各尽其职，各出其力。

晚上，侦察组全体到工委礼堂，看豫剧《义烈风》，地方色彩浓郁，中方队员都看不太懂，但是政委将军请客，盛情难却，加上旅途疲劳，只好呆坐在那里，三名苏联队员则在那里大打瞌睡。

听有关西藏报告、出席欢迎晚会

登山队侦察组一行三架飞机全部到齐拉萨的第二天（10月24日）下午，

到中共西藏工委小礼堂听周仁山副书记作西藏情况的报告，苏联同志则在交际处休息。周书记的报告讲了两个小时，较详尽地介绍了西藏的历史、现行地方政府的体制、宗教、文化、地理、人口和资源、和平解放西藏八年来的进展和存在的问题，使侦察组成员对西藏的大局和现状有了基本的认识。最后讲到与我们有关的就是珠峰之行，估计在安全方面，大的问题不会出，但在一些小的方面如刁难、挑衅则有可能，亦要注意并冷静处理，要集体行动。

晚上，侦察组全体20多人从交际处出门向西南侧的西藏军区大院，步行200米左右即到。在军区小礼堂出席中共西藏工委和军区的欢迎晚会，先由工委副书记兼军区政委谭冠三中将接见侦察组全体，一一握手致意，讲话时还特别提到对三位苏联专家的欢迎，说他们是新中国成立后第一批来到西藏的苏联同志。因为尊重到场的外宾，让他们能听懂东道主的欢迎词，谭政委的讲话由侦察组的彭淑力作了全部翻译，所以原定15分钟的会见，开了半个小时才结束。

接下来是联欢舞会，由军区文工团铜管乐队伴奏，真是专业乐队名不虚传，大小军号齐鸣，鼓声节拍急进，乐曲演奏得既热烈又悠扬。登山队员们的服装倒是整齐划一，一色黄卡其布登山服，但鞋子太笨重了，穿的都是长筒坦克兵靴，所以舞步显得有些笨拙。当乐队奏出了苏联歌曲——《红莓花儿开》，三位苏联专家听到本国的音乐，兴致勃勃，舞步由笨拙转为轻快了。乐队奏出了古巴歌曲——《鸽子》，司令员张国华中将到场了，和大伙打招呼后下场跳起探戈舞步来了，还真有些弓箭步的味道呢。谭政委不大会跳舞，大部分时间只作壁上观。当弦乐队奏出了京剧曲牌调时，谭政委才下场，这是乐队关照他的吧，谭将军迈开四方步，像出操那样，仍然是军人风度。半场休息时，文工团演出了一些小节目，有独奏、独唱、男女声二重唱，都很精彩，获得了阵阵掌声。

在会场上翁庆章忽然见到了他在医学院的一位低一班的同学——汪丽珠。她说内地人头一天到拉萨第二天就敢跳舞，大概只有你们登山运动员了。汪在前年进藏时，待了好几天走路稍快些还有些气喘呢。汪于1956年从武汉中南同济医学院毕业，她的爱人钟乃川也是她的同班同学，两人响应祖国号召支援边疆，到拉萨市自治区人民医院当外科医生，她爱人是耳鼻喉科医生。汪说她今晚本来另有事，还不想来呢，后来工委通知说今晚有重要晚会，她和几个同事才来了，未想到在这里还遇见了老同学，真是巧会了。翁和汪在医学院时都是学校运动队的成员，是体育积极分子，两人谈起了同济医学院在武汉高校运动会上，于1952—1954年的三年里连获三届男女田径团体总分第一的盛况。还谈起女子拔河决赛，同济医学院对武汉大学，双方势均力敌，前两回合1:1，到第三回合，两队拼力拉了好几分钟，开始有些进退，后来绳子纹丝不动，在持续的角力中，双方拼得很厉害，两队各有两名队员先后晕倒躺地，但各剩下的8名队员仍然在奋力坚持。最后，在啦啦队和大批观众的呼喊助威声中，同济队夺得冠军。比赛结束，全体队员都累得躺倒在地上，休息了一会儿，两队又友好地手挽手在一起合影留念。汪丽珠当时是参赛的拔河队员，翁和另一郝荫楠同学（其父是抗日名将郝梦麟，为抗日战争中在山西忻口战役第一位为国牺牲的中将军长）为拔河队的指挥。汪丽珠进藏工作多年，后来升任西藏区人民医院外科主任、副院长，直到20世纪80年代，因身体患病，汪得妇科癌症回内地经手术治愈，但体力大大下降。钟也患病为类风湿关节炎引起手指变形，此时才调回武汉母校。他们在西藏工作了30年，把一生中最好的青春年华贡献给了雪域高原的卫生事业，为成千上万的藏族同胞解除了疾病困苦，他们的奉献精神和业绩值得敬佩。

10月25日

谭政委考虑到侦察组往珠峰地区去，在日喀则以西就没有解放军的驻军了，到那里一带活动，在雇向导，骡马、牦牛等牲口的运输，物资供应等方面只能依靠当地了，如果能取得西藏地方当局的支持，侦察组的行动将会顺利方便些。因此建议侦察组以参观团的名义，申请地方当局批个文件。当时西藏地方当局和中共西藏工委的交往还属正常的，许竞完全赞同，感谢谭政委想得周到。由工委统战部与罗布林卡办公室联系好后，第二天罗布林卡的官员将西藏当局批示的公文送到工委来了，那是一份精致的黄色厚纸分上、中、下三叠折成的夹子，用一块黄色绸缎包着，公文用藏文书写内容是：从北京来的国家体委参观团许竞先生等20人到西藏西部珠穆朗玛峰山区去考察，日喀则、萨迦、协格尔、定日一线的各宗（相当于县）对参观团在交通运输上要派人派马、牦牛，在燃料、食品方面要予以大力支持，公文最后盖上了西藏当局的大红印。

晚上，工委在小礼堂举行电影招待晚会，请侦察组一行观看，上映了于洋、王晓棠主演的"英雄虎胆"，这部电影当年摄制成后，在北京也刚首映，看来运到拉萨的电影还是挺快的，正片后还上映了一部《通向幸福大道》的纪录片。今晚张经武代表也出席了，张经武是中央人民政府驻西藏代表，中共西藏工作委员会第一书记，也是解放军的中将，他只管西藏的大政方针，在北京、拉萨两地轮流办公。工委和军区的工作由张国华和谭冠三两位具体负责。与地方交往的事务多由谭冠三书记兼政委主持，所以谭冠三将军和登山队的交往最多。此外，与登山队联系较多的还有西藏军区后勤部副政委乔加钦等。

谭冠三

湖南耒阳县人，1926年加入中国共产党，土地革命时期任工农红军第十二军一纵政治部特派员，参加了长征。抗日战争时期，任冀中军区政治部副主任，解放战争时期二野十八军政委，1951年和军长张国华一起率十八军进藏，后任西藏军区政委，1955年被授予中将军衔。

1958—1959年为中苏珠峰登山探险队第二副总指挥，西藏支援（登山队）委员会主任。

谭政委对登山队的事务都很关心，大的到组织修建日喀则至绒布寺300多千米的简易公路，委派解放军加强连护送侦察组进山。

1959年平叛前夕，为在拉萨的登山队补充武器弹药。在生活方面也非常关心，如1960年5月登山队登顶前夕，得知登山队缺少生鲜肉菜等，当即要求军区送去一批蔬菜，连暖房里的蔬菜苗也被拔起，并从后勤部调出两头活猪，命令两名驾驶员轮流日

谭冠三将军（左4）与登山队员在军区大院

夜开车，要求在两天两夜内从拉萨直运珠峰的大本营，赶上在登顶出发前改善运动员营养之所需，真是雷厉风行的军人作风。

谭将军于1985年在成都病故，他生前曾豪迈地喊出要长期建藏，要把骨灰埋在西藏，他这一诺言在身后实践了，他的家属和战友根据他的愿望选择他曾经在拉萨七一农场干过农活的一片苹果园作为他最后的归宿。

乔加钦

四川苍溪县人，1933年参加中国工农红军，曾任红四方面军机要科工作人员，参加了长征。到陕北后，任兵站处教导员，解放战争期间，为十八军司令部军政处副处长，随十八军进藏，任西藏军区后勤部副政委（上校军衔），后任西藏自治区政府副主席，中国旅游总局副局长。

在西藏工作期间，多次负责支援中国登山队的后勤物资工作，登山队在拉萨训练期间常来队里帮助解决供应等问题，也和队员们一起下棋打扑克，虽是老红军但平易近人，队员们背地里甚至当面亲切地称他为"乔老爷"。1975年中国登山队再登珠峰时，曾率军区文工团亲赴大本营慰问，为中国登山协会第三任主席（1972—1986年）。

警卫工作的准备

为了保证侦察组进山的安全，西藏军区决定由日喀则军分区160团派一个连，负责侦察组由日喀则至珠峰山下的护送任务。当时西藏军区正在召开军事会议，外地的团级以上的干部都聚集在拉萨。一天，政委谭冠三中将找来了160团团长，当着侦察组组长许竞的面交代了此任务。一再阐明完成这次任务的重要意义，最后严肃地说："这次护送侦察组一行包括三名苏联专家去珠峰，在安全问题上你们要完全负责，出了问题，要你的脑袋。"160团团长听完训示，站立起来向谭政委敬礼，说保证完成任务。

侦察组成员进藏时，都配备了防身武器，这是由体委打报告向总参借用的。每人一支54式手枪或是美式卡宾枪。按照当时的国际惯例、国内规定，外国人在中国是不能持有枪支的。对此，谭政委从军区保卫部调配了一名保卫干部——王秉乾少尉，专门照看这三名苏联专家，王少尉20多岁，人很干练，据称枪法极好，我们后来跟他熟了，都戏称他为"王保镖"。

当时日喀则以西地区称为后藏，大多是班禅的管辖范围，这个地区没有发生叛乱，就是之后1959年达赖叛逃出走印度，前藏大部分地区发生大面积的武装叛乱时，日喀则以西地区也没有参与。其中一个很重要的因素就是班禅的政治态度，他是遵守和平解放西藏的十七条协议的，班禅和他周围的上层统治集团拥护中央，所以他下面的农奴主、寺院等也就没有乱说乱动了。但是在一个多月以前（1958年9月17日）在前后藏结合部的麻江地区有一股流窜的叛匪在公路上伏击一辆从日喀则返回拉萨的军车，16名医务工作者全部遇难牺牲。这使军区领导层对侦察组一行西进给予更高的关注。原来要求160团派一个连（七连）的兵力120人，后来在出发前谭政委又指示，再增加一个火炮排（携带几门迫击炮）组成一个加强连，人数达到150人。此时修筑日喀则至定日绒布寺的公路正在进行中，日喀则军分区也派出了160团的六连在那一带沿线担任警卫工作。为了必要时与六连加强联系和得到支援，160团还加派一名团级军官尹参谋长（大尉军衔）及一名机要员小刘（这样可以用军队密码直接和军分区联系），两名藏语翻译则是从班禅警卫营调来的军官——更登上尉和桑吉尖错准尉，并指示首要任务是保卫侦察组一行的安全，如遇匪情击退即可，不可恋战，剿匪任务由别的部队完成，如甩不掉敌人，就坚守待援，由临近担任修路警卫的六连来支援。此外，我们的骑兵部队可在三天内赶到。还规定电台必须每天和日喀则军分区保持联络一次。

1958年10月在拉萨的见闻和印象

新中国成立后，西藏各方面的改变很大，但由于是和平解放，还只是西藏历史的转折点。遗留下来一些问题也是很复杂和有待以后逐步解决的。根据中央与西藏地方政府签订的十七条协议，尚没有触动它的政权，也就是还没有对原地方政府进行改革。西藏的政府当局还是由原来的"政教合一"的僧侣贵族专政的封建制度，由原西藏地方政府即噶厦所掌握。设有七个噶伦（大臣）主管军、政、财权。宗教以黄教为主，宗教在西藏开始发展时以本教为主，类似道教形式。明清时期黄教始盛行，于印度大乘教分托出来。百姓对宗教信仰很虔诚，达赖、班禅是此政教合一制度上的领袖。达赖分管以拉萨为中心的前藏，班禅分管以日喀则为中心的后藏。根据1951年中央与西藏地方政府签订的和平解放西藏的十七条协议，我中央政府根据十七条协议在西藏有驻军权，即将进藏的中国人民解放军第十八军改为西藏军区（属于当时全国的十大军区之一），此外还有外交权已收归中央。

西藏地方政府下辖150个宗（相当于县），每个宗的人数有一两千人至一两万人都有。宗本（相当于县长）由噶厦委任当地的贵族担任，贵族即为奴隶主。宗以下为豁卡（相当于乡）。仍拥有藏军军队编制是五个代本（相当于团），共5000多人，使用的英国老式枪械，兵员是向老百姓派差，老少都有。

财政上是向老百姓摊派和印制钞票，所印的藏银票20两等于一银元，无基金，也不兑现。开支用途，50%以上用于宗教，其他主要是养活军队和官员。

西藏的寺庙大小不等共有五六百个，在拉萨就有著名的三大寺，即哲蚌寺（常规在编的喇嘛7700人）、甘当寺（5500人）、色拉寺（3300人）。藏民以进寺庙当喇嘛受宗教文化教育为荣，由于人数多，势力大，西藏的喇嘛形成了当地的政治力量和武装力量。

由于尚未改革，土地还是私有制，占有形式有：一、政府；二、贵族；三、寺院（寺庙集体所有和活佛管家私有）。土地拥有制，甚至有中世纪领主的地位，即拥有者占有土地上的一切，包括人权、财权、政权。

农牧业方面，牧业区人少地多，农业区人多地少，生产方式落后，在拉萨近郊我们亲眼看到的还是刀耕火种，二牛抬杆式的拉犁，靠天吃饭。粮食不够吃，缺额靠用畜产品对外交换，或从内地输入。

新中国成立前现代工业一点也没有，手工业有一点。机器只有一部印钞机印制藏银钞票和一套发电机。

新中国成立八年来，国家投资修了两条公路，各长2000余千米的康藏、青藏公路和拉萨日喀则间的公路和内地的交通运输大大改善了。

修建一批中小型工业，如发电厂、水泥厂、汽车修配厂、血清厂，从内地招来技术骨干，招收并培训出一批当地劳动者为技术工人。新建了人民医院免费为藏胞看病及住院，医护、技术人员来自内地，并着手培训当地的年轻人。

当年的拉萨，城区不大，人口也不多，1958年侦察组进藏时有8万多人，但是一些寺庙建筑群宏伟古老，而市场上又充满着大量从国外进口的时尚商品，从市容上就看到了新潮的和古老的交织在一起。环境卫生有改进，但还不够好，即使在市区大多仍为土路，尘土较大，部分为石板或碎石铺路。

城区以布达拉宫、罗布林卡和八廓街为主构成，其间散布着大大小小的林卡（即园林），布达拉宫耸立于高高的红山之上，至今也是拉萨的标志性建筑。凡是到过拉萨的人，多半要以它为背景摄影留念。它高高在上，俯视全城。早年的建造者似乎有意显示其宗教无上的权威。

世界海拔最高的宫殿——布达拉宫

布达拉宫屹立在拉萨市区西北的红山之上，公元7世纪吐蕃松赞干布与唐文成公主联姻时始建此宫，以后毁于两次雷击、兵火。1645年五世达赖进行扩建，历时半个世纪乃见规模。整座宫殿依山垒砌，从山脚到山顶，主体建筑共13层，高117米，建筑总面积13万平方米，最高处海拔3767.19米。

布达拉宫有1300间房，按房屋外表的颜色分白宫和红宫。

白宫横贯西翼，是历代达赖生活起居和进行坐床、亲政大典等政治活动的地方，也曾是原西藏地方政府的办事机构所在地。

有各种殿堂长廊、寝宫、书库，布置精美，墙上绘有与佛教有关的壁画，多出于名家之手，藏经、册印、古玩珠宝具有极高艺术价值。

红宫居中，供奉佛像及松赞干布、文成公主等像，还有历代喇嘛灵塔，用黄金珍宝镶嵌其间，金碧辉煌。

五座宫顶覆盖的镏金瓦和各种风格的金顶，光芒耀眼。

布达拉宫是世界上海拔最高又集宫殿、城堡、寺院于一体的宏伟建筑群，布局严谨，错落有致，体现了西藏建筑工匠的高超技艺。布达拉宫又是西藏原政教合一的政治中心，并为著名的佛教圣地，1994年被联合国教科文组织列入《世界遗产名录》。

八廊街是拉萨的老城区，其中心为大昭

1958年翁庆章初随侦察组抵拉萨在布达拉宫前

寺，它有条环形路，起点与终点均在这里。八廓街既有古老的转经道，又是一个繁华的商业区。这一带的地面大部分为石板铺成，比较整洁，市内其他处均为泥土路，风沙较大。这一带的房子多为二层用石头砌成的楼房，里面开商店，外面由帐篷撑出一个地摊。经营者和商品来自五湖四海、世界各地，进口的商品很多，店主有尼泊尔人、印度人，内地商人以来自青、甘、川为多以及本地藏商。使得这些街道充满异域风情。著名的商品有：德国的蔡司照相机、收录机、收音机、瑞士手表、法国香水、美国的骆驼牌香烟和佳洁士牙膏、毛线、毛呢料、塑料制品（如尼龙牙刷、泡沫塑料床垫、尼龙雨衣等）。内地和本地商品有绸缎、地毯、瓷器、砖茶、普洱茶、哈达、氆氇、藏红花、冬虫夏草、转经筒、福像、刀具。此时枪支弹药也是自由买卖的，不免使人担心是否对治安有不良影响。这些当时在内地罕见的进口商品摆满了八廓街的商店和地摊，它们多系英国、西欧、印度的产品，大部分从中印边境的亚东口岸进口。

有藏式餐馆但不多，当时内地去的人除解放军外就是少数援藏干部，一般都在本单位用餐，临时来藏的就在交际处、招待所食宿。赴拉萨的旅行者主要是各地藏民来烧香拜佛的，到八廓街里转经和大昭寺前磕长头的人络绎不绝。在它最左端有一口大铜锅可煮下数头牛的肉块，是传召（一种宗教活动）时供僧侣们煮肉用的。在八廓街可以感受到西藏的历史文化和民俗风情，而市场物资的传统物品、内地物品和舶来品的汇集也显示出一种独特的市场氛围。

当时市场上通用的货币是银元（袁大头）和藏银票，能用人民币消费的只有少数几个地方，如国营的贸易公司，内地运来的百货、食品，日用品大都齐全，食品则仅以罐头类为主。有可发电报及邮寄信件的邮电局，还有西藏自治区人民医院，对藏民开放是福利性不收费的，而汉族去西藏者都是享受公费医疗的干部、工人，对侦察组人员也不收费。

那时从内地去工作的干部、工人和军人每月能从工资中领到一小部分银元（约占10%），以便到自由市场购买当地生产的品种并不多的土豆、萝卜、蔬菜等食品和进口的日用品。当时官方对人民币的比价是1.55元比1银元，但以此比价是买换不到银元的。国营贸易公司也卖少量的进口商品，如瑞士罗马牌手表，卖140元人民币，而市场上同样的表只卖银元25元左右。这样推算1银元的黑市价为4.8元人民币。

返回内地的人购买较多的是印度产的塑料牙刷（内地当时只有猪鬃牙刷），英国产的老人头牌的剃须刀架和刀片、瑞士手表、毛呢料等，一则是内地或无或少有此类的进口货，再是两地的差价大，此地的进口货比内地便宜。

内地驻藏人员和本地人最喜欢购买的是使用干电池的进口半导体收音机，比较轻便好携带，因为西藏缺电，在没有电的城乡可用此机收听广播，而此时内地收音机的电源大多是交流电的。

农业方面，修建了几个实验农场，有大批驻藏解放军投入劳动，以部分解决自身的主副食供应。如拉萨的七一农场，就招收一些藏族农业工人。1959年初中国登山队为扩大女运动员队伍，在该农场招入了几名藏族工人，如潘多、西绕、察姆金、齐米等，后来她们以适应低氧的天赋和勤劳勇敢的素质，勤奋地学习现代登山的知识和技术，很快成长为中国女子登山队的骨干，连创我国及世界的女子登高纪录，其中潘多还在1975年和8名国家男子登山队员一道登顶珠峰，成为世界上首名从北坡登上珠峰的女性。

这些实验农场从内地引进种子、技术、农业机械，提高了生产力，在当地藏民中间起到了示范作用。

为了普及文化教育和技术，至1958年共吸收了藏民6000多人参加各式培训，5000多人赴内地学习，1000多人在西藏的工作中学习。

西藏在进步，西藏在演变。西藏上层的统治集团中的分裂分子出于私利对改革抵制，暗中支持叛乱分子以致发展到武装暴乱。中央在1957年曾表示六年内不改革（即第二个五年计划期间内不改革），然而西藏上层统治集团中的分裂分子出于反动阶级的本质，按捺不住终于在1958年8月于西藏东边的昌都、南边的山南及青藏公路沿线发生了叛乱，人数有几千人。

1958年10月，拉萨的市面上还算平静，但侦察组一行也得到通知，单人不要外出，在白天上街也要三五人才可成行。

10月27日

侦察组到拉萨后，由于当地空气干燥，还可能加上在飞机上无暖气受了凉，有好几个人都咳嗽，尤其是菲里莫洛夫最厉害，甚至影响到睡眠了。上午侦察组全体人员去区人民医院做胸部透视，结果全体人员都正常。翁庆章大夫开了些可待因药片给菲里莫洛夫，他服用后很快就止咳了。一直到进山前都没有再咳，他说中国的药真好。

侦察组留在西宁待运进藏的物资，因飞行大队临时另有空投任务，没有将侦察组留在西宁的物资全部运进西藏，眼看就要离开拉萨了，好在主要装备都安排优先运到了。许竞决定在拉萨再补购一批主食和罐头食品，即使买重复了，也可以留下给在山里过冬的科考队员用。另外药品箱也有部分未到，许竞组长要翁庆章另列一补充清单，通过交际处送工委卫生处，经批示后到区人民医院领取到补充的药品。

由北京运抵的登山装备及在当地采购的部分食品，在拉萨整理待运

十四、 至日喀则

10月29日

侦察组离拉萨赴日喀则，选择的是走北线，公路全长380千米，另有南线要经过著名的羊卓雍错湖和江孜城。侦察组及部分科考人员28人，在此又增加了藏族翻译2人，向导2人，保卫干部1人，物资6吨，分乘4辆军用卡车，军区派出一个排30多名战士，分乘2辆军车，一辆在前开路，一辆殿后，同行者还有日喀则分工委领导乘一辆嘎斯69越野车，一共是7辆组成的车队。

考虑到途中过雅鲁藏布江要通过摆渡船运载过江，我们7部车要分3次渡过，大概得花两个小时。以这样规

侦察组在拉萨住地交际处出发时

模的车队一天赶到日喀则有困难，为了安全不宜走夜路，所以改为用一天半时间，即下午3时出发，经三个小时车行到达拉萨北侧的羊八井镇，入住兵站，吃住全由兵站照管。从那里则一天可到日喀则。

到羊八井与拉萨支援办公室通电话，知道滞留在西宁的物资已经运到当雄了，这样则请通知当雄机场在近日直接把物资直运日喀则，也许还可赶上侦察组在离开前收到。

羊八井镇位于拉萨西北91.8千米处当雄宗境内，海拔4300米，此处为一三岔路口，北通当雄，西接日喀则。该处有丰富的地热资源，稍后几年已开发成国内最大的地热发电站，所发电力可供拉萨等地使用。

10月30日

今由羊八井镇赴日喀则，路程280千米，晨6时侦察组车队一行从羊八井镇出发，车往西南行，进入蜿蜒曲折的山路，车行一个多小时走出30多千米，临近尼木县麻江区时，山峦起伏很大，且沟谷纵横，路侧的山势更为险峻。此处在一个多月前曾有流窜的叛匪对我一辆军车打了伏击，对此又称"麻江事件"。

麻江事件

据黄玉生著文称："西藏军区门诊部16名医务工作者，1958年9月16日在日喀则执行任务返回拉萨途中，在麻江遭叛乱分子袭击，全部壮烈牺牲。"[1]。

当侦察组车队路经麻江地区时，看见公路周围有几段的确是在很深的峡谷之中迂回，而且拐弯很急。领头的军车在此停下，派出两个班的战士，沿公路两侧步行搜索。待查明情况无异常时，车队才缓缓前进，如此重复两

---

[1]黄玉生等.西藏地方与中央政府关系史.西藏：西藏人民出版社，1995：569.

次，在脱离这一带险路后，车队才恢复正常速度行驶。

与此次麻江事件擦肩而过的就有第二年调入中国登山队的王义勤大夫，在调来登山队之前也是西藏军区门诊部的医生，而且已经内定去日喀则为部队体检工作中就有她，只是在临出发前一周，军区张国华司令员因心脏不适要去北京诊治，王义勤在门诊部还兼有军区首长保健任务，所以她就随张司令员去了北京，因此她幸运地躲开了这次被伏击的灾难。稍后，从北京返回拉萨才得知同事们牺牲的噩耗，使她伤感不已，至今她仍记得一个叫赵鼎的司药，此次遇难时才20岁出头。

人常说，大难不死必有后福。王义勤是1959年1月中国女子登山队要扩招队伍去冲击世界女子登山纪录入队的。在谭冠三政委的慷慨支持下，登山队从西藏军区门诊部及第49医院（西藏军区总医院的前身）选调了六七名女医务工作者入队，经三个月的训练和选拔后，留下了王义勤和王朝兰，其余几人退回了军区。王义勤不负众望，在随后的1959年秋季攀登慕士塔格峰和1961年攀登公格尔九别峰中，以其良好的耐力和坚强的毅力二次刷新了世界女子世界登山纪录，两次获得国家体委荣誉奖章。但她不幸于1961年在公格尔九别峰时遭受冻伤，当时她是女子副队长，在7200米高度处，组织抢救一名掉入冰裂缝的男队员，她用报话机向大本营报告及取得指示，当时情况紧急，她在通话时，为了方便操作，竟忘了戴右手套，只不过一二十分钟，高空的冷冽寒风却冻坏了她的右手指，以致后来不得不切去冻坏的几个手指的末节，造成了三等乙级伤残。而后她转行至国家体委科研所从事运动医学研究。她华丽转身，于勇攀高峰后，在国家游泳队、田径队的优秀运动员冲击新纪录中，以自己科技知识辅佐他们攀登各自领域的世界高峰，她本人也取得了科技攻关的优秀成果，成为运动医学专家、研究员。

过麻江的险要地带后，车队往西南行，翻过两个山口，一是许格拉山口，海拔5250米，另一个是东萨拉山口，海拔4800米，过此山口沿着山坡蜿蜒下降至雅鲁藏布江的大竹卡渡口，侦察组车队在此渡过雅鲁藏布江。

大竹卡渡口

大竹卡渡口是跨越雅鲁藏布江的水路码头，连接前后藏的要冲，是当年拉萨至日喀则公路北线的必经之地。从内地经青藏公路运来的物资，可以从羊八井向南经大竹卡运往日喀则、阿里地区，从印度（经边境城市亚东入口）、尼泊尔转口贸易商品的往来也要经此渡口运往拉萨。横跨江面的钢铁缆绳牵引着几条大木船作为车辆、行人的运载工具，大木船每趟可运载两辆载重卡车，我们一行共六辆汽车，如此往返三趟才将我们全部渡过去，每趟往返约需半小时，为此在此渡口花了一个多小时才渡到南岸。因为渡船在靠岸和离岸时，船上载有数吨重的卡车，在上下船时对岸边会有较大的冲力，船摇晃得较厉害，好在船上的船夫舵手都是援藏的川江内行里手，他们操作熟练，所以在湍急的江中摆渡倒也能顺利渡过。

1957年起，叛乱的硝烟已从西藏的东部燃起，日喀则等后藏地区虽比较平静。但自1958年出现了叛匪袭击军车事件后，日喀则军分区乃决定在大竹卡建立哨所，以加强对渡口的护卫。这一重任落在了藏族部队警卫营二连的肩上，从此大竹卡地区的交通更为安全通畅。

雅鲁藏布江

雅鲁藏布江在古代藏文文献中称为"央恰布藏"，意为"从最高顶峰上流下来的水"。这条江流经藏族文明的主要发源地，被藏族同胞视为

在大竹卡渡口乘轮渡过江，由缆绳带动，在岸边站立者为俄文翻译彭淑力

"摇篮"和"母亲河"。它源于喜马拉雅山脉中段北麓冰川雪岭之中的杰马央宗冰川，其上游为马泉河，东流纳入拉喀藏布、年楚河、拉萨河等支流，经喜马拉雅山东端的珞瑜地区，向南流入印度境内称布拉普特拉河，下游注入孟加拉湾入海。全长2900千米（我国境内长为2057千米），流域面积93万平方千米（在我国流域面积为24万平方千米）。河床海拔平均在3000米以上，是世界上海拔最高的大河，也是一条跨国的河流。此江为我国坡降最陡的大河，其东段下游处的大拐弯峡谷段，是世界水能资源非常丰富的地区，可兴建装机容量约4000千瓦的世界级水电站，比我国的葛洲坝水电站大14倍。

西藏的河流和内地的有些不一样，由于西藏地区山峦重叠，河道大多在山峡谷中，上宽下窄，下层常有激流，而且河水来自雪山，水流很急很凉。在大竹卡这一段河道两侧比较开阔，水流相对缓和，此处长期以来就是藏族同胞在前后藏途经的渡口。不过此前都是用牛皮筏子，到20世纪50年代初才改用木船摆渡。

渡过雅鲁藏布江后，一路比较平坦，这是日喀则地区的农业区，盛产青稞，现已收割完毕，在沿途的草原上，成群的牦牛在微风中静静地吃草。日喀则分工委的嘎斯69越野车，在过江后离开我车队先行，为侦察组打前站去，也意味着这一段路比较安全可以单车行进。傍晚，车队到日喀则后，入住班禅堪布会议厅招待所。

日喀则

日喀则，藏语称其为"昔喀孜"，又称"昔卡桑珠孜"，意为"水土肥美的庄园"。为西藏第二大城市，建城已有600多年历史，市区海拔3836米，在雅鲁藏布江及其支流年楚河的汇流处，此地日照时数比拉萨更长，达3233小时，是农业区，为西藏的粮仓之一。市区只有两条街道，行人不多，来往的基本都是当地的藏胞，街上几乎见不到汉人，市内商品还算丰富，进口的日用品亦多，因为，此处距离通往印度和尼泊尔的边境城市都比较近。

城边倚山坡修筑着一座著名的寺庙——扎什伦布寺：为历代班禅大师的居住地。与拉萨的三大寺合称为藏传佛教格鲁派四大寺。这座寺的规模虽较布达拉宫为小，但建筑仍极为华丽，大屋顶上镶着许多黄金色的各种雕刻图案，在太阳光下闪闪发光，屋顶处经常为轻烟缠绕，轻烟飘扬到数百米以外也可闻到有些像内地部分家庭点燃的芭兰香味道。此行因日程紧未去参访。后来，1963年中国登山队侦察希夏邦马峰路经日喀则时，全队都去参观了这座名寺，印象最深的是寺内的错钦大殿是班禅的讲经场所，大殿内同时可容2000多人诵经，还有宏伟的大弥勒佛殿，供有高26.2米，为世界上最大的铜佛坐像。那时除出公差外，基本无内地人去旅游，除了个别当地的信徒去进香外，没有游人，也不收门票。当时班禅大师已移居距此寺数千米的行官里，寺内的喇嘛也不算多，感觉庙大人少，真是个寂静的地方。

10月31日

上午侦察组部分人员赴分工委会见梁选贤书记，并在一起合影留念。梁书记已内定为在拉萨的支援委员会成员并将负责日喀则支援组。侦察组进山后，与后方第一站的联系者就是这里的梁书记。接着许竞、罗志昇留下来讨论日喀则支援组将为侦察组提供帮助的具体事宜，还商定了西行时采用的路线。当时从日喀则至定日的马帮常走的有两条线

日喀则分工委梁书记接见中苏珠峰侦察组。前排左起：菲里莫洛夫、许竞、别列斯基、梁书记、吴书记；后排左起：更登、张方范、翁庆章、科维尔柯夫、李长旺、王秉乾。

路，一条是经过彭措林、拉孜、协格尔至定日，此路线偏北，沿途比较平坦，仅翻越一座高山（嘉措纳山），要过三条河；另一条是经萨迦至协格尔到定日，这条路线偏南，要翻越两座高山（嘉措纳山、措纳山）。这两条路线均为从低逐渐往高处走的地势。最后定下来走第二条路线，是基于安全、沿线运输牲畜的供应较好来考虑的。

梁选贤

1951年派赴西藏，作为班禅堪布会议厅副秘书长，于1952年4月随班禅从青海进入西藏。任日喀则分工委第一书记。曾任第一、第二届全国人大代表，中共八大代表，1959年任西藏自治区筹委会委员，参与平息"西藏叛乱"。

下午班禅的大臣计晋美来招待所看望国家体委参观团，他最近刚从北京开会回西藏，计晋美代表班禅大师向参观团表示欢迎，由于他出面亦体现班禅堪布厅对参观团一行的重视，这对下一段的行程会有所方便。许竞拿出了西藏地方当局盖章的公文，计晋美看后连说，"我们一定照办"。

詹东·计晋美，西藏谢通门人，曾任班禅行辕秘书，新中国成立前为班禅驻重庆、南京办事处处长。1951年任中国人民解放军第十八军独立支队副指挥长，从西北进藏。1952年任班禅堪布会议厅主任、札萨（二品官与噶厦的噶伦平级），1956年任西藏自治区筹委会主任兼日喀则行署专员。第一、第二届全国人大代表，第三届全国政协常委。人们称他为班禅的智囊人物或军师，精通汉语。1955年3月，毛主席在北京畅观楼会见班禅时，班禅不用平时的翻译而由计晋美担任。计晋美是西藏上层中很有影响的爱国人士。

晚上，分工委和堪布厅联合在分工委礼堂举行舞会招待参观团一行，梁书记和计晋美都出席参加了，不过他俩只当观众。此地汉族人同胞已不多，在街道上亦如此。参加晚会的藏胞占多数，他们大多能歌善舞，尽兴地跳舞和表演，会场的气氛非常欢快热烈，由汉藏两族同胞组成的管弦乐队担任伴奏，其中半数是西藏曲目。今晚还有几位贵族的家属参加，此处的贵族有不少是有留学印度背景，也就是出去见过一些世面的。他（她）们都穿着本族的华丽盛装，到场的几位贵族小姐的交谊舞都跳得不错，脸上没有显示出什么高原红，大概是太阳晒得不多吧。

11月1日

侦察组许竞、罗志昇在分工委与支援组、警卫部队领导在商讨下一段的行程中，多数意见认为侦察组一行的人员物资再加上警卫部队（160团7连）若一起走，则队伍过于庞大，行动不便，在途中更换再雇牲口及住宿等均会有困难。因此最终商定侦察组一分为二，第一梯队由许竞率领，包括上山侦察的中苏登山队员，部分科考队人员，携带少部分上山的必需物资及警卫部队近三个排；第二梯队由罗志昇率领，为建营的后勤人员，大部分物资、部分科考人员及警卫部队有一个多排。第一、第二梯队的出发时间间隔两天，两梯队的实际距离只有几十千米，仍可互相照应。分别各带一部电台，每日与日喀则联系。日喀则驻军160团还派出一姓尹的参谋长跟第一梯队随行，途中若有敌情，他可以指挥调动在日喀则至定日一线担任修路工程警卫的另一连队——六连。此时该连队已部署在日喀则至协格尔之间，随着时间推移，将更向西进直至定日和绒布寺。

从日喀则往西就没有国营的贸易公司及可以花人民币的商店了，雇牲口及补充食品、燃料全部要用银元。下午侦察组从分工委财务处领得银元6000元（随后分别由六匹毛驴驮运），以后再向国家体委结算。银元由第一、第二梯队各带一半。侦察组此行及次年登山队在拉萨的所需的银元预算为25万元，此外还有需支付修路队藏族民工的银元工资若干万元，这也是一笔不小的银元开支。好在内地在新中国成立后已停止使用银元，在国库银行中还有大量储存，用来支援西藏不成问题。后来西藏在1959年平叛后，进行了民主改革，就停止使用银元而和全国一样用人民币了。

晚上参加分工委的电影晚会。

十五、 日喀则至绒布寺

从日喀则西行走南线，见如下的路线图。

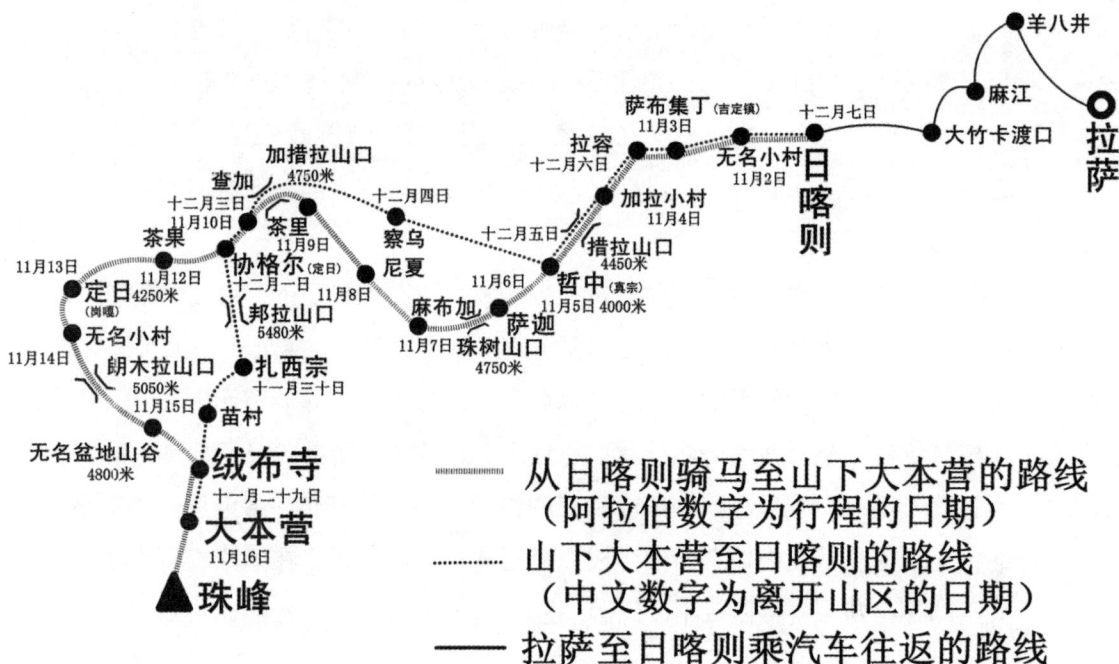

1958年中苏珠峰登山队侦察组进山路线示意图

11月2日

由日喀则往珠穆朗玛峰北坡绒布寺的长途旅行，今日起步，预计骑马得12~15天，本来按骑马的速度只要6~7天就够了，因为得由步兵连护送，所以得按连队的步行速度计算行程。此外，还得考虑每日行程到站宿营的地点、水源、燃料、草料等，得在当地补充供应，所以要尽量按站到达，并尽量避免在途中野外露宿。今日行程开始有一段粗通的公路，午餐后，侦察组第一梯队许竞等乘四辆马车出发，每辆马车由两匹驴拉车，车出发不久就赶上前导的解放军两个排的战士。

登山队员都纷纷下车把战士们身上背带的物件，除武器外，都搬放到马车上，以减轻战士们的负担。下午160团增派的一个排（即备有迫击炮的火炮排）的部队乘几部汽车赶来，这样警卫部队的兵力共有四个排组成为一加强连。侦察组人员乃从马车下来又换乘汽车前进了30千米，晚宿海拔3900米处的一小山村外，全体都是露宿。侦察组一行靠着一堆小灌木丛在其旁边住下。露宿时的感觉是，看到西藏的天空竟是那么的湛蓝，夜间的星星特别明亮，大地特别沉静，偶尔可听得见的只有夜间哨兵巡逻时沙沙的脚步声。

11月3日早上气温-3℃，晨起时，鸭绒睡袋外面有一层薄霜。上午9:30出发，行程走车1小时15分，今日乘汽车路程为40千米到达新修通公路的尽头一个叫萨布集丁的

侦察组于11月2日离日喀则西行，背景为日喀则市的建筑

小山村，海拔3750米，住在一个贵族家的三层楼上。侦察组买了两只羊，在主人家厨房里烹调，很是美味好吃。从此时起，在此行途中侦察组就靠自行安排伙食，派翁庆章和王富洲负责管理，由组员们轮流给炊事员肖毓秀当助手。

下午侦察组收到警卫连队写来的一封信，大意是：首先感谢侦察组同志昨天为他们驮运行李到马车上，医生为战士看病（当时此连队的配置只有卫生员，无医生），表示要加强团结，克服困难，保证安全。此信由彭淑力口译给三位苏联专家听，他们得知后也很感动，说中国的军民团结得真好。

11月4日

早上7:30起床，进行各项准备工作，9:30出发。上午离开萨布集丁村就开始翻山了，再往前走全是山间小路，已不能通行马车或汽车。侦察组一行全部换乘马匹，物资则由毛驴驮运，重要器材如电台、怕摔碰的小型发电机等则由马驮运。侦察组第一梯队共雇有30匹马，90头驴，10多名照看牲口的藏族民工。护送的警卫部队也有百余人，则是全副武装步行，加上为他们驮运迫击炮、弹药和给养的也有十多匹马，总共连人带牲畜有200来门，从队前到末尾足有四五百米，达一里多地，走起来真是一路浩浩荡荡。整个队形由一个排担任前导，一般提前半个小时出发，一个排在侦察组马队附近，一个排殿后。由此至山下绒布寺，一路大体上都保持此队形。菲里洛莫夫笑称："这个马队有些像早年（20世纪二三十年代）从莫斯科赴塔吉克的探险队，那时苏联的边疆地区也不通公路，如今都有公路就没有马队了。"别列斯基则说："我们这个侦察组的规模比过去英国历次来珠峰的探险队都要大。"许竞则说："这就是我们在本土本国来登山的优势，我们可以组织起很多人，包括科考队一同来。"他们的谈话对此次侦察珠峰和来年的攀登都洋溢着希望和期待。

中午1:30，经过修公路的指挥部基地，在此基地的食堂吃午餐，停留了半小时。此处已聚集筑路工人1000人，其中藏族民工400人，汉族600人主要是军工为部队的工程兵。在这偏远的野外，是一个不小的群体了，也是一座帐篷村。

下午在干燥刮风的天气条件下行军，在高原负重行军是相当艰苦的。此行大多在4000米高度上行进，所经之地人烟稀少，加之地形复杂，道路崎岖，自然环境恶劣，队伍人数又偏多，因此行动速度缓慢，部队战士除武器装备外，还有高原御寒装备，考虑到沿途补给困难，要尽量多带口粮，因而战士的负重一般都在25千克左右，这在平原上行军也许不难，但在高寒地带，个人实际感受其负重量大概要比在内地平原要约重1倍。晚上8点到达名叫加拉一小村住下。

11月5日

早上出发时仍有寒意，8:30时室外温度为−2℃，上午进入错拉山口前通过一段谷地，地沟的水在此冬季时大多已干涸，行人骑马均可通过，但公路不能建在沟中，那样雨季时道路会被水淹没，公路只能建在山谷的山崖岩上。在此遇到一队修路工人，为了打通在山崖侧的道路，要削去许多峭壁的突出部，刨出一道稍平路面来，开凿石方任务相当艰巨，在那些无法立足的地方，施工的战士和藏族民工们，在腰上系着绳子，悬空着橇石打眼，填入炸药，像一个个的空中飞人在岩壁上穿行，一会儿山峦上炮声隆隆，飞石穿过弥漫的硝烟，呼啸而下，被炸飞下来的石块，掉进谷底，在结冰的溪流中溅起一片片冰块和水花。

中午在过错拉山口前休息，吃午餐，实际上就是啃干粮和喝水，下午翻越错拉山口，从侦察组菲里莫洛夫所带的高度计显示为海拔4450米，上山时有一段路比较陡，在上山坡的小路上，有个部队的战士病倒，半躺在地上，侦察组医生下马去测他的脉搏，跳得快而弱。该战士自诉头晕、眼花，无疑是较重的高山反应，医生和另一名战士把病者的负重卸下，给他喝点水，吃了片加强心肺功能的氨基茶碱药片，征得部队王连长的同意后，医生将他的马让给这位病号战士骑上翻山。因为连长早就宣布过，战士是不准骑侦察组同志的马匹的，王连长说过，我们各有各的职责，连队负责沿途的安全保卫，到了山下的绒布寺，就是到头了，而侦察组的同志到了绒布寺，他们在山区的侦察工作才开始呢，他们在进山行军途中不能消耗太多的体力。王连长以身作则，他始终和战士们走路步行在一起，在进出山的往返途中，没有骑过一次马。七连的马匹都是用来驮运炮和弹药、大米等物资的，唯一的一个例外，是160团的尹参谋长骑了一匹大黑骡子，他年龄偏大，职务级别也高，他不管连队的具体事务，他随来主要是一旦出现特殊情况，他可指挥附近一带的七连和工程兵的协调事务，他一路上和侦察组的马队走在一起。

翻过错拉山口，一路下坡，又进到一条喇叭颈似的峡谷地带，两边是乱石荒山，有些山的岩石像书页样的岩片组成，从山脚堆砌到山巅，直下到河谷，这段山路较陡，马也累了，多数人是牵马下山，下山后向西拐是一个开阔的、光秃秃的生荒地。我们一行在一个小溪旁休息，溪中有水草，大家在此洗洗脸和手，马也痛饮一番。生病的战士下山后，体力也恢复了，他把马还给医生，道谢后归队而去。

晚上7时到达一个平坝——哲中，海拔高度4000米，夜宿一位头人的家。侦察组多数住在他的经堂里，经堂比较大，约有20平方米，堂里挂有很多佛像，神龛上点有四盏大酥油灯，我们自带洋蜡烛也不用点了。菲里莫洛夫、科维尔柯夫、翁庆章都在这敬神的闪闪烛光下记下这两天的日记，组长许竞则在草拟发给日喀则转拉萨、北京的电报稿。然后交机要员小刘译成电码，由报务员李长旺发出。在野外无电源，发报机靠侦察组成员轮流两人一组由手摇发电机驱动，这在山区也是一项颇费力的体力劳动，直到抵达大本营后，所配备的小型汽油发电机开始启动，手摇发电才告一段落。

萨迦

11月6日上午9:30从真宗（现名哲中）动身，前进方向往西偏南，下午

3:00 涉过一条小河后即抵萨迦。

萨迦名称的由来是：萨，藏语意为土，迦，藏语意为灰色。相传该地的岩石风化后成为灰色的土，这就是萨迦地名的来历。

在当地最著名的就是萨迦寺，由昆·贡却杰布于1073年创建，该寺面积14700平米。规模大的为南寺1268年由八巴思始建，占地面积45万平米，有大殿108个，佛堂经堂300多个。大经堂面积5775平米，正殿高10米大厅可容万名喇嘛诵经。寺内所藏文物极为丰富，有珍藏的"寿星图""贝叶经"等，其中包括大量手抄佛经，这些经书都由金汁、银汁、朱砂或墨汁写成，还有手工细致的壁画。其中最著名的是一部由金粉抄写而成的1.3米宽、1.7米长、1米厚的世界上最大的经书。

萨迦由于历史、地理等诸多方面的原因，在西藏的地位特殊，尤似一个半独立王国，不完全受达赖、班禅的管辖，有相当大的自主性。在政治态度上倾向于达赖，对我们的态度还可以，似较班禅差，而比达赖好。

说到萨迦不能不提到的是，西藏进入中华民族的大家庭是从这里起始的。

萨迦教派是11世纪以昆氏家族为中心创立的。从13世纪中叶到14世纪，曾经是西藏地方占统治地位的政治势力，萨迦寺主曾统治着西藏13万户，以八思巴为代表的"萨迦五祖"时期，正式开启了藏区直接归附中央政府管辖治理的先例。

13世纪中叶，萨迦寺第四代法王萨班·贡嘎坚赞执事时，率其侄八思巴（时年10岁）赴凉州（今甘肃武威），与成吉思汗之孙，时镇守西北和西南的西凉王阔瑞会晤。经过会商后（包括萨班与西藏各派系商讨），西藏成为元朝中央政府直接治理下的一个行政区域。如果说阔瑞和萨班是这一历史进程的开创者，那么完成和完善这一进程的，则是他们的继承者忽必烈和第五代萨迦法王八思巴。元朝中央从此在西藏设置多级管理机构，任免各级地方官员，屯驻中央军队，实施元朝的法律和历法，清查户口，确定赋税等具体措施及有效的治理。

1253年，八巴思应召谒见忽必烈，忽必烈夫妇及子女在八巴思前受"密宗"灌顶（信教的一种仪式）。1260年忽必烈继蒙古大汗位，1264年迁都至今北京，命八巴思为国师，掌管全国佛教和藏族地区事务。1265年八巴思返藏，期间奉忽必烈创新《蒙古新字》，八思巴依照藏文30个字母创制为41个字母构成的仍以蒙语发音的一种新文字，又称八思巴蒙文。忽必烈并于1268年下诏，凡是诏书和各地方公文都必须使用蒙古新字。1270年忽必烈晋升八巴思为帝师(最高神职)。这种亲密关系大大地增进了民族间的团结和萨迦教派的地位，佛教也于此时开始转入内蒙古和华北，这也是萨迦王朝的鼎盛时期。

八巴思回藏后开始兴建萨迦南寺建筑群，不仅征调了西藏各地的大批民工，而且从内地也招来了很多工匠，藏汉劳动人民共同创造了萨迦寺及其周围建筑群，是祖国兄弟民族在建筑艺术上合作的结晶。寺院的城墙用了（象征文殊菩萨的）红、（象征观音菩萨的）白、（象征金刚手菩萨的）青三色，这是萨迦派的重要色彩，三色成花。因此，萨迦派也被称为"花教"。

14世纪后半叶，随着元朝的灭亡，萨迦派在西藏的领袖地位被噶举派取代，但该教派仍维持下来。几个世纪过去，萨迦寺变得清冷落寞起来，不过我们一行在这偏远之地，从寺庙高大的围墙，仍然领略到往昔的气势和风采。

侦察组一行到达萨迦后，被安排住进萨迦宗政府，这是一座很大的建筑比较精致的石木结构楼房，这在西藏地区尚属罕见。

因在日喀则和萨布其丁雇的牲口，行程到这里告一段落。次日将更换牲口（包括民工）再前行，因下一段行程的地区属萨迦管辖，属谁的地区，就得雇谁的牲口，这是当地利权的规矩，亦反映封建割据的势力所在。侦察组当然只有入乡随俗了。

下午在雇马的要价上，侦察组的藏族翻译与马主在雇佣价格上发生了争吵，在争论未结束前，有人找来当地的头人从中调解。这位头人衣着黄袍大褂，在随从簇拥下来到宗政府的大厅，他对参观团还算客气，向许竞赠送了哈达，还有一些鸡蛋、羊肉等。许竞也回赠了哈达以及茶叶、罐头等。头人从翻译那里了解情况后，也觉得马主的要价有些偏高，经过商谈后，从总要价中减少了200银元，双方的分歧和平解决。头人是当地的权势人士，百姓都得听他的，这是沿途往返唯一的一次争吵，使人感到萨迦的确有些特殊。

午夜枪声

在侦察组人员就寝不久，突然从住地附近传来了两声清晰的枪声，警卫的夜哨立即向连长汇报，叫起更多的战士，扩大警戒。侦察组的同志们也未入睡，只是未叫醒三位苏联同志，在紧张地等待着事态的发展，希望只是一次小小的挑衅而已，大约过了一个小时，许竞向大家宣布，经部队巡视，附近没有什么敌情，要大家安心睡觉。也许只是一次小小的骚扰，当晚执勤的部队却增加了不少。

11月7日

按各自分管地带的范围，在日喀则雇用的牲口包括管牲口的民工，在此全部换成萨迦范围的运输牲口及民工，这大概是封建割据制下的利益划分吧。这样做的好处是牲口搞的是接力赛，不至于太疲劳，缺点是骡马也是通人性的，马匹和骑者经过几天的相处，已经有些熟识和默契了，换了新的又要重新相互熟悉。

因为换牲口费时间，上午10时才从萨迦出发，向西南方向行。上午一直是连续的缓上坡。今日的天气有些偏冷，没有出太阳更显得凉飕飕的，现在是11月初，已进入冬季，在青藏高原上行军，除了缺氧外就是严寒，早晚的气温都在零下一二十摄氏度，今天还有些西北风，简直就是滴水成冰。我们不得不把军用水壶（当时无保温层）放在大衣的里面夹着，要不然全会结成冰块，喝不上水。今日白天没有出太阳，即使穿着羊皮大衣，脚上套着坦克兵的高筒靴，在马上坐着没有多大会儿，两条腿就被冻得麻木不仁，这时不得不下马，走上几里地，直到双脚血液循环加快，感到暖和了再上马，如此循环，每天要上下马好几次。

中午到达4750米的珠树山口，往南远眺，看见远处的群山，其中最高的就是金字塔形的珠峰。侦察组一行人都是第一次看到它，大家激动不已。在珠峰东南侧还见到世界第四高峰——洛子峰，再稍远靠东边一点为世界第五高峰——马卡鲁峰。

晚上住宿的地点为麻布加。

11月8日

上午10时从麻布加出发，开始往西南方向沿一条小河走，天气晴朗，风力小，显得暖和些，沿途有一些农舍，牛羊在放牧，似乎是一个牧区。中午见到几处温泉，在此休息，吃些午餐，在温泉中洗了手和脸。走过温泉之后就转向西北方向前进，下午6时到达一个名叫尼夏的小村（4050米）住下。

晚上10时，收到日喀则发来的特急电报，称在我方的同一前进方向有一小股叛匪，人数不清，为打散的残匪，携有200多匹马、300多头牦牛，要我们提高警惕。警卫部队的领导开会对此作了研究，要求今后几天路上的行进速度要加快，出发要尽早，争取早宿营。

11月9日

因为有紧急敌情，与日喀则的电报联系今起改为早晚各联系一次。今晨又接到日喀则的特急电报内容同昨，对此警卫部队作了一些调整和安排。除尖兵排外，又派出一个搜索班，走得更前远一段距离，今日行军比以往几天更为谨慎一些，处于一定程度的戒备状态。对侦察组的马队提了要求，要紧跟着位于队伍中间的一个排，不得超前或落后，如见尖兵排或搜索组发出的红色信号弹，就要立刻下马做好隐蔽。

晨9:30从尼夏出发，上午向西北方向行进，穿越一个大草原，这个草原的长度我们骑马慢行走了三个小时才通过，估算有十几里路长。然后我们接近一个大湖的边缘，湖的面积目测约为2千米×3千米，当地称为早西错，后查地图为登波错（湖）。湖水由远处雪山融水汇成，淡蓝、凉而清澈，湖中野鸭甚多，湖的西侧远处有一些村落，沿途除了家养的羊群和牦牛群，还有兔子、大雁。佛教的信条不准杀生，加之这里地广人稀、偏远，所以野生动物在此生活得比较自由自在，然而受到高海拔的环境条件限制，以及自然天敌的危害，繁殖得也不能算很兴旺。这里的自然风光之优美，为沿途之最，大有身处塞外江南之感。我们只在湖边小憩了一会儿，让马喝点水，湖水微咸，马很喜欢喝。因今日行程要求较往日更为紧迫，我们也不敢在此多逗留，停了十来分钟，就骑马上路，从湖的东南侧绕至北侧离去。中午12点翻过一个4750米的山口，坡度较陡，大家都下马走了一阵，下午7时抵一村庄——崔安（4050米）。

11月10日

上午从崔安出发，一直走上坡路，进入山区，中午翻过此行最高的山——嘉措拉山，海拔5220米，通过山口时，马走得也很感吃力，我们骑在马上甚至可以感觉到马心脏剧烈跳动的冲击波震动到它的胸壁而传感到骑者的腿上。此时我们经常下马走一段，让它缓口气歇一会儿再骑上。由于翻过山口的高度达5000多米，空气稀薄，徒步且负重行军的战士也非常辛苦，普遍大口喘气，步履减慢，途中休息次数也有增加。

嘉措拉山是离开中游雅鲁藏布江河川地，完全进入喜马拉雅山脉的地理标志，也是一道明显的分水岭，因为它的高度突出，超过四周的群山1000多米，在山之东，水从西往东流，在山之西，水从东往西流。嘉措拉山距珠峰约140千米，我们经此山口时，回首北望，来路已经淹没在重叠的群山之中。举目南眺，再次见到了云海之上的珠峰。真是百里外也看得见你，白云从山间涌起。从山口北侧穿过时，有一处石头和石板垒起的祭坛——玛尼堆，也被称为"神堆"，这些石块和石板上大都刻有六字真言，各种吉祥图案，它们是藏族民间

侦察组队伍在翻越山丘

艺术家的杰作。石堆上竖有一些绸缎材料的经幡，每在风中抖动一次就意味着默念一遍六字真言。听藏族翻译告诉我们这六字真言的含义是对观世音菩萨的崇拜，也是祈祷天下众生灵都欣欣向荣。我们所过的山口都竖立有这种玛尼堆，只是这个山口的更大些，立在山上，是藏胞通过经幡表达对山神的敬拜。

　　下午通过一个叫茶里的地名后，从嘉措拉山南侧下山，下面是大片的河谷坡地，辽阔宽广，起伏平缓，河谷两侧仍然是荒原的灰褐色调，沿途没有人烟，没有房屋，完全是一片冬季萧瑟的场景。只有河谷中底部的小溪在冰块的缝隙中悄悄地流过。才显出在这块不毛之地的一点生机。

　　下午5时，到达海拔4200米的协格尔宗（自1968年起，西藏的县市划区调整，改为定日县），宗相当于县的行政范围，在此遇到侦察组的警卫连（七连）的兄弟连队六连的战士。该连有一部分人是保卫先行来此进行公路勘测人员而到这里的，过几天他们也将赴定日及绒布寺。

　　侦察组在宗的城镇中心地带找到一个住处，在驻地的附近驻有一些藏兵，约一连人，这里原有一个代本（相当于一个小团）——五代本，已为达赖所遣散，原因是内部不和。所以此地散兵游勇多，私拥私藏枪支者也多。连长传下话来，要加强戒备，全体人员无事不得外出，又要在此更换马匹等。晚上8点，许竞、翻译等找当地官员洽谈下一段的运输等事宜。

11月11日

从日喀则出发以来，行军已九天，这是在平均4000多米以上的高海拔地区的负重行军，有的战士夜间还要轮流起来站岗放哨，部队已相当疲乏，战士们的确辛苦了。在文献中曾有高原病专家指出，"在3000米以上高原徒手行走，相当于平原时负重20千克"。而此时战士在4000多米高原行军上平均负重25千克左右，其难度是可想而知的了。因此今天决定在此休整一天；另一个原因是雇用的毛驴要下午才到齐，马匹在上午就到齐了，只有半个下午用于行程的准备过于仓促。

协格尔宗的房屋大多依山坡呈阶梯式修建。侦察组都住在一条街的二楼、三楼，底层住解放军，住房阳台向外延伸是平台，即为下面一家的房顶。我们这一家的屋顶也为上面一家的平台。由于不能外出，只能躺在平台

渡过小溪

上晒太阳。上午10时左右，楼下小河边的一块开阔地上，一队藏兵操练起来了，人数有120~130人，他们鸣号击鼓，踏着节奏手持步枪，一会儿横排前进，一会儿纵队前进。据说这是按英军操典进行训练的。藏军中上层军官大多都曾在印度受过英国的军事教育，场地旁也有百十来名藏胞在围观。据我们的藏语翻译在外面打听到，这里的原五代本已被达赖解散了，平日根本就不出操，今日为何操练，一个多小时后，操练结束才草草收场散去。

部队的领导同志见此情况，也很警惕，增加了哨位，在屋顶上架起了机枪，并嘱咐即使是受到挑衅也要克制，没有命令不许开枪。有些战士看后说，这些藏兵的操练水平很低，军容不整，服装不整，武器差，遇到这种对手根本不怕。

我们侦察组几个人当时对此的议论是：藏兵的操练带着实枪实弹，显然是一种挑衅的示威行为。其缘由可能当地上层人士有内心不满的一种发泄。一是不满意共产党领导下的参观团和解放军跑到这个他们世袭的领地上来了，看着不舒服，而参观团还持有西藏地方政府盖章的公文，也不好公开拒绝合作，否则交代不过去，乃出此下策。二是可能对拉萨噶厦政府不满，他们申报给达赖说五代本不团结，此前达赖批示把五代本撤销了，对此搞搞操练，撒撒气，表示其存在。侦察组一行对此则是不闻不问，一心只想着珠峰侦察事。

前藏、后藏大体是由达赖和班禅分管，但由于历史原因，在管辖上也有穿插交错之处。如后藏协格尔、定日的宗本（县长）是由拉萨的噶厦政府任命的，所以协格尔地区的政治态度以及藏军的操练，当地头领与拉萨上层有某些合拍也是不言而喻的。因此出现了小闹，还没有大乱。此外，我方的人数多（除了侦察组的警卫部队外，还有修路组的军队），军力强，他们未敢太胡闹，应是有所顾忌的。

途中吃的条件较差，苏联专家提出意见，要求改善伙食，担心营养不够，体力会下降。许竞说这个意见很好，看得远。今日在此买了羊和牦牛肉，晚餐和次日早餐都较丰盛。

11月12日

由协格尔往西，基本上是一路起伏的荒原，由于高寒、缺水，植物很难生长。在高原4000米左右，灰蒙蒙的群山横亘在前方，似乎很快就可以超越过去了，然而，人向前走，山似乎也在一直往前延伸，永远和你保持着不即不离的距离，骑行了好几个小时，到近一看，前面还有一个山丘在等待你。这里真是地广人稀，有时走上一天，也碰不到一个人。中午涉水渡过一条小河，宽约20米，最深处水齐马肚，可以骑马蹚过。晚抵荣里小村，住在一个三品官员的家里，侦察组人员睡在经堂的地毯上，经堂是上层住户最好的房间，安排住经堂也是一种很好的礼遇。

1958年11月13日——定日

为了当天早些赶到定日，因为定日是距珠峰大本营最近的一个城镇，我们有一些物资保障工作要在此商谈解决，所以希望当天早一些赶到定日住地。早上5时起床，收拾行装，炊事员做了一顿面条，苏联人啃着剩的干面包

由协格尔往西，为地势较平坦的荒原，行进在刚修整，初见雏形的公路上

和馒头。7时出发，当时天尚未亮，大家在黑暗中到马槽去牵自己的马匹，有的人牵错了，出门后才发现再交换过来，出发时仍是满天星斗。早上很冷，警卫部队也走得很快，大家都默不作声地跟着，到了8时（北京时间）才天亮，又走了一小时乃下马休息。菲里莫洛夫拿出温度计测得为-14℃，估计早上更冷。今天行进速度较快，路也好走，为高原平地，下午2时就到了定日。

定日藏语意为"定声小山"，传说中意为喇嘛掷石"定"的一声落在该地，后来在该地的小山上修建了寺庙，而取名定日寺。

定日是"世界屋脊"的高城，海拔高度4300米，不但高，而且冷，有时盛夏还大雪纷飞。当时的定日城镇为定日宗（1968年西藏作出编制调整，定日宗政府迁至协格尔，此处改称岗嘎镇，人们亦习惯称老定日）。定日面积14049平方千米，1958年人口为2万多人，可谓地广人稀，至今有增加达4万人左右。定日的西南方向距尼泊尔的边境口岸城市不太远，在我方边境口岸为樟木镇。此外，在定日南边还有些山口有小道出口亦通尼泊尔，一些来来往往的商人、香客、骡帮、马队给这个边陲城镇带来了小小的繁荣。小商品贸易热闹，有干电池、香烟、糖果、饼干、服装，有藏式的、欧式的，还有运动服，形成了边境过往的枢纽、物资集散中心，主要是与尼泊尔的贸易往来。

当地向导指着定日南面卓奥友峰西侧的一个低矮的山口说，这叫南巴山口，由此往南可通尼泊尔，与尼做生意者可通过此山口出境。没有关口，也无须护照，这是当时的实际情况。

侦察组一行到此后，大家不顾长途跋涉的疲劳，纷纷登上驻地稍后的一个小山坡，兴致勃勃地观看珠峰。向正南方望去，一座山体硕大的雪山是卓奥友峰（世界第六高峰，海拔8201米）。再往东南方向望去，是一片连绵不断的雪山银峰，在群峰东侧崛起一座金字塔形的山峰，这就是我们侦察组向往即将前去的世界第一高峰。定日至珠峰的直线距离为40千米，路线距离约为70千米。菲里莫洛夫用望远望看珠峰，他说对其细节仍看不清楚，没带长焦距镜头来，照片也不会太理想。

许竞下午去拜访宗本（县长），宗本外出不在，见到宗本的夫人和他的管家。我们提出要求协助解决去绒布寺雇用马匹、牦牛及燃料（牛粪）供应等问题，管家都一一应承解决。许竞在此打听到当地曾有人在二三十年前参加过英国登山队在登珠峰时担任协作的人员，许竞觉得这是了解登珠峰信息的好机会。在当地人的协助下，先后找到了三位曾经随英国队登珠峰的藏族同胞，他们已不是当年的小伙子，此时也都四五十岁了。许竞问他们随英国人登山留下了什么纪念物品没有，三个人先后从家里拿来了高山靴、登山羽绒服，看来质量还不错，保存得也较好，穿着轻便。三人中有一人上过8000米，有一个"Tiger"（山虎）的徽章，其余二人为一般的称为夏尔巴（Sherpa）的搬运工。他们谈起要到达珠峰的山体，先得绕过它北面的山（即珠峰北峰），再上一个很陡的冰雪高坡，那里曾滑坠死过人（我们从文献中知道，这里指的是北坳，是1922年英国队在此遇雪崩，死亡了七名当地背夫）。其他只谈到了山上风雪大，气温低，路很不好走。后来，许竞买下了一件半新半旧的英式登山羽绒服，觉得质量尚可，还有一个汽油炉将带回北京作为样式参考。

当晚，侦察组十余人都住在了一个大商人家里，此家有多间房屋，房子宽敞，窗户有玻璃窗，这是沿路很少有的，主人在客厅请我们喝很高级的绿茶，还有糖果，室内陈设很多都是进口的，如纸张是道林纸，笔是派克（parker）牌名笔，墙上挂有主人很多照片，有些是在国外拍的，还有一幅一人高的精致大镜子，是比利时产品，主人服饰华丽，待客也很热情。我们一路来都吃罐头食品为主，晚餐我们有一碗新鲜的菜——炒土豆丝，这是翻译今天下午在当地购得的一麻袋很好的鲜土豆，据说是在此西南靠近国境线上的吉隆镇所生产，那里海拔低，气候温和，属于亚热带，农产品生长得好。

11月14日

上午在征集牲口，在此重新换雇马30匹，牦牛120头，其中20头牦牛是运当燃料用的干牛粪块。由定日至绒布寺沿途村庄很少，考虑到我们到绒布寺附近建大本营后的燃料问题,许竞以参观团的名义在此与宗本的管家订立了一个今后往山下我们驻地运燃料(牛粪)的合同。

中午12:30,在此看见一架飞机,国籍不明,从南侧尼泊尔向北飞来,在国境线附近又折回。在此处的解放军说,昨日也来过,西藏军区在此并无驻军,在此的一个组共五名解放军是赴西南方向边境口岸——吉隆经此过路的。

下午2:30,离开定日走了20多华里,在一个小村庄住下。

11月15日

早上7时(北京时间是5时)起床时天未亮,气温为-13℃,已感山区的寒意。9时出发,因为今天要翻越一个较高的山口,动身较早,一直是慢上坡,难度不大,沿途荒漠无树草。下午4时通过一座较陡的山口——朗木拉山口,海拔高5150米,过山口后,一直下坡,下午5时在4825米高度上休息。下午6:30经过山的东南坡(海拔4800米),此处有一片几百平方米较平整稍呈坡度的开阔地,地上还有点枯萎的小草根,有放牧过的痕迹,有一条小溪在附近流过,也便于我们取水,侦察组就选择在此宿营,警卫部队亦在附近安营扎寨,他们今天也走得很辛苦。

今天的路途中没有一个村庄,没有一户人家,也未见到一个人。晚上我们在山坡上一个盆地山谷里自己动手搭起了几个每顶可住四人的高山帐篷。夜间山风很大,约有6级,但帐篷内还不算冷,为5℃,高山帐篷是夹层的,有空气层,起隔冷保暖作用。此型帐篷是用尼龙材料制成,当时我国还不能生产,是苏联同行此次带来的。

晚餐的燃料是靠大家在山坡上拾干草和牛粪解决的,未舍得动用自带的汽油炉,想把油料节省下来到珠峰山里用。

为我们驮运物资的牦牛大队今天走了八小时,比我们晚到一小时。

11月16日

早晨菲里莫洛夫用高度计测驻地高度,比昨晚高25米,为4825米,这是受大气气压影响所致的波动。上午9时从宿营地的山坡出发，先一段走下坡路，第一个弯道向右（南）转下到一个较平缓的坡地，下山后渡过一道急流，水质清澈见底，应是绒布冰川的融水，按现代的说法可谓是真正的纯净水了。侦察组一行从一个木制的便桥上通过。

将近中午，离绒布寺还有几里路程之处，在一段狭小曲折的山路上，我们侦察组的马队十余人，走在最前突出的位置，突然遇到了一群岩羊二三十只，从左侧的山坡上连蹦带跳而下，在小路中央，距我们马队前三四十米处停下来，双方都为这眼前的狭路相逢的一幕惊呆了。侦察组马队也停下了脚步，在寂静中相互对峙了十几秒钟，这批岩羊群看到我们对它们没有敌意后，悄悄地走近我们，在马队的空隙处，快速地穿插向右侧，狂奔而去，飞快地下到山沟的小溪旁，顷刻间就消失得无影无踪了。我们队中保卫干事王秉乾少尉说，当时我们伸出手几乎就可以摸到这些岩羊的头部。即使是老登山队员在几十年野外活动中也是唯一的一次在如此近距离和这些可爱的野生动物相遇。

岩羊的命名是由于无雪的山坡几乎与岩羊的保护色一模一样而得来。在山区使人们难以辨认哪是岩石，哪是岩羊，在山区的居民的宗教信仰中有不杀生之说，使野生动物受到了很好的保护，此处的岩羊经常是数十只成群地出现。

十六、　珠峰北麓下的绒布寺

绒布寺

绒布寺全称为"垃堆查绒布冬阿曲林寺"，始建于藏历铁牛年（1899），由红教喇嘛阿旺丹增罗布创建，寺址海拔4980米，位于珠峰北侧冰川的末端，绒布河由寺前西侧流过。整个绒布寺依山而建，一共五层，尽管称不上多么古老，但它却是世界上海拔最高的寺庙。绒布寺可说是珠峰北坡的一个标志性建筑，距珠峰峰顶约20千米，到绒布寺就知道这是到达珠峰北坡的大门了。

围绕绒布寺有一条转经道，大殿前是一座雕梁画栋的看戏台，门外有座白塔，塔下的玛尼堆是当地佛教信徒们为祈福的场所，也是爱好摄影人们作为拍摄珠峰的背景。

每逢重要节日，如每年藏历4月15日，相传为佛主释迦牟尼降生、成道圆寂的日子，为此要举行三天的跳神活动，藏历11月29日要举行隆重的祛鬼仪式，念经祛邪，消除一年的灾难。

绒布寺主殿正面供有释迦牟尼、莲花生等佛像。

1958年11月16日中午12:30，中苏珠峰侦察组一行抵达绒布寺。全体在寺前停了下来，组长许竞在翻译的陪同下拜会了寺庙的住持，献了哈达，赠送了砖茶，说明了来意并出示西藏地方当局盖章的公文。在商谈借用寺内几间住房时，住持爽朗地同意了，一是寺内有好客愿接待的传统，在这深山偏远的山沟，对外来客人都是接待的。二是寺庙在重要节日时，一次可接待数百名香客，当时寺庙拥有一二百间大小殿堂和房间，而此时庙内的喇嘛只有70多人，而且有40人外出云游作法事去了。此庙的喇嘛穿着干净、整齐。庙的住持以前曾听过去的老喇嘛说起过，二三十年前曾有外国队到此登珠峰，只是都没有登上去，外国人在此歇过脚，寺内对他们也有过帮助。所以绒布寺对登山者并不大陌生。目前登山队的侦察组要有些人住下来，对一些借用锅灶的细节也都谈妥了。侦察组还要前行，要在更贴近珠峰脚下找点建立大本营。

　　一路走来，途中虽遇到些小挑衅，有过匪情的风声，但总算安全地到达了目的地——绒布寺，大家都很高兴。许竞找到王连长表示感谢，特别提到

侦察组路过绒布寺，右侧为侦察组及警卫部队人员，正中前方为该寺喇嘛们

战士们很辛苦了，而连长也以身作则一直是步行走路下来，下一段只有站岗放哨的任务，大家要好好休整一下。王连长说，平安到达就好，我这次的警卫任务责任很重呀。如果出了问题，团长（160团）要我的脑袋哩。在场的许竞、翁庆章、王秉乾等听到此话，都笑着乐开了。这是谭政委在拉萨对团长说过，如出事要团长脑袋的原话哦，想必是团长将此重话照搬压到王连长的头上了。可见西藏军区领导为侦察组一行的安全是下达了死命令的。

许竞和王连长商量，侦察组只在绒布寺设一个联络点，留下更登和桑吉翻译（原为日喀则班禅警卫营的）。解放军以绒布寺为据点设置一个排，其余人员随侦察组一起则向珠峰靠近安营。王连长说绒布寺一带地形险要，寺庙处在河谷中唯一的羊肠小道的侧坡上，河谷的东西两侧都是很陡峭的山坡，只有岩羊才上得去，一般人是无法通过的，山坡上没有一点草木，完全是暴露的山岩。我们在寺庙附近可用机枪封锁绒布寺河谷，寺庙周围再布置一些哨位，可以确保绒布河谷内至大本营一带的安全。参观团就放心在珠峰北坡一带侦察和登山吧。警卫部队来自在日喀则的驻军，在西藏高原上已待了好几年，他们纪律严明，熟知藏族人民的宗教信仰和习俗。我们深信留在寺庙的部队一定会搞好军民关系，完成好警戒任务的。

侦察组一行在绒布寺前台阶上休息了一个半小时，喝了些寺庙送来的热茶水，吃了自带的点心，这也是自离开日喀则骑马西行半个月来的第一次坐下来享用的午餐，而平时行军中，只在出发前和宿营后吃早餐和晚餐，有时为了赶路，在天未亮前就动身，中餐一般就免了，途中是不吃饭的，偶而啃点干粮，主要是喝点自带水壶中的凉水。

下午3时珠峰出现旗云，4时旗云加大，意味着山上风大，苏联队员担心天气要变坏了。

派出往前探路的人回来说，从山谷底部往珠峰前走，在入口处不远就有几十米的地段上横亘着整片的大乱石堆（稍后，侦察组在其上方安顿下来了，就着手打通这段"瓶颈"，雇请了民工，动员了部分警卫部队战士，花了两天时间搬走了大乱石，移来了小碎石，打通了道路，把侦察组留在此地物资全部接运至大本营）。从其两侧既绕不过去，马匹也很不好从山谷底部大乱石上面迈过，牲口在那里涉足有折断腿的危险。

于是侦察组马队决定绕开正路找小道，从绒布寺向南面珠峰山区望去，山谷左侧（东侧）的斜坡，坡度不算陡，似可骑马通过。于是侦察组一行十余人的马队，于下午2时左右，避开谷底的大乱石堆，改为沿山谷的左侧的冰碛石的坡上向珠峰的山脚部前进。这也是侦察组从拉萨出发以来首次脱离军队的护送，唯一一次的单独行动。此事也征得了王连长的同意。因为部队留在绒布寺了，看好了大门，可以无后顾之忧，而前方是珠峰北坡一片冰雪世界，毫无人迹可言。侦察组马队开始走的一段几百米的路上，还有些寺庙僧人在寺外转经走过和岩羊留下的足迹，再往前走就是泥土面稀少的碎石坡，而且越来越陡。走了3个小时，到了下午5:30，所处的侧碛山坡坡度太大了，马也无法通行，于是全体下马，将马匹交马夫带回绒布寺，大家背起自己的登山背包，部分人还分摊背一袋燃料——牛粪，这是当晚和随后几天在即将新建的大本营开伙所需要的。

全组步行前走，除了个人的鸭绒睡袋等防寒服装外，还要带上集体的帐篷、绳索、锅碗、汽油炉、航空汽油、食品等，每人的负重在25~30千克。此地的海拔高度已是5000多米，侦察组员们虽然训练有素，但是连日行军加上当天积累的疲劳，随着高度的升高，也个个气喘吁吁，花了一个小时走了2000米左右，前面遇到了一道断崖，不好再往前行了。于是决定由此向西下到谷底，从此斜坡下到谷底，垂直距离约100米，加上斜坡坡度，此距离则为100多米。其间由于山坡表层冰碛石风化得很厉害，在其上1/4地段为小碎石区，碎石很厚，人踩上去就会滑动，滑动大了就容易摔倒。体力好的人，可以连蹦带跳像山羊一样越过，体力差的人就连连摔倒，大部分人都越过去了，落在后面的几个人仍在碎石区努力。此时俄文翻译彭淑力见此状就由半途折返而上，上来迎接落在最后面的翁庆章医生和王秉乾保卫干事，别看彭淑力比较精瘦，但他耐力好，在碎石坡上仍能行动敏捷。彭上来后说，你们先把背包上搁置的那袋牛粪从山坡滚下去算啦，这样可以减轻些负重。他们把牛粪袋推下后，口袋顺山坡剧烈翻滚而下，翁的那袋滚到一半路时，袋口被震开了，牛粪被甩出了一半，这是重要的燃料呀，只好等以后再来捡回吧。去掉放在背包上10来斤的牛粪燃料袋后。人的重心得以降低，身体活动起来也要灵便些，在彭淑力的一手搀扶下，翁、王几分钟就先后通过了小碎石区。其实搀扶的作用只是借用了一点外力，以保持身体的平衡，就能较好地越过了。斜坡的中下段是大岩石区，石头都是稳固的，一步步往下走就可以了。半个世纪后，笔者向退休在重庆的彭淑力通长途电话咨询1958年在珠峰的某些情节时，又为下碎石坡的事向彭致谢。毕竟在困难之际受过别人的帮助，印象还是十分深刻的。下到山谷谷底后，在石头堆中刨开一小块地方，搭起帐篷安营，当晚就在5000米高度的山谷底过夜。

十七、 兵分两路上山侦察
——东绒布线路、主绒布线路

上山前的准备

11月17日，侦察组上午在山下临时营地召集会议，讨论上山的工作计划。当时从北坡攀登珠峰有两条路线可循，一是从东绒布冰川登上北坳沿东北山脊上，这是过去英国队走过的传统路线，但这也是二三十年前的事了，不知现况如何；二是从主绒布冰川上北坳，这条路线英国队只到过主绒布冰川上端，无人由此上过北坳。还有如何选择路线设立中间营地，这些都有待实地考察。会议决定分成两个组——东绒布组、中绒布组。商定了人员名单，分别由别列斯基和许竞各领一个组同时上山。侦察组的大量物资都在罗志升率领的第二梯队里，他们梯队驮运的物资多、行动慢，还要两三天才能到。侦察组在清点随身的装备等也基本齐全，唯登山鞋数量（包括冰爪）不够每人一双。当时山区的天气尚好，风不大，但珠峰顶也初显旗云，预示8000米以上的高空风在加大，此时已入冬季，气温在日渐走低，若风大再加上飞雪，上山的行动将会愈加困难。大家同意不等罗的队伍上来了，争取早日上山，将登山鞋主要分给东绒布组，中绒布组只能分到两双。因为上北

1958年中苏珠峰侦察组登山路线示意图

坳全是爬冰波，没有登山鞋（及其外绑的冰爪）是上不去的，东绒布组的主要器材也是最好的，因为该组承担的任务重。

每个组都带有两顶高山（双层）帐篷（每顶供四人住），一个低山帐篷备用，每个人都配备冰镐、冰锥、尼龙绳3根、鸭绒服、鸭绒睡袋，除登山鞋外其他都可以说配备齐全。由于每个组携带的物品都偏多，全靠登山队员自己来背，其负担实在太重，会因此行动迟缓，因此每组又增加了民工2人、警卫部队战士2人协助运输。

别列斯基还带上了1956年他赴伦敦访问英国登山界时，英方赠送的"二战"前英国队攀登珠峰的资料及地图。每个组带了够一周用的食品、航空汽油。航空汽油的火力比一般汽油大，是从空军调拨的，但国产的小型汽油炉质量仍较差（火力小，油路容易堵塞，常需用通针去疏堵），这给他们上山时带来过麻烦，一锅冰水再煮开得半个多小时，做一顿饭得一个多小时。

担心天气有变，决定不休息了，下午4:45立即出发，每人负重约10千克，走一段算一段。

东绒布侦察组

11月17日下午4:45由临时大本营出发了，由于这两天天气尚好，想赶在风雪天到来之前登上北坳，侦察组终于动身上山。东绒布组组长别列斯基，成员有科维尔柯夫、王富洲、彭淑力、石竟、邵子庆、藏族民工达瓦、温德及两名解放军战士共10人，走了一个多小时后，天色渐晚找了一个合适扎营的侧碛坡上住下。

11月18日11时，从过渡营地出发，沿中绒布冰川的谷地前进了1000米，到中绒布冰川河谷左侧的侧碛，与中绒布组成员在此分手，向东南方向的上方攀，由于坡度较缓，升高较慢，因此路程显得相对偏长。后来新华社记者郭超人于1960年也走过这同一段路，他在《采访日记》中这样写道："我背着背包，扶着冰镐，跟着长长的一列纵队，踏过山岩，走过雪坡，一步一步地向前走去，最先感到分量的是呼吸，仿佛有一只看不见的魔爪紧揑着我的

东绒布冰川组在临时大本营出发时，左起组长别列斯基、石竟、王富洲、邵子庆、科维尔柯夫，藏族民工达瓦、温德

喉头，重压我的胸口，需要用很大的气力，张着嘴不停地吸入肺部需要的空气，其次是双腿变得越来越重了，严格地说是全身都变得沉重了，并不是身体的某一部分酸痛或困乏，而是整个身躯已没有足够的力量将自己近乎麻木的双腿向前移动……"

走了6个小时后，下午5时到达一稍开阔的地段，测量高度为5420米，把这里定为第一号高山营地，它位于东绒布冰川末端不远的一块狭长的冰碛石阶上，由东绒布冰川流来的小河，从台阶前面那陡峭的碛下通过，不过此时已经全部封冻，台阶的后面紧挨着巨大的山崖，遭受强烈风化的片麻岩层经常崩落。山崖离营地还有几十米距离，滚落的岩块一般会散落在营地近旁的石头围墙边上。在此营地附近，东绒布组发现了几个乱石堆垒成围墙的废弃营地址，里面堆放着一些已经锈迹斑斑的氧气瓶、空罐头盒等，上面的英文字母仍可辨认，围墙外散乱地丢弃着一些废旧电池和电线头。侦察组员们推测，应是第二次世界大战前英国登山队留弃的物品。别列斯基拿出英国队的登山线路图对照时指出，这正是英国队的5400米营地，当晚东绒布组宿营于此。今天晴，风很大，由于要张口呼吸冷空气，口腔及呼吸道受到刺激，几乎人人都咳嗽。5时宿营时，气温-5℃，无水源得化冰块为水。

11月19日

上午10时才见到太阳，早餐时两个藏族民工吃得很少，两名解放军什么也吃不下，只喝了点茶水，这大概是出现高山反应了。登山队员们吃得还正常，这就显出是否受过高山训练的差别了。空气十分干冷，每人都在咳嗽。这是冬季了，此时已不是适宜的登山季节。10:15出发，别列斯基在开始一段也走得偏慢，落在后面。东绒布组向东越过冰封的东绒布河，逐渐向东绒布冰川靠近，在翻过一段险峻的侧碛后，从冰舌地带进入了冰塔林带。这里由于冰川的消融和补给运动比较强烈，因此孕育着其他地区冰川少有的冰塔林群。这些冰塔有的高达一二十米，有几人合抱之粗，有的地段竟密如森林，这段向上的路程有长达几里路的冰塔林，认为不宜急于插入起伏很大的冰川中去，乃从其北侧绕过，并沿着河谷的左坡走。中午在途中看见东边有个山口，这在英国队的地图上没有〔后来查资料，得知1938年英国登山队于4月下旬在登北坳受大风雪所阻时，曾撤至此山口下的卡达（kharta）河谷休整过一周〕。经过一段碎石坡，坡上有巨大的浮石，然后转入一段突出明显的左台阶，于北峰（7536米）的东脊尾部之前离开台阶，以登上东绒布冰川中碛，再往南走一里多路，最后在一段峡谷中停了下来，此处地形稍开阔，可搭10~15顶小帐篷，该地表为小石块，再稍下则是冰层，下午6时在此海拔高度5900米处宿营（第二号营地），查英队的路线图与其营地距离约100米。营地周围东西两侧全是高耸的冰墙，犹如置身在水晶宫中，在这里用普通登山帐篷是不够御寒的，东绒布组支起的带空气夹层的高山帐篷，尽管如此，由于帐篷下面紧隔着一层塑料布就是冰面，因此在帐篷内也是零下，滴水成冰。

11月20日

东绒布组从5900米营地出发，这里的位置在珠峰北峰的东侧，由此向南，沿着越来越开阔的侧碛走了三个多小时，穿过中侧碛尽头的冰峡谷，然后突然向左拐，登上冰川的雪冰地，再向南走（拉普拉山口方向），然后向西，此时已绕过北峰的山脊。又历经1.5小时，可见北峰山脊下的冰碛石。这段路的难走之处是冰面与碎石路面混杂交替，在鞋上如果不绑上冰爪，冰面太滑容易摔跤，绑上冰爪则碰到碎石又觉得路面太硬，冰爪扎不下去，鞋的下沉不平，容易崴脚。穿出冰峡谷后，视野大为开阔，接着就进入了东绒布冰川巨大的粒雪盆的北沿。这里冰面陡滑，有的地方竟光滑如镜，有的地方则冰裂缝纵横，组长别列斯基要求大家用尼龙绳连起来结组前进。进入粒雪盆后，向东南方向望去，透过拉普拉山口，可以看到远处的世界第五高峰——玛卡鲁峰的山巅。接着朝西南方向拐，登上北峰东南角上冰碛石坡，到达了一段缓缓的冰雪碎石坡，在这里也见到一些零碎的帐篷杆等零件。从高度计上看这里是6400米高度，也就是英国登山队称为前进基地营（Advanced Base Camp）。东绒布组在这稍高之处扎下了营，此地在中午从低凹的冰洞里可取到少量水，其他时间则得化冰为水。由5900米营地到此走了约五个小时。

由此向西南望去，珠穆朗玛峰的顶部首次如此近距离地出现在大家眼前，由此再往前（西南方向），抵近了北坳，由于山体的阻挡反而见不到珠峰的顶部了。

北坳——珠峰第一道门

珠穆朗玛峰北面矗立着一座顶端尖突、白雪皑皑的山峰，这就是珠峰的姊妹峰——海拔7535米的北峰。在北峰与主峰之间，是一道奇陡的冰雪山脊，其连接点的低凹处，看上去像一个坳谷，人们称它为"北坳"。北坳顶部海拔7007米，其基底部高约6600米，相对高度有400多米，有的地段坡度为70°，个别地方几乎是垂直的，它像一座高耸的冰墙屹立在珠峰的腰部。

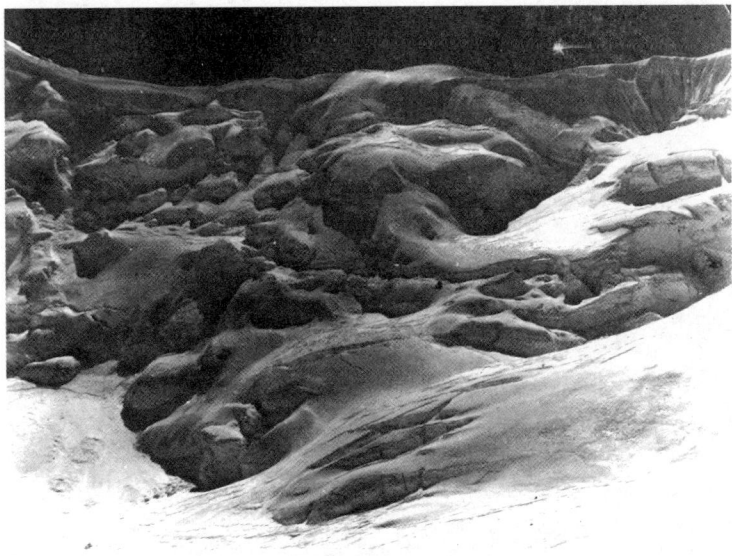

沿东绒布冰川地带从东北山脊攀登珠峰，必须通过北坳，因此登山队员们将它比喻为珠穆朗玛峰的"大门"。山上终年下雪，在夏天也是如此，长年积雪越来

1958年北坳地区的地形，东绒布组在北坳东侧海拔6500米处

越厚，形成了冰，顺着山谷坡度往下滑，在这里聚成了冰川，在移动中由于速度不同而产生的明暗裂缝或因地形与重力的关系还会发生巨大的冰崩和雪崩，成百上千吨冰雪瞬间以雷霆万钧之势倾泻而下，老远的地方都能听到它的轰鸣声，威力极大。这些都会给登山运动员带来严重威胁。

1922年，英国登山队的七名当地的搬运工在此遇雪崩遇难，尽管其主力队员已登至8320米处，然而因为支援队伍人员及物资的毁损，使该队失去了后援力量，而不得不全队收兵，下山撤回。

11月21日

东绒布组从6400米营地顺着一个不太陡的雪坡直驱北坳脚下的6600米处，近观北坳的地形，与英国队提供的资料比，已有很大的改变了。

别列斯基等用望远镜对北坳的全貌进行了仔细的观察，他们就地开会讨论，比较了靠北侧（即靠近北峰，为过去英国队的路线）和靠南侧的路线，乍看起来，英国队选取的路线坡度较小，比较好攀登，但是路线偏长，要走"之"字形迂回而上，因靠近北峰有雪崩的危险。经研究大家同意选靠南的路线，这条路线有利之处在于，因有陡峭的冰雪阶地的屏障，避开了雪崩易发地区，巨大的冰裂缝较少。不利之处是坡度陡，有发生滑坠的危险。因坡陡可考虑在其中部及上部地段，采用手摇绞车来运输物资，提升的高度分别为50米和120米，这样也可以减轻负重来节省一些体力。

究竟能否由南侧路线上去，他们决定一试。在这段陡峭的冰坡上，由第一个人用"三拍法"攀上一二十米，打下冰锥，栓上固定住尼龙绳，放下一端，让下面的同伴攀绳而上，这样既安全又节力。到此，换一个人，再攀一二十米，打下冰锥，栓上再放绳，如此交替上升。这里要提到的就是用力将冰锥打入冰缝时，对体力的消耗是很大的，一连打下一二十锤不多久就气喘吁吁了，因为这里已接近7000米的高度，空气中氧含量只相当于平原的1/3，再干这种力气活就显得十分费劲了。在冰上打入的冰锥（一般7~8厘米长），是非常牢固的，这充分利用了冰的物理特性。将冰锥插入冰缝，用力叩打时，冰锥与冰面摩擦生热，可使裂缝稍稍扩大，冰锥逐渐深入，停止叩打时，冰面极低的温度会立即将冰锥粘住，再怎么使劲也拔不掉了，其固定的保险系数很高，它的缺点是这样打下一个就要消耗一个。一般每个登山队员登雪山时都要配备上几个冰锥，像这样探路的侦察组至少要带上几十个冰锥备用。侦察组组员们，轮番开路，走在最前面的彭淑力、石竞已达到了6800米的高度，此处有一道近乎垂直，高达20多米的冰崖挡住了去路，但他们在冰崖上发现有一条垂直的大冰裂缝，宽约1米（后来，1960年中国登山队经此时，称之为北坳冰胡同）。从这里可以看到通向北坳的路线。别列斯基结合在下面用望远镜看到这座冰崖到北坳的路线比较好走，认为通向北坳的道路可以确认，已为大队攀登北坳找到了一条路线，东绒布路线的侦察乃就此告一结束。

中绒布侦察组

组长许竞，副组长菲里莫洛夫，组员陈荣昌、刘连满、赵国光、更登（藏语）翻译，搬运工2人——朴布齐札、索尼齐拉，还有解放军战士2人——胡大宛、康普，也是共10人。

11月18日在过渡营地于早晨8:30起床，天气很冷，因要化冰为水，花了一个多小时才把早餐做完，实际就是一顿简单的面条，加上照顾苏联同志烤了点馒头片。上午11时出发，由刘连满在前领路，从中绒布冰川的东侧，顺着岸碛与冰川主体上的冰碛之间的沟谷前进，穿过东绒布流出的小溪之后，即沿着岸碛走，又是走在冰碛上或下到沟谷里。

在紧邻珠峰北侧的山峰，即北峰，又名昌克则峰（7538米），在昌克则峰和其北面的无名锥形山峰（6882米）之间的山坳有一条冰川蜿蜒而下，阻挡了上山的前进路线。要通过此冰川，有两条路可走。第一条沿岸碛下缘的高度横穿过去，这条路近些，但有滚石从北峰翻滚下来的危险。第二条路线在中绒布冰川平坦的雪地的右侧绕过去，路线要长一些。中绒布组出于安全考虑，采用了第二条路线。

今日天气冷而干燥，一行人都咳嗽，而且越来越厉害，行进的速度很慢，包括两名藏族搬运工都走不动。

下午4:20在5300米高度上宿营，在此处往南看正对着珠峰，是近距离正面观察顶峰的好地点。在此看珠峰的山体，其北面（即北壁，北壁上段至下段的中绒布冰川的岩壁，都是垂直的壁面，几乎不可能攀登）、西面（西山脊）也很陡。而山体的东面坡度可能还相对较缓些。当时许竞和菲里莫洛夫都感到，从北坳东侧沿东北山脊至顶峰，即英国队曾走过的路线可能很重要。因而认为别列斯基领导的东绒布组对北坳的侦察很关键，那里还将是首选的路线。用高倍望远镜看东北山脊上的第二台阶，也清楚可见，那是英国队曾经止步的地方，英人曾从第二台阶的右边（西侧）上，没有成功。我们今后想从它的左边上，不知可否。右边上面有松散未冻牢的冰雪，似有雪崩危险，第二台阶上面有厚雪，但较平坦。

11月19日，天气较

在北坳西侧下仰望珠峰峰顶

冷，9时起床，11:30才出发，两名藏族搬运工虽然背得不重，还是走不动，还不如两名解放军战士走得好，可能是后者从日喀则一路走来受到了锻炼，于是许竞决定要两名藏民下山撤回大本营。把有关登山装备及负重物交给两名战士。走到5400米处（英国人的绘图注为5800米，我方所带的高度计的数字与英方的图上有差别），发现两个金属物件，一件是帐篷杆，拔了一阵没有弄出来，大概是下段扭曲了。

下午5时到达宿营地，菲里莫洛夫称赞刘连满选择了一个安全的宿营地，测高为5575米（英国地图为5830米处，两者仍有差别）。

11月20日，9:30起床，藏族翻译和两名战士都诉说头痛，他们大概从来没有到过6000米这么高，此时出现高山病的症状是不足为奇的，许竞要他们三人在此营地留下。早餐由菲里莫洛夫和刘连满负责。五名登山运动员毕竟是有过登山锻炼，身体反应都正常。许竞决定由五名登山运动员今日轻装，不带重物，再向上去探一段路，观察从西侧登北坳的地形和路线。11时出发，由于东侧山体的阻挡，11:30太阳才照射过来。

下午1时，继续朝北坳方向走，雪地结实无裂缝，偶有裂缝也可绕开走，又走了一个多小时后，到了陡坡处，有裂缝的地段增多了，开始用绳结组后行进。第一组为菲里莫洛夫、刘连满，第二组赵国光、许竞、陈荣昌。下午3时许，到达6000米高度。由此看到上北坳的路线较清楚，在朝东（即

在北坳西侧下6500米处

北坳方向）的正面为一段坡度较大的雪坡约高600米，再往上即为北坳主体，有一段更陡的雪坡，平均坡度达50°左右，这一段雪坡的下段有70米完全不挂雪的完全冰层，此段高度约400米，即达北坳顶部（7007米）。

总之，这最后一段1000米（即上方的400米加下方的600米）的高度上，上升的坡度较大，且离北峰的距离较近，有来自北峰雪崩的危险，还认为此行从中绒布冰川至北坳西侧山脚路线的缺点有：

（1）沿途能搭帐篷的场地过小；

（2）水源问题，有水处均为泥浆水，全部需化冰为水；

（3）路线大多要行进在泥质的冰碛之上，目前为冬季，行走问题不大，天气暖和时可能会有泥泞。

11月21日开始下撤，从原路返回，天气好，是上山以来最好的一天，11:30出发，13:40下到5300米营地，18:00到达岔口（分别至东绒布和主绒布冰川），19:00回到大本营。

从理论及实地考察看，由中绒布冰川的路线也是可以上北坳的，其技术难度作为有训练的登山运动员是可以克服的，但对于大量运输队员来讲，攀登技术水平较差者，登上这一段会行动迟缓，容易造成路线堵塞，以致整个行军速度会太慢。

在中绒布冰川上北坳路线，其上段6600~7000米处的陡冰墙与东绒布冰川处差不多，但6000~6600米这一段为次陡坡比东绒布冰川处要陡，即从中绒布冰川要连续攀登上1000米的陡坡才能到北坳，这样难度就加大了，还有中绒布冰川线路大本营至北坳下的中间营地营址都偏小，难安排10个以上的帐篷，水源除冰外也不理想。

最后也提到如明年北坳东侧的地形变化大，攀登有困难时，中绒布冰川路线还是可以作为一个备用者，如果时间来得及重启的话。

十八、 大本营的建立

登山队的大本营在西方也称基地营（Base Camp），即登山队在山下的总部。侦察组马队一行十余人，在11月16日晚，因天色已暗黑下来，只得临时找块地方住下。

这个临时营地如要作为一个队的大本营则很不理想，一是场地狭小，搭不下较多的帐篷，且地面不够平整，仅够搭下帐篷（供四人住的）的地块有四五个，而且比较分散选择在各自小块半地上；二是大部队的牦牛运输队比较难到达。此次牦牛驮运的物资于16日晚在下面一个峡谷口停了下来，未能前进，因为该段峡谷太窄，谷中堆积着很多大乱石。左侧（东侧）即侦察组马队走过的线路，大部分是冰碛石的斜坡，而且越走越陡，谷底右侧也是冰碛石堆，牦牛难以行走，所以当时初到的牦牛队载的物资只好暂时卸在山谷的出入口那里。

组长许竞在上山侦察前，交代留在山下的翁庆章医生和张方范气象预报员，要他们在这一带找一个地方最好是马匹也能到达的地点，作为侦察组的大本营址，如果合适的话，也可向明年中苏队来此时作为推荐选用地。18日上午9时，翁、张从昨晚宿营地出发，还约上警卫连的副连长，三人一起往下走了半个小时后，遇到一个较开阔的谷地，其西部为一片河滩，东西两侧都是中绒布冰川的高大侧碛，南北两端则是古冰碛的小丘，中绒布冰川的舌部

在5120米的大本营侦察组与警卫部队人员合影。后排左起副连长、翁庆章、解放军、别列斯基、×××、尹参谋长、石竞、菲里莫洛夫；前排左起罗志升、科维尔柯夫、王秉乾、王连长

位于此地南面约1000米，谷地南缘有个小山丘，若将营地靠近此小山丘建立可以减轻经常顺着谷地刮来的地形风的袭扰。营地面积南北长约100米，东西之间可用的宽平地20~30米。而且在最西侧有一条小溪，距营地只10来米，是中绒布冰川的溶水，经此顺流而下，水源方便。时值冬季，水流量小，到夏季水大时，可能会淹没部分河滩。此地点也较适中，往下（北方）距绒布寺约7000米。三人都认为此地作为大本营营址比较理想，就这么初步定了下来。后来，许竞、别列斯基等下山时到此营址看后也表示了肯定。这个营址果然在两年后，也被中国登山队选为攀登珠穆朗玛峰的大本营。

后来，我们从照片上看到，第二次世界大战前英国登山队在珠峰的大本营营址和侦察组及日后中国登山队的营址正好都选在一处，真可谓所见略同。我们初到此地只是觉得一片荒芜。英国登山队员则把此大本营称之为大沙堆，

侦察组选定的大本营营址，搭起了帆布帐蓬

他们称："在这一片宽约500码的冰川冲积平原上，目之所及就是一片让人心灰意冷的灰色和无边无际的荒原。要不是珠峰从其不意地从地上冒了出来，蹿到头顶上那无可比拟的蓝天，大家肯定会以为自己不小心登陆月球了呢。"

高原之舟——牦牛
山区、牧区不可缺少的燃料——牛粪

从定日运到大本营一批预定的燃料——牛粪，每驮牛粪在定日的售价为18两藏银，不及1银元（1银元等于20两藏银）。用牦牛运来，每驮含运费要收银元7元，为牛粪的6倍，运费实在太贵。运费之贵大概还是路程太远了，牦牛从定日到绒布寺要走三天，往返则是六天，还有牦牛工人的开支。这样今后将要促使我们尽量在绒布寺附近的村庄里采购，至少在运费上会便宜一些。内地没有去过西藏的等边远牧区的人，也许不大了解，牦牛粪为什么能成为燃料，这是西藏牧区的特点，各个牧区都养育着很多牦牛，它是重要的交通运输

工具。牦牛体型大而强壮有力，蹄质坚实而蹄尖锐利，能在险峻的高山上行走自如，不论荆棘丛生的沼泽地，还是灌木丛林，都能一往直前而无阻拦，牦牛在西藏被誉为"高原之舟"。牦牛最使人喜欢的是它的力大、温顺，索取少而贡献多。它不食五谷，只吃草，饲养成本低。不过牦牛也有偶发脾气的时候，1960年登山队首次动用牦牛运送物资从大本营去6400米营地的途中，牦牛也是气喘吁吁，不时地口吐白沫，很不情愿地往上走，在牧工的大力驱赶下，有时也会发脾气将驮物抛抖甩掉，此时牧工也只能停下来对牦牛进行安抚。所以一些怕摔的物品如电台、仪器等只能靠人背。而牦牛在下山时，没有负重的压力了，会走得很欢快，在牧工的口哨声中，高兴地蹦跳着下山。作为"高原之舟"的牦牛，在6000多米的地段上山都感觉困难，何况人呢。所以攀登高山，体质虽是基础，人的意志力则是起决定作用的。牦牛的经济价值高，肉、奶可食用，牛毛可做编织物，牛粪拉在草地上，其大小为10~12厘米的圆饼形，厚2~4厘米，在野外经过一定时间（如数月）的风吹日晒后，粪块形成一堆干燥的草料根茎物，一些臭味也被挥发掉了，剩下的实际就是一团致密的干草根样物质，点燃起来呈淡蓝色的火苗有较好的火力，是牧区人民实用的燃料。登山队自备的燃料是航空汽油，登山时配有小型汽油炉点燃烧水做饭。为了节省这些从几千千米外带来的高级燃料，在大本营的集体大灶上则尽量就地取材，购置牛粪。20世纪50年代，西藏的燃料供应是紧张的，当时西藏还不生产煤，城市靠木材和电，林区靠木材，牧区就靠牦牛粪。

11月21日

罗志昇率领的侦察组第二梯队今天中午到达珠峰山下，建营的物资及大件的物资都在第二梯队，他们的运输队伍比第一梯队还要大得多，因此行动迟缓，到达中间站换雇牲畜时，往往因到不齐，而耽误了时间。该队比预计到达大本营的时间晚了三天，这样第一、第二梯队两者之间的到达时间差为五天。看来在日喀则将侦察组分成两个梯队，让第一梯队先走还是对的，这样可以使上山的侦察人员早到达几天，有利争取在冬天的大雪到来之前完成上山路线的考察任务。

第一梯队的人员和物资今日也全部下撤到新大本营与第二梯队回合。下午搭起了几座第二梯队运来的深绿色的军用帆布大帐篷，这种帐篷可以住16个人，人在里面还可以直立站起来，比第一梯队自带的高山帐篷要宽敞得多。高山帐篷以携带轻便为优点，撑起较低矮，只能住四个人，人在里面只能坐着或躺着。

11月22日

新的大本营正式建立起来了，用气压高度计测量海拔高度为5100米，无线电台已经架设好，天线杆架设在营地东侧面的高坡上，这样收发的信号要好些。汽油发电机开始发电，夜间各个帐篷内都可照明，便于开会和工作。气象观测站已架起，搞测量的标杆等器件都拿出来了，还架设了天文测量幕。

本次侦察组的活动主要是探察上山路线，至于启动科学考察，可说是来

气象组在大本营设立气象观测箱

年的预演。

现在是冬季，本来日照时间就短，而登山大本营设在山谷之间，受东西两侧山峰的阻挡，上午要10时太阳才能晒到这里，到下午太阳一偏西，气温就在零下十几度，今天上午9:30，气温仍低，为-9℃。

11月24日

别列斯基率领的侦察组完成了东绒布冰川至北坳的考察，下午1时回到大本营，接着就向许竞汇报，许祝贺他们顺利完成任务归来，并说大家都累了，晚些时再召集会议由两组汇报交流情况。

上山侦察组的人员已回聚大本营，许竞考虑再过几天到月底部分人员就可以启动回程，今晚派翻译更登去定日雇马，那时西藏的交通、通信都很落后，尤其是在边陲地区，完全靠畜力、人力走动才能取得联系。在定日也无解放军驻军，更没有其他电信联系渠道，只有派人骑马去，70千米的下坡路一天可到，估计28日可将马雇回，回程无须牦牛队来搞运输，因为侦察组的大部分物资将留给科考队在此过冬及明年建营续用。

侦察组今天也致电日喀则分工委，希望他们安排计划派汽车到公路可通到的地段来接首批返回人员，这样可以少骑几天马，早些回到日喀则。

11月25日

东绒布组和主绒布组在大本营会合，进行了充分的交换意见。期间科维尔柯夫还把在东组期间记下的日记给菲里莫洛夫看，后来菲在写书时用上了东绒布考察的材料。

侦察组的工作在收尾了，但是科考队正在启动呢。其中以气象组最早进入工作状态，其他各组的工作也陆续在展开。地形测量组曹恩福、赵国光等8人，今出发去东绒布冰川测绘路线图，估计10天后返回，他们将于第二批随罗志昇副团长一行回拉萨。

日喀则—定日公路段一位工程队长——胡佩林，从绒布寺来大本营拜访，他们目前正在勘测定日至绒布寺的公路，提到按现在的设计，明年秋季涨水期间仍能保持道路通畅至绒布寺。许竞以考察团的名义提出建议希望公路修到绒布寺后，再往上延伸几千米，即修到在此大本营再稍往上走几百米处，以到达冰川的尾部。这个地段在稍后做到了初通。在1960年中国登山队再来之前，略作加工就真的利用上了。该队长称到明年1月底，即两个月后，定日—绒布公路即可修通，一旦公路修好，物资供应有保障，将来还可开展旅游呢。那时我们还是我国内地第一批来到珠峰地区的群体，这是我们在半个世纪前就听到有人提及将来可来此旅游的事，只是觉得太遥远了，没有把此事放在心上，如今翻开当年的日记，上面就记载有此队长提到可来此旅游的看法。自20世纪80年代我国开放部分山区后，就有不少外国队来攀登珠峰了，至90年代，旅游也在发展，个人和团体均可亲临珠峰北坡大本营和绒布寺了，回想那位公路工程队长的眼光的确很敏锐，太有前瞻性了。

11月26日

侦察组上午全体会议，组长许竞报告，东绒布冰川组和中绒布冰川组双方经讨论后，通过了上北坳决定走东绒布路线。此路线的技术难点主要在北坳下6600~7000米地段高达400米的冰坡，选择从冰坡左侧（南侧）上，坡度虽较陡，今后可挂软索梯攀登，在两处二三十米高的坡度上可用加滑轮的吊杆将物资吊上去，人可空手上去，以节省体力，还可以采用一些技术措施对付坡度的难点。此路线的优点是较安全，中间营地好，如6400米营地较为阔敞可搭下几十顶帐篷，可住百人及存放大量物资，视野开阔，可看到北坳及8500米至顶峰（用望远镜），可考虑将6400米营地作为前进ABC基地（Advanced Base Camp）。在此可储放大量物资，以备山上天气不好时登山队员可在此停歇待机，不必退回大本营休整，是"进可攻，退可守"的前进基地。

侦察组会商一致同意走东绒布冰川至北坳的路线后，别列斯基报告了大本营至北坳间的中间营地的设置方案，并提出将来登山必须在春季到达大本营，从4月初开始高山行军，要在夏季西南季风开始之前，在5月15日登顶。别列斯基不愧为一名优秀的登山家，有卓越的组织能力，他在充分研究了英国人1956年邀他访英时所获赠的英国登山队登珠峰的资料及此次实地侦察后所提出的预案及注意事项，其中大部分意见及建议均纳入了以后1960年中国登山队单独攀登珠峰时的总体方案中，基本上是切实可行的。别列斯基还说，如果1959年春季未成功，要在秋季登珠峰，则宜在11月第一周登顶，其建营及预备性高山行军均照此前推，也就是说在我们此次进山的初期，天气条件还可以，如我们考察组此次于11月16日到达珠峰山下，直到月底风速都不太大，之间仅有几天有大风，天气大多晴朗，珠峰上部大多的岩石部分还裸露着，但是到11月底我们离开之前来了一次大风雪，珠峰的山体则全部覆盖，披上了一层厚厚的冰雪，裸露的岩石一点也看不到了，这在山上一定是大雪一场。

最近，回顾过去的珠峰攀登史，大部分在春夏季成功登顶，少数在秋冬季登顶。

11月27~28日

接北京国家体委电报，称最近即将用本国飞机航测珠峰，因飞机绕行珠峰时可能飞越过境，已照会印度及尼泊尔，等他们回复我外交部后即可进行。

侦察组在山区的工作已近尾声，留下天文组、气象组及电台组人员在大本营或绒布寺过冬。气象业务范围已扩展与当雄机场联系用GD21电码收发报。27日珠峰顶部上出现旗云，提示高空风速大，28日夜间刮起少有的东南风，山上天气变坏。

收到日喀则分工委电报，称公路在本月底可修通到错拉山口（在拉孜宗的东南），这样我们在返程中只需骑七天马，就可搭乘汽车回日喀则。

许竞、别列斯基、菲里莫洛夫都在撰写侦察路线的书面报告，绘制上山路线及营地设置图。

十九、实地侦察工作结束，留下科考组过冬

我国首次进入世界最高峰地区的科学考察的拓荒者都是一批年轻人，当时平均年龄不到28岁，在空气稀薄、缺氧、严寒的恶劣环境中，加之还有流窜的叛乱分子袭扰的可能，他们都敢想敢干、不怕苦、不怕死、团结协作、互教互学。

其中值得提到的是有三个组的同志在海拔5000米的高寒地带坚持了一年半左右观测和值班，没有足够的勇气、毅力和责任感是很难做到和做好的，他们是：气象组：彭光汉（组长）、周瑞朝（副组长），预报——钱增进、张方范，绘图——王荣生、王明礼，观测——刘清泉、何春祥；水文组：吴明、向希龙、汪矶、严步陵；电台组：报务——李长旺、郭寿旺，机要——胡成甲；担任医疗保健工作的肖杰大夫（来自西藏自治区人民医院内科）；藏语翻译扎西。

还有负责担任警卫工作的一个加强班的16名解放军战士，配有机枪、冲锋枪，其领队是排长曲荣壮少尉。

过去对这些科考人员在雪域高原坚持一年多的工作报道不多。前几年从国内媒体的大量宣传中知道，在新疆中巴边境上红其拉甫山口哨所的边防军和海关工作人员在风雪高寒地带的英雄事迹。

红其拉甫哨位的海拔高度是4700米（有的资料称约5000米），科考队这三个组所在的绒布寺比它还要高出300米或与之相近，其环境的严酷可想而知，在此想要说一句，这里可称得上是我国科学考察战线上的"红其拉甫"。

平原人来到海拔5000米左右

留在绒布寺过冬的部分科考队人员在寺前，气象组：何春祥-前左1、王荣生-前左2、周瑞朝-后右1；电台组：李长旺-后左1、郭寿旺-前左3

的高原作短期逗留并不太难，但是要长期居留，却不是件容易的事，何况长达一年半，这里要提及一个真实的故事。

1960年4月，一位长年经常在青藏线开车的汉族司机为登山队从拉萨运来一车物资，傍晚到达大本营（5100米），卸车后，他在营地走走，指着珠峰说，不就这个珠穆朗玛吗，你们来了二百多人，就为这个呀！言下之意，这有多难呀，你们太兴师动众了。当晚这位司机在大本营睡了一宿，第二天一早起，他就诉说头痛得很厉害，早饭也吃不下，走起路来两腿酸软无力，浑身发飘。他对登山队员说，我昨天不知天高地厚，太说大话了，现在我真是服了你们了，我在这里受不了啦，我得赶快开车下山去，我祝你们好运。

这件事说明了什么呢？这位司机虽然常年走青藏线，但一般的住宿地的高度只有3000~4200米，5000米高度比之4000米的高度来说，其缺氧的程度要高出一个等级（即每增高1000米，空气中的含氧量要少10%左右），虽然司机开车也经过唐古拉山口（5300米），那只是几分钟就过去了，身体反应不会太大。但要在5000米高度上较长期居留下来就不那么容易了。

在珠峰北侧山区要居留较长时间，特别是要度过冬季，当然住寺庙比住帐篷要好，侦察组留在大本营的军用帐篷一般可住十几个人，但终究只是一层帆布，到了晚上帐篷内外都是一样的冷。侦察组返回拉萨后，留下的科考组就逐步从帐篷区搬至绒布寺庙内。

绒布寺的空房、客房均很多，是为来寺进香朝拜者准备的，住下四五百人都不存问题，而时下寺内常住喇嘛不足50人，经与寺的住持商量，科考组相中在大经堂外面有几个二层侧楼的偏院，这些楼都空着，上下有六七间。经住持同意后，经过清扫就住下来了。这样科考组的活动基本在寺的偏院，主寺内的经堂佛事活动照常进行，互不干扰。

科考组的工作是有序的，每天早晨寺内法螺的呜呜声在顶层吹响了，在这起床号声中，科考队员也就陆续起床，先在院内做早操，早餐后开始各自的工作，气象观测员每天定时，包括晚上几小时一次去采集室外百叶箱内的记录，定期放飞气球测高空风。报务员通过无线电收录来自北京、成都、拉萨和国际上与珠峰有关的大气环流的气象信息。下午由绘图员作图，预报员通过图形作出有关珠峰的长期、短中期、短期的天气预报，或对先前的预报作出新的修正，并记录在案。

水文组每天不管刮风下雪都定时走几十米深的下坡，到绒布河谷的测量点去测水位、流速等。

电台组每天都要和日喀则分工委联系，那里是登山队的西藏支援委员会的分会所在地。大多内容都是报平安，留绒布寺科考组的一切对外联系，以及接受中国登山队、国家体委、各所属科研单位的通知指示，都要通过此电台与日喀则的电信渠道，也是唯一的渠道。收发报时要靠两个人手摇发电机提供电源，这也是他们每天轮流做的固定的体力劳动，电台可以收到北京、拉萨广播的新闻，但为了节约干电池，他们每日只偶尔收听一下，知道点国内外的大事即可。

科考队员的伙食由伴随他们的警卫加强班战士统筹办理。因为科考队员的后援单位为日喀则分工委，解放军战士的后援单位为日喀则军分区。由分工委和军分区沟通，就把对科考队的供应改为部队办理了。好在这时绒布寺至日喀则的公路已疏通，此时在协格尔及定日开始有驻军。军分区后勤部门定期每两个月向下属部队运送给养时，就把绒布寺这个点的供应也捎上在内了。当时军队的基层伙食吃饱是不成问题的，但是最感不适应的就是常年吃不上新鲜蔬菜，只偶尔可吃上些土豆及侦察组留下不多的蔬菜罐头。由于高山缺氧的关系，在野外经常吃罐头类食物的确提不起胃口。有一件使科考队员欣慰的事是供应车来往时可以捎来和带走信件，这样就可以和家庭及工作单位联系上了。当然在个人特殊需要时也可以通过电台发报与内地联系。

科考组的工作环境是艰苦的，生活是单调的，他们真像一群虔诚的清教徒那样在寺庙中过着清苦的生活。工作之余，他们最多的消遣就是看书，文艺书、过期的报纸，有些人还在正正经经地读业务书，在微弱的烛光下度过寒夜。他们的工作是踏实的，信念是坚定的，那就是一切为了"珠穆朗玛"，他们是这场攻坚战中的前哨兵。

二十、侦察组返程——经日喀则—拉萨—北京

11月29日

更登翻译从定日雇到的马匹于上午11时带到大本营，回程带的物资不多，仅为路途中所需的食品，每人分带数千克。故不需雇牦牛运输队。下午4时侦察组一行12人出发到绒布寺，仍然是警卫部队一个排先行，路程约7000米，路上乱石太多，尚未完全修整好，走走停停，走了2个小时45分钟始到绒布寺。打前站的与住持商量，把我们安排在庙内二楼几间较宽敞的房间里，庙中原已有一些警卫部队仍在住着，他们和喇嘛们都很熟识了。

笔者此次和侦察组在绒布寺路过只住了一晚，1960年随中国登山队登珠峰时又曾在此住过两次，每次约一周，都是随冻伤者或其他病号到庙里休整而来。有人问住在庙里感觉如何，回答说，从山下刚进山时来此不会有什么特殊感觉，但从山上下来到绒布寺，就感到舒服极了，简直像住在星级宾馆。什么事情需要对比，才感到差别，所以印象深刻。首先在庙里可睡在炕上，上面铺有草垫，而在山上是睡在冰雪地面上，仅隔一层塑料布，睡袋里始终是冰凉的，虽然鸭绒睡袋是为高山特制，保温性较好，不会冻着，但在撤营时，掀开帐篷底，依然可见到在身体所对应的冰面上有个人形的印记，

且凹凸不平，这是人体的热气透过帐篷底在冰面上形成的，相对来说，冷气也透入了帐篷内，这大概是一种冷热辐射的交换。庙内的室温是零上，山上帐篷里则是零下，一有大风刮动，呼出的气体会在帐篷里凝成雪花飞舞。在庙内有厕所，虽不是抽水马桶，但在室内不觉得冷，在山上即使在大本营，也只有用石块垒起的低围墙，顶上盖层帆布，四面透风，里外一样冷。在庙里吃饭菜是热的，在山上饭菜未吃完就凉了。1960年那次，登山队还在绒布寺庙内安装了发电机，夜间有电灯照明，开会工作都很方便。

绒布寺的喇嘛们对于登山队并不陌生。年老的喇嘛们说起他们曾经接待并留宿过一些外国登山队，其中有英国队，其他记不起是什么国家的了。我们从资料中查到曾在绒布寺待过的外国登山队还有1934年的英国人威尔逊、1947年的加拿大人登门、1951年的丹麦人拉森。住持还从库房里拿出二三十年前英国队留下的登山绳索、冰镐和帐篷杆等物品给许竞等人观看。

庙的住持对中国登山队表示欢迎，喇嘛说要为登山队创造条件，凡用得上的都可以帮忙。苏联专家听我方介绍绒布寺表现友好，寺庙过去对外国登山队也帮过忙，觉得我们今后来此登山时，这里应是一个很好的可依靠据点。

别列斯基今晚到电台组的房间里听无线电，他找到莫斯科的短波电台，声音清晰，他很高兴，说明年要多带点短波收音机来，随时收听国内的消息。

11月30日

这次返程的路线打算走近道，由绒布寺北行不远即折向东北方向，经扎西宗直赴协格尔，而不经过西北方向的定日。这样比来时的路程要缩短两天，这条路也是以前英国人到珠峰常走的道路，扎西宗距绒布寺42千米。为什么来程要绕经定日呢，主要是考虑定日是个商业点，从那里可以取得较方便的连续的物资补充。

早上6时就起来做饭，7:30全队出发，这时天还没有亮，满天星斗，下旬的月亮正为我们赶早路照路，走了半个多小时才天亮。

上午11时在途中见到我国的喷气机，飞向珠峰方向，大概是去航测了。

下午3:30经过一个小村——庙村，在村旁休息了十来分钟。

下午6时到达扎西宗，住在宗本的家里。在他宽敞的客厅里，特意加添了一些菜肴，今天是别列斯基的50寿辰，中方人员在隔壁的庙里击鼓50下向他祝贺，并为他准备了一瓶绍兴黄酒助兴，国家体委也专门从北京拍来电报致贺。别列斯基在席间感叹地说，能在世界最高峰下的山村里过生日真是难得，作为一个登山运动员，经过了不少磨难，在第二次世界大战中也拼杀了好几年，能活到50岁也属不易了。

扎西宗

在珠峰北侧偏东，距山下大本营49千米处，这是一个牧区小镇，地势较开阔，山地平缓。珠峰的雪水融化后流经这里，因此水草丰盛，生存条件还是过得去的，而临近的老定日区域则是一个方圆数百千米的近似荒芜的无人区。扎西宗有条小河穿过，山路在河边蜿蜒，藏民的村庄散落在河的两侧。

在扎西宗的藏族百姓中打听到，20多年前，即20世纪30年代，外国人（应为英国人）曾数次来登珠峰，均未到顶。在此地招募了一批民工当高山搬运工，其中有几名和丹增一起曾随英国登山队登过珠峰，唯丹增登得最高。

在Everest History.com上面查到，1933年英国第四支珠峰探险队有名叫夏尔巴山虎（Sherpa Tigers）的高山搬运工到达了六号营地——8320米处；1936年英国第六支珠峰探险队的成员名单中，在英国队员名单之后，列有Tenzing Norgay（丹增·诺尔盖）的名字，并称他（丹增）作为一个背夫是第二次参加英国探险队。

据当地藏胞介绍，丹增于1914年出生在西藏定日县扎西宗乡一个藏族（有说是夏尔巴族，有资料称，夏尔巴族为藏族的一个分支，两者之间语音相近）农牧民家庭，十几岁时在家乡的山区放牧牦牛。

第二次世界大战爆发，使攀登珠峰的热潮停顿下来，丹增于此期间穿过边境去尼泊尔谋生，在夏尔巴族人居住的地方待了下来并入了尼泊尔籍。

　　第二次世界大战后，20世纪50年代西藏和平解放，英国队无法继续从西藏境内北坡攀登珠峰，乃转向尼泊尔于1950年、1951年从珠峰南侧攀登，但未果。1952年瑞士队也从珠峰南侧试登。在此基础上，1953年英国队又从尼泊尔进入珠峰南坡，丹增再次被招入英队，此次英队的新西兰人埃德蒙·希拉里和尼泊尔籍的丹增·诺尔盖（Tenzing Norgay）两人从南坡攀登珠峰成功登顶。

　　丹增笃信佛教，他说登上珠峰后，在顶峰上先遥向珠峰北侧的绒布寺方向跪下叩头，接着又向南侧与绒布寺对应的丹勃齐寺也叩了个头。他说小时候和父亲在珠峰北侧放牦牛时，就经常想象，登上珠峰就如同登天一样，在那样高的地方，一定住着神灵。

　　有一段文献资料可以旁证丹增·诺尔盖的家是在西藏。据1953年英国珠峰登山队的摄影师艾尔弗雷德·格雷戈里（Alfred Gregory）在《攀登历史》[①]一文中展示他在1953年英国队登珠峰的照片中提到，其中一张是拉瓦·贡布挎着格雷戈里的照相机在攀登冰坡上的梯子。他说："拉瓦·贡布是丹增的侄子，原在西藏的绒布寺当僧侣，听说英国队在南坡登珠峰，就离开了绒布寺加入英国队当背夫。"

　　丹增·诺尔盖从南坡攀登珠峰成功登顶后，成了名人，得过"雪山之虎"的誉称，在世界多地作过登山报告，以后一直为珠峰南侧的外国登山队当高山向导，于1986年病逝。

　　其身世最近在《西藏人文地理》（2013年11月）有一段报道称："围绕着丹增的身世，也是一个谜团。外界一直公认丹增是夏尔巴人，要解开丹增身份之谜，其实是为最早攀登珠峰的民族正名之谜。关于丹增的国籍一直存争议。印度声称他是印度人，尼泊尔则声称他是尼泊尔人，但在众多西藏

---

① 澳大利亚地理杂志. 2007,10-12.

登山向导心中，他们知道丹增是不折不扣的藏族人，这些来自西藏登山学校的年龄在20~30岁的登山向导中，其中就有丹增的后辈，作为同乡人，他们在熟悉丹增的故事之前，就已经无比熟悉他们家门口前这座雄伟的山峰。历史总是在出人意料的时机被揭开谜底。美国登山家韦伯斯特在他的著作《雪国》中终于将丹增的身份公布于世："丹增既不是印度人，也不是尼泊尔人，而是地地道道的中国藏族同胞。"综合上述及有关资料，客观地说，丹增·诺尔盖的身份有过几度变化，他本是出生于西藏扎西宗珠峰东侧卡他谷地（Kharta volley）的康雄（Khang sung）地区，位于珠峰、洛子峰、洛子东峰和马卡鲁峰四座8000米以上的高峰包围中，是喜马拉雅山区景色最壮丽的地区之一。他是中国西藏的牧民，在20世纪30年代，参加过英国来北坡登珠峰的登山队当背夫（porter）。第二次世界大战期间登山停止，他去尼泊尔谋生并入尼籍。第二次世界大战后，英国队改从珠峰南侧攀登，丹增被召入队，于1953年和希拉里一道登顶珠峰。后来他定居印度，有资料提到他入了印度籍。所以他在去世前只是外籍（尼籍或印籍）的藏人了。

20世纪80年代，我国珠峰等山区对外国开放后，扎西宗乡因靠近珠峰，又出现了一批为国内外登山队当搬运工或赶牦牛的运输工（从大本营往返6500米营地间），在登山旺季的四五月，珠峰北侧的大本营一带可聚集牦牛上千，牦牛工上百，成为扎西宗的一大经济收入来源。

12月1日

仍然是清晨起来赶路，8:10出发，一直是缓上坡，全队行进得不算太辛苦。翻山前于11时大休一次，中午翻越5480米的邦拉山口，有几段路坡度很陡，骑着马上去都很难，因坡陡有摔下来的危险，只好下马牵着走过去。山口两侧都是巨石，风也比较大，下午4:15，从桥上渡过一条较大的河，但水不深，下午7点多钟才到协格尔。

协格尔接待方颇不友好，安排的住房又脏又小，20多人住一间。

　　许竞带着翻译找当地领导，对方一点也不客气，连礼仪也差，既不让座也不请喝茶，这是沿途来最差的一站，比上个月经此时还要差，至少上次的住房要好很多，这大概是此地上层的政治态度决定的。菲里莫洛夫书中的日记写着可能是我们进山时经此钱给得不够。

12月2日

　　本来想今日由此往嘉措拉山口进发，因本地准备的牲畜未到齐，而在定日雇的马匹又不得越境运输，只好在此多停留一天，也可借此时间休整一下。

　　中午大家都到门前小河沟里去洗脸，河面还有浮冰，水凉得很，但水很清澈，还是尽兴地洗漱了一番，毕竟在山上用水都很节省，难得有一次下到河边的机会。

　　今天协格尔很平静，没有出现上次进山经此时的藏军操练。

12月3日

　　清晨6:20出发，早上气温低，骑马时脚特别冷。下午4:30遇到修路队，见到一批50~60名穿蓝棉大衣的工人，他们手持铁镐等工具徒步往协格尔开进。下午6时达到查加，查加地方很小，只有几间土房，无住宿条件，只好再往前走。侦察组一行过查加后不远，在一处河滩上歇下来，未搭帐篷可谓风餐露宿，今日行程较远，约走了50千米。

12月4日

　　为了赶路，摸着黑在早晨8时出发，8:30天刚蒙蒙亮，至9时天才全亮。11:30又遇到一队修路工人，汉藏族都有。中午起翻过途中最高的嘉措拉山口（5130米），警卫部队在翻山时的体力比刚进山时要明显好很多，这表明他们已经较好地适应高海拔的缺氧环境了，过山口后就一直下坡到察鸟。今日行程47千米，接连两日每日走近50千米，部队战士对这种长途跋涉显得很胜任，充分体现出能吃苦耐劳的优秀品质。

12月5日

今日的路程为缓下坡，且路面较平坦，早上6:15出发，下午1:30路过一处公路修建工地，在一条河边，遇到的工程人员说，他们正打算在此修一座桥。目前为冬季水量小，我们一行从河的较浅处涉水渡过。

下午2:30抵达哲中，我们进山时，曾住宿在此，本来想继续前进赶路，但估计翻过前方的错拉山口有困难，到达目的地的时间会太晚，在此听修路人员说，汽车已经通到了错拉山顶，因此决定今晚住此。另派人往前去指挥部联系汽车，争取明日下午能坐上汽车回日喀则。

12月6日

上午9时动身，中午12时翻过此行最后一个山口——错拉山口（海拔4450米），下午在山下的坡上遇到在拉蓉附近的修路指挥部，结束了此次骑马行军的路程。这个修路指挥部相当庞大，最多时拥有1000多名修路工人，如今有二三百人西行打前站去了，仍有八九百人在这一带施工。指挥部的生

返程途中经公路指挥部工地

活设施也比较齐全，有食堂、合作社小卖部均可用人民币支付。侦察组一行从野外的简单生活，回归到指挥部周全的生活条件，感到惬意极了，在其帐篷办公室里洗了热水脸，喝了热茶，彭淑力还去合作社买来啤酒庆祝回程即将结束，菲里莫洛夫竟然说这里的啤酒比著名的捷克啤酒还要好喝。晚上也未搭帐篷，就在指挥部办公室的帐篷里过夜。

公路指挥部目前只有一部车在此，仅够侦察组人员乘坐。但警卫部队出于安全考虑，不同意分开走，这样只好在此等汽车，至少再来两部车后，三辆车一道走。

许竞在下午通过修路指挥部的电台拍一急电给日喀则分工委梁书记，请派车辆，并请其准备由日喀则到拉萨的汽车。

12月7日

昨夜指挥部来了两辆运建筑材料的汽车，这样今天上午10时侦察组一

返程最后一段弃马改乘汽车，途中休息时。从左至右：尹参谋长、许竞、别列斯基、菲里莫洛夫、王连长、翁庆章、王秉乾、科维尔柯夫，右后汽车上为警卫部队

行12人，在警卫部队的护送下分乘三辆卡车就出发了，此处到日喀则105千米，汽车行驶了四个多小时，途中休息一次，大家下车在路旁合影留念。因道路新修成，路基尚未夯实，不能开得太快，下午3时才到日喀则，仍住堪布会议厅的招待所。

12月8日

上午分工委梁书记来访，他见侦察组一行都黑瘦了一些，问此行侦察珠峰结束，大家身体如何，许竞答，大家都适应了高原，今年冬季山区的气候不算太差，都经受了锻炼和考验，为明年再来打下了好基础。菲里莫洛夫今天看了英国队过去登珠峰的书上说，珠峰冬季寒流频发，雪崩多，要到4月才结束。我们此次赶上个初冬，遇上的天气还可以。

在年楚河畔，日喀则地区领导——左2梁选贤书记、左1、4为军分区领导与三位苏联专家

　　160团的领导来访，问警卫部队表现如何，侦察组一致认为很好，工作认真负责，对警卫任务丝毫没有松懈，保证了此行的安全。别列斯基等苏联专家都是第二次世界大战中的军人，他们特别提出称："担任我们警卫的中国人民解放军连队是一支能吃苦耐劳的部队，是一支纪律严明的部队。" 对此很是赞誉有加。参加过第二次世界大战的苏联军人对我解放军基层连队的高评价真是莫大的荣誉，我们侦察组也感到光荣。160团领导还邀苏联专家游览了市容并在年楚河畔合影。

　　至于侦察组队对此行中警卫部队的印象呢，可以概括为："吃苦耐劳、尽职尽责。"尽管他们这次没有遇到敌手，未能充分展示出他们的战斗力，但我们与其一路的相处，确信这是一支可以信任的、英勇善战的连队。在平均海拔4000多米的高原（之间还要翻过几座5000多米的山口），于三周内（11月11日至12月5日）负重(25~30千克)徒步行军往返达600多千米，一路大都是风餐露宿，夜间大多在零下十几度，夜间参加站岗放哨者，次日照样行军。在这种艰苦的环境条件下，他们出色地完成了任务，保证了侦察组一行初探珠穆朗玛峰的安全。这是很不容易做到的！当侦察组从西藏返回北京后，同事和家人问我们珠峰之行累不累时，我们说骑马那些天还是挺辛苦的。但是我们在160团七连的警卫部队面前，从不敢言辛苦，我们能表达的只有感激和敬重。

　　下午侦察组中方人员去国营贸易公司购物，此地的进口商品不少，是内地难得买到的，翁庆章在此以人民币140元购得瑞士产的罗马（Roamer）牌手表一只。

　　晚上日喀则分工委举行宴会招待侦察组，宴会很丰富，菲里莫洛夫在他的回忆录中写道，晚上宴会有啤酒、白酒，有20道菜好吃极了，宴会上的白酒是茅台酒，出席警卫部队的一位副连长，因喝茅台酒太多，当晚引起胃部大出血，被立即送到附近的解放军第八医院，即时做了手术，切去了胃的2/3，才保住生命。最后虽然康复但要算伤残，按规定只得转业回内地老家。侦察组对此事引为教训，以后在登山队内经常提到这个事例，要大家引以为戒，在山区及下山后短时间内不能过量饮酒，特别是烈性的白酒，因为在山区为了对付严重缺氧，身体内的血管都呈显著的扩张状态，此时若再受到酒精的刺激，已经扩张的血管再度膨胀就有可能引起迸裂而导致大出血。苏联人民大都喜爱饮酒，但在苏联的登山条例中有，登山期间严禁饮酒，此事在1956年中苏联合登山及1958年联合侦察珠峰中，均可见到苏联人能够做到在登山期间不饮酒，反观中方人员对此则注意不够，此次副连长胃部大出血之事，应引以为戒。

12月9日

为了当天赶到拉萨，早晨4时起床，按当地时间为2时实际上还是后半夜，5:15开车，车队共四辆吉斯150型车，侦察组乘一辆，余下三辆为警卫车，路况较好，最高时速可达70千米/小时，8:10到达大竹卡渡口。靠摆渡船渡过雅鲁藏布江，除渡河及休息2小时，全程14小时中，前12小时走了360千米的公路，下午7:15到达拉萨，比我们从拉萨去日喀则时快了半天。

侦察组到达拉萨仍住工委交际处，在此与刚从北京来的国家体委参观团团长史占春会合。史此次来拉萨主要是与西藏支援登山的委员会商讨落实明年中苏登山队正式登珠峰前的有关准备事项，如明年初中方队员来拉萨集训要选择在附近山区进行冰雪作业地点，培训高山运输队员，公路建设即将完工，飞机的航测空投还有一些事情要做，史还谈到今后几年的规划，将培养若干名运动员，建立数个训练基地。

12月10日

下午谭政委在军区小礼堂接见从北京来的史占春和从珠峰地区回来的侦察组，史和许向政委汇报了工作，并提出希望在当地解决各项问题。

汇报珠峰侦察路线事宜时，别列斯基和菲里莫洛夫也做了插话。苏联同志在会见后感叹地说："你们的高级军事领导人这么平易近人，使我们感到一种平等和民主的气氛。在苏联，像我们这些一般干部对将军以上的高级军官连面都见不着，更不能奢望在一起谈话和吃饭了。"苏联专家在宴会上还

菲里莫洛夫和王富洲（右1）、陈荣昌（左3）、王家奎等在拉萨交际处大院

表扬了俄文翻译彭淑力，彭本人在翻译中未提及此事，是后来翁庆章在菲里莫洛夫所写的书中见到菲提到彭俄文很好，能与大家充分沟通，工作周到，办事能力强，登山耐力也好。此次彭登得最高，侦察到达6800米的高度。菲里莫洛夫在书中还提到："此次珠峰之行感触最深的是中国人的智慧和认真。不分等级、官阶，可以讨论任何问题。"

晚餐是西藏工委设宴招待侦察组全体人员，谭政委及军区副司令员等负责人都参加了，登山队员今晚只喝了点葡萄酒，想起前几天在日喀则宴会后有大出血的事例，无人敢喝烈性酒。晚上工委招待看苏联电影《蜜月》。

12月11~12日

11日晚工委招待侦察组一行在工委礼堂看豫剧《拾玉镯》《二堂舍子》

《见皇姑》等几个折子戏。应该说演技的水平还是挺高的，但地方色彩很浓，不是当地人大多都听不太懂。

中国登山队的大部队包括登山队员、科考队员、记者、摄影师一行58人，从北京乘火车至甘肃柳园站转乘汽车，在青藏公路行车九天，于12日到达拉萨，住进交际处，他们按计划至明年3月将在拉萨及附近山区进行冬训。

稍后，罗志昇率领的侦察组部分人员及部分科考队成员从大本营抵拉萨。全队合并在拉萨人员达148名，其中女队员10名（不包括留大本营过冬人员及返京参加中苏会谈和在京进行1959年物资准备的人员）。

12月13日

侦察组今在驻地讨论珠峰侦察总结，在上山路线、营地设施等多方面的意见都一致，但在登山日程中关于主力队员的到达时间方面存在不同看法。

别列斯基认为有了公路，可以在规定时间内将物资现运到大本营和东绒布冰川各营地及北坳营地，主力运动员则在生活条件好一些的另外的7000米左右的高度上适应，待物资运送完毕后，主力运动员在4月15~22才去大本营。

许竞的意见则是人员物资一起走，天气好时即登山，许说在定日与当地曾和英国人一起登山者了解到3月初至6月底，均可用于登山（许在定日听说称6月底仍可用于登山之事不确，可能是传说中的差错，从英国队的早期登山及之后的气象观测，一般在6月初天气已变坏，即雨季来临，此时期不宜登山）。

事后对以上两种进山日期的做法，应是各有其特点，苏方强调把物资先运到山区各营地，这是"兵马未动粮草先行"的做法，将依靠运输队员及二线队员在3月利用恶劣天气条件实现运输物资，让他们付出劳动，而保存一线主力队员的体力，然后利用有公路的方便条件，几天内将主力调上山来向高的营地冲击。

中方的意见则是步步为营，人员和物资一起走，将主力队员放在第二梯队走，天气好则上山，天气不好则在中等高度（6400~7000米）待机，如在中等高度待机时间太长也会消耗体力及物资。

中方的天气预报员从资料分析，在7000米以上的高空风，在3月初开始减小，由12级降至8级，认为3月中下旬即应进山。

别列斯基说，许竞谈的情况有一些道理，但如作为结论仍有不足，明年的大本营也可设在5480米，3月中旬、3月底山下的树枝开始发芽，但绒布寺的积雪仍然太厚，英国队的失败，很大程度上归因于天气因素，珠峰春季的好天气开始得晚，结束得早，研究分析珠峰的天气史料时要研究10个过去登珠峰登山队的进山日期，以及6个外国登山队登珠峰附近3座8000以上高峰（马卡鲁、金城章嘉、玛纳斯鲁）的历史。

别列斯基强调可在3月初至4月初运输物资至低山营地，主力队员不宜上登，因此时山上风雪仍大，风在8级左右也不算小了，运送物资在3月初到大本营后，人员聚集太多，会无事可干，总之人员进山不能太早也不能太晚。此问题从拉萨直到北京都一直在考量，苏方意见是物资可早运，人员不宜早进。

菲里莫洛夫说我们开会效率高，谈的都是实际具体问题，开会者是将来的执行者。

12月14日

接到北京电报，16日有飞机从当雄赴西安，侦察组决定明日（15日）去当雄，17日从西安乘火车回北京。

下午，翁庆章的同学，区人民医院耳鼻喉科的钟乃川大夫来交际处访谈，翁向钟请教了一个业务方面的问题，就是登山队到了珠峰北坡地区普遍咳嗽不止，还可以理解为因为缺氧要大口地呼吸喘气，以致上呼吸道表层受到干冷空气的侵蚀，甚至发炎，所以咳嗽难愈。但是为什么有些人咳到后来声音都嘶哑了，甚至发不出声来呢？钟乃川到底在高原工作了几年，又是耳鼻喉专科医生，他对此有过经验，并做过分析研究。钟认为这种声音嘶哑是在较高海拔高度上，人体为适应缺氧出现的一种代偿性的病理反应的表现，即人体在高寒缺氧环境时，肺部血管为交换气体的需要而扩张，使得由心脏进入肺部的血管——肺动脉受到阻力而出现了高压，以致肺动脉本身的圆锥部分膨出，这种膨出压迫了其附近由胸部至声带的喉返神经，使得声带产生水肿或麻痹，从而出现了声音嘶哑或失声，一旦脱离了严重缺氧环境，上述改变可以复原。所以得知这种声音沙哑的机理后，以后也只是对症治疗，待其自然恢复，不必太过虑了。

12月15日

下午侦察组全体中方人员到军区小礼堂听取谭政委作西藏地区的政治情况报告，内容涉及西藏的政治、经济、文化，解放军入藏八年来的工作，当前的形势及任务。在两个小时的报告中，再结合我们在西藏两个月来的见闻，使我们对西藏的时局及发展的未来有一个新的感知和认识。翁庆章在当天的日记中记下了近2000字的笔记。

二十一、拉萨至北京

12月16日

接北京国家体委电报，称空军司令部派出的飞机今日可到当雄接侦察组一行回内地，吃过午饭，下午2时，乘汽车出发，8时到达当雄机场，入住飞行员宿舍。室外气温虽很低，但房中生有火炉，比较暖和。到调度室打听，飞机今天只到了格尔木，要明天上午才飞来。后来据该机飞行员讲，他们的飞机本来可以在今天由西宁飞到当雄，因当雄海拔高（4200米），到这里住有缺氧的感觉，睡眠不好，所以今天不愿飞到当雄过夜，只打算明天在此停一下，当天就飞走。

12月17日

空军飞机于11:30由格尔木飞到，飞机加油及检修、飞行员吃饭后，于13:30由当雄起飞，飞行2个小时，到达格尔木，原来计划今天赶到西安的，但西安无夜航设备，拟改在西安西面100千米的武功机场降落（该机场为军用，有夜航设备）。但到格尔木后，天气已转坏，天在下着小雪，云层很低，能见度也不好，乃决定不再继续飞，夜晚住格尔木机场的场站，距机场30多千米，乘汽车走了半个多小时即到，途中经过一段公路是使用盐铺成的，这段路被称为盐桥，路面较宽，为四车道，可两来两往，路面也很平整，呈黑色，很像是用柏油铺成的。在20世纪50年代就建成这种像近代高速公路的路面，在当时很罕见的。

青海盐矿资源丰富，青海最大的盐湖——茶卡盐湖，在柴达木盆地中南部，海拔2670米，南北宽40多千米，东西长140千米，距格尔木市约60千米，万丈盐桥是用盐在查尔汗盐湖湖面上铺成的32千米的公路。

青海有大大小小的盐湖100多个，其中一个稍大一点的盐湖的盐，就够全世界使用数十年、上百年。青海的钾盐储量占全国97%，其钾盐制成的钾化肥也是我国最重要的化肥基地，池盐占全国的56%，因而盐湖是青海第一大资源。

到达机场场站住进部队招待所，都是军队自盖的砖房，每间屋都有火炉，室内是暖和的，夜间室外为-8℃。晚上宿舍区里来了两名飞行员，晤谈之下得知他们是图-4的飞行员，前些时候从珠峰飞过的飞机就是他们的飞机，曾经去照过相，这些航测照片将来对我们登珠峰会很有用，但飞行员说今后不让他们飞珠峰了（可能是有越边境的问题）。

当年的格尔木四周还是一片荒凉，无树木，无草地，唯有万丈盐桥，盐湖呈现出勃勃的生机和潜力。

今日飞机飞行高度为6500米，航速250千米/小时，机号5124，伊尔12型，途中有一段飞机颠得很厉害，同机的军区两位校官都吐了，侦察组一行大多只有些恶心，没有吐，大概是这前一段野外让他们经受过锻炼了。颠得最狠的一次，将人都抛起来了，同机共15人，除我侦察组中国同志9人，苏联同志3人外，尚有西藏工委宣传部方驰辛部长及军区两位校官。

12月18日

早上7时起床，预计8时从场站驻地出发，但早餐后，送我们的卡车发动不起来，原来是机件及润滑油都被冻住了，临时改乘吉普车去机场，比原计划晚起飞半小时。上午10:30从格尔木起飞，天气已转好，飞行1小时40分到西宁，在西宁机场吃过午餐，下午1:30起飞，3:45到达西安，入住省交际处——人民大厦。当时大厦内还住有其他行业的苏联专家数十人。登山专家与他们之间有相知和不熟的老乡，在此都一一欢笑相聚，傍晚前，这些外宾在大厦院前的草坪上还打起了排球。

12月19日

凌晨3时在电话中与火车站才订妥赴京的车票，晨6时从西安上车，这次坐的是中途车，为重庆至北京的46次快车，车上的小卖部有川橘，侦察组一行两个月来没有见过新鲜水果了，川橘对登山队员来说如尝甘贻。此次临时买到的都是坐票。因同行有苏联同志，承站长及列车长的帮助，将列车长的办公室腾出来，作为软卧，供三位苏联同志用，当时正值"大跃进"的年代，火车上是很拥挤的。

12月20日

上午8:45，火车正点到达北京站，西安—北京走了26个多小时，苏联专家们仍入住新侨饭店，中方于中午招待吃法国大餐以示慰问。中方人员回家或回各自单位，下一步为几天后中苏登山第二次会谈做准备。中苏珠峰侦察组考察珠峰之行至此告一段落。

12月23日

贺龙致电西藏工委谭冠三中将，称："中苏登山队在北京即将成立总指挥部，中国方面有我（贺龙）、黄中（国家体委副主任）、你（谭）三人参加，苏联方面也有二三人参加。"（一支有中国参加的国际珠峰登山队已内定由指挥过千军万马的元帅来担任总指挥，这大概也是空前绝后的事，足见贺总对此事的重视和关注。本来已通知苏方于1959年3月苏队到北京时即宣告正式成立，后因其时拉萨发生叛乱，登山延期及至后来合作撤销，此总指挥部乃作罢。）

二十二、中苏登山第二次会议

　　按一般国际惯例，双边会议如果要多次召开的话，则需在两国轮流举行，本来预定在1958年底的第二次会谈已由苏联体委通过驻华使馆向我方建议，谈判于12月20~25日在莫斯科举行，但是此时正好是中苏侦察组从珠峰返回北京之际，为了方便听取汇报，而且许多问题需根据侦察组报告来确定如何办，同时将来攀登珠峰的总指挥部也设在北京。中方建议第二次会议仍在北京举行，苏方也同意了。

　　侦察组于1958年12月20日从珠峰考察后经拉萨回到北京，进行了全面总结及写出文字报告。1958年12月28日至1959年1月3日中苏登山双方在北京举行了第二次会谈。参加会谈的双方代表是：苏方为苏体委副主席瓦卢也夫、库兹明和别列斯基，中方为体委副主任黄中、史占春、许竞。会谈中听取了侦察组长许竞和副组长别列斯基的汇报，认为侦察组成功地完成了中苏双方就侦察组所规定的任务，商谈中就侦察组报告里所提出的问题，进行了讨论并对以下各点取得了一致。

　　1.在侦察报告中有关西藏地方的政治情况部分应予以删除，但认为对中苏队员必须了解的关于西藏地方的基本情况，应向他们做必要的交代，并严格教育所有队员要加强组织性和纪律性。

　　2.关于通信联系问题。

双方确认对此次活动保密的必要性。在大本营的中苏电台都要配备密码电讯员，同时鉴于大本营和高山营地之间的联系用密码在技术上有困难，应设法在大本营至北坳（7007米）布置电线以通达有线电话。在高山各营地之间的报话机联系应采用代号，通话要简短、明确。

为了缩短大本营与北京总指挥部的通报时间，中方提出要求苏方设法解决一部设在大本营的大（功率）型电台以直通北京（当时中方在山里的小型电台只能通往拉萨，由拉萨再转北京），苏方愿意尽力促成，但不做义务性的规定。若大型电台得到解决，大本营与中苏双方领导方面的联系路线可设定为：大本营—北京—莫斯科。

3.关于大本营营址。

拟确立在东绒布冰川尾部海拔5400米处（将大本营设在5400米的好处是对突击主峰的时间可缩短一天）。但是事后表明，从山下大本营至5400米的路程中，其地质情况复杂，路况太差，且5400米营地的面积不够开阔，做过渡营地还可以。所以把大本营上移这一点以后没有照此办理。之后在1960年、1975年中国登山队登珠峰时，还是将大本营设在主绒布冰川下端的5100米处，即1958年中苏侦察组的大本营，以后也为其他外国登山队所沿用，一直至今仍如此。

4.修建公路问题。

为了保证1959年探险队在通往珠穆朗玛山区的人员和物资运输，中方已动工修建自日喀则到珠穆朗玛山下全长381千米的公路，这条公路于1959年1月末可全线通车，会议认为对1959年的登山活动有极大帮助。侦察组建议（实际为苏方的意见）将公路延长至东绒布冰川舌部（5400米）处，在此次会上通过。（之后的实际情况是，简易公路还只通到5100米的大本营处，从5100～5400米的道路太崎岖了，若此段要通汽车将要投入大量的人力和物力来维修，还不能一劳永逸，随时有被山洪和泥石流冲毁的危险。从5100米向上可依靠号称"高原之舟"的牦牛将物资再往上运送一两个营地，最高甚至可达6400米营地，这在1960年首次将牦牛赶到6400米获得成功。但是一些贵重的、怕摔的物件如步行报话机、氧气装备、点炉子的航空汽油桶等，仍是用人力背运上山。)

5.关于高山物资运送问题。

由于有两架A-6飞机，为1959年空投运送提供了极大的可能性，从拟建的中间机场起飞，这个机场拟设在离协格尔3000米靠近公路的地方，此地距珠峰直线距离80千米，汽车当天可达大本营。此事牵涉范围广，有许多技术问题还需要与有关执行部门作进一步研究后来落实。

因此，在除积极进行空投的准备之外，会议确定由中方挑选125名搬运工人，以便在必要时依靠他们的帮助把探险队所需的高山物资运往6400米和7000米的高地上去，搬运工人的技术培训，由中方负责。因搬运工人增加所需的登山装备，由苏方负责供应。

此外双方对今后的准备工作及有关问题达成了如下协议。

1.据资料分析珠峰地形复杂，特别是稳定的天气开始和结束的日期较短，以及主观力量，确定最后突击主峰的人数为20人，另选12~16名队员作为辅助队，这批人的任务是登达8200米，作为突击主峰人员的接应队伍，并在条件许可和需要的情况下，担任第二线的突击队伍。上述队员都将从中苏基本队员中经过严格的挑选后组成。

2.总指挥部建立的时间问题。

会议决定于1959年3月苏联队员全部到达北京时，在北京正式建立总指挥部。黄中在会上说"因为任务复杂，对外对内的事涉面广，中方实际负责领导是贺龙，我具体管这件事，你们苏方派什么人由你们定，如从使馆派一人来兼任也行，只要此人能在问题发生时可对此作出决定就可以了"。

3.探险队名称。

珠峰位于中国境内由中苏共同攀登，应作为中国方面邀请苏联参加，名称上用"中苏"而不是"苏中"，在苏联也称中苏，文件上也是中苏。正式名称为"中苏珠穆朗玛峰登山探险队"。

4.关于珠峰命名问题。

会议上中方提议征服（国际上通常将登上一座山峰的顶峰，特别是从未有人登上过的，用"征服"——Conquer来表达）珠峰后，将该峰命名为"友谊峰"，以象征两国人民以及全世界人民的永恒友谊。但由于此峰位于中国境内，苏方对此问题未表示肯定意见，只认为此峰已经有名称，并且历史悠久，命一新名字，恐世界各方人士难以接受。别列斯基在会上有一段话称"改山峰名是一个复杂问题，可能会引起世界各国带来一些反对。谁有权利给山峰和河流命名呢？首先是当地居民，世界上称它为埃菲尔士（Everest）是不公平的，只有英国人在强调"。基于此，会议认为对此问题中苏双方应再作进一步的考虑，等明年（1959年）双方登上山顶后再说吧。

5.关于苏方物资运抵中国的时间问题。

会议商定苏方所准备的物资共约20吨，其中15吨应于1959年2月5日—10日运抵北京或天津，另外3.5吨于1959年3月1日运抵北京，其余由苏队员（乘飞机）自带。

6.关于1959年探险队的行动方案（此方案与事后1960年中国登山队执行的基本相同，除第2条无须成立联合总指挥部外。可见侦察组报告所提供的信息是可信用的）。

（1）1959年4月9日，中苏全体队员抵大本营，三次适应性行军分别要达到6400米、7000米和8200米等高度。

（2）为保证20名突击队员，12~16名后备队员的物资需要，要求将物资运抵6400米为6600千克；7000米为5200千克；8200米为1500千克。

（3）正式突击顶峰日期为1959年5月16~30日。

这次会议是离苏全队大队人马来华前两个多月召开的，气氛友好、热烈，解决了许多具体问题。苏方体委副主席瓦卢也夫在当时的一段讲话可为佐证，他说："很多问题解决了并取得了谅解，我们用尽一切力量，教育我们所有队员与中国队员紧密合作，使我们的胜利在1959年春天实现，用1959年春天的胜利，来为我们伟大盟邦中国十周年纪念献礼。"

二十三、在拉萨训练、拉萨发生反革命叛乱、经历平叛及转移

　　1959年初，按照中苏联合攀登珠峰的计划，中方全体人员到了拉萨并开始集中新的一轮训练。国家体委确定了联合队中方的领导人员：由史占春任中苏联合登山队队长、中国队队长，许竞任登山队中国队副队长，罗志昇任中苏联合队的总务长。中方教练员由许竞、刘大义、刘连满、彭淑力、石竞五人担任。此时各种登山物资正陆续地从青藏公路运抵拉萨，最后一批在上海等外地采集的登山装备、食品等，由史占春、许竞、翁庆章一行从北京乘火车带至西安，1月26日乘军航由西安—西宁—格尔木进藏。2月4日到达当雄机场时，即感觉到当地的局势比起三个多月前——1958年10月下旬首次来此时还要紧张些。上一次护送我们的车队（一辆客车、两辆货车），只派了一个班十来个战士护送，而这次却是由两辆装甲车一前一后地夹着我们的几辆车的小车队前行。询问之下，原因是以贡布扎西为首的一股武装叛匪经常伏击我运输汽车，对拉萨到（东部）林芝、拉萨到南部山南的交通造成了严重障碍。近期如1958年12月19日，解放军一五五团三营护送去山南的车队，先后在贡嘎、札囊遭叛匪伏击，他们多是突袭打冷枪，那次打死我一名副团长、一名营长，还死伤了一些战士。至于这次派装甲车护送是考虑到它是叛

匪的大忌。据称流窜的叛匪现在最害怕的是装甲车，他们称装甲车为壳壳车，叛匪也曾截击过装甲车，但没有像打汽车那样能便宜得手，说它是刀枪不入，行动快，火力又猛，可不是好对付的。还添枝加叶地说被装甲车打死（还有一说被手榴弹炸死）是不能升天的。一传十，十传百，叛匪们一听说前有装甲车，便望风而逃，唯恐避之而不及。

登山队在1959年1月在拉萨的体能训练着重提高耐力和负重能力，每天早上6时起床，本来经常在拉萨市内或近郊做越野长跑，鉴于时局趋紧，如今只沿着拉萨河河堤跑到军区大院运动场内，全程约5000米，由于运动负荷大，乃定期检查心电图、血压和肝功能等，以观察运动员的身体反应是否过量。

1月下旬，大部分登山队员（含科考人员）来到拉萨以北110千米处的念青唐古拉山区，主要着重训练运动员对高山各种恶劣自然条件的适应能力和冰雪作业技能。在2月1~5日有72名队员分批登上了海拔6117米的念青唐古拉山东北峰。由于拉萨之外的治安比拉萨更差乱些，为安全起见，提前结束了在山区的训练，于2月10日返回拉萨。

2月8日为大年初一，队里考

1959年初，中苏登山队的中方队员在西藏军区田径场作负重行军训练

虑到近来运动员训练一直很紧张，为防范过度疲劳，宣布放假四天，但是为安全起见，不准外出，只能在住处的交际处院内活动。

2月登山队的身体训练基本上都在附近军区大院的田径场进行，另外在驻地搞了些从楼上垂下的吊绳用以爬绳或爬树，以练臂力，或在背包里装着石头背着上下楼梯练负重能力。

根据西藏工委指示，自治区筹委和拉萨市的各机关单位，将所有的干部职工都组织起来，共同成立一个民兵团，一般有100人左右的单位如区人民医院、市邮电局、运输局和登山队等，分别成立民兵连，人数少的单位就由几个单位合组成民兵连。

登山队从1956年成立时起，外出登山如1956年登太白山，1957年登贡嘎山，考虑到野外环境复杂，都曾随带武器的，1957年在贡嘎山区还进行过实弹射击训练，登山队在野外执行任务时，其组织和配备本身就像个准民兵部队。

此次登山队离京前，考虑到西藏的特殊情况，已经向军委总参谋部借领到一批美式卡宾枪，还有美式冲锋枪及国产54式手枪和一批手榴弹。登山队中当时的专业复原军人不少，还有十来名系在职的现役军人是临时被调来参加培训的，共有现役、退役军人50名左右，约占全队的1/3。以这些军人为骨干全队组成了民兵连、排、班的组织。由史占春队长任民兵连连长，以胡本铭（由西藏军区选送来学习登山的，仍为现役中尉）为指导员。

军区谭政委得知登山队成立了民兵连及武器配备情况后，也非常关切，他说火力还可以再加强些，为此令军区调来一挺重机枪、两挺轻机枪及配套的子弹，每个人加配四个手榴弹。为此登山队民兵连中又组建一个机枪排，任命陈荣昌（原为西藏军区调来学登山的，现役少尉）为排长。所有冲锋枪都配备给现役或退役的军人使用，这是考虑到这种枪的火力猛，掌握它的技术较难。

为了进行军事化的训练，还安排大家到军区射击场学习射击实弹打靶，平时经常全副武装在军区操场上练走步和跑步，每人都配带有一个布袋装的四枚木柄手榴弹，绑在右腰部。至今记忆犹新的是每当跑步时，手榴弹袋都在有节奏地拍击着自己的屁股。

登山队本来每天都有体能训练，如今改为军事训练了。一次手枪实弹射击时，有个女科考队员误把手枪当作步枪那样去瞄准，击发时手枪离眼部太近，枪的后撞力把自己的右眼眉弓上的皮肤打开了一条裂口，好在没有伤及眼球。可见要把一般从不摸枪的知识分子训练成一个战士是要花很大的力气的。不过大家热情都很高，每天军训几个小时，决心保卫人民政权，也是保卫自己。因为当时在拉萨的叛乱分子已发出狂言，声称要把共产党和汉人都赶出西藏去，如果出走，可以放开一条通道，如果不走，统统杀光。

西藏上层集团的反动分子企图叛乱想搞藏独的活动由来已久，和平解放前就勾结过外国敌对势力。1951年和平解放后，对《中央人民政府和西藏地方政府关于和平解放西藏办法的协议》（简称十七条协议），这些反动分子利用职权在执行过程在总是敷衍塞责，不认真、不得力。他们还在幻想着保持农奴制，想继续骑在广大农奴头上，作威作福，不愿失去封建权势和既得利益，因此内心反对社会进步，反对改革，一旦寻获机会就会萌生叛意，于适当时候就会露出狰狞真面目。这在西藏历史上就出现过"驱汉事件"，他们还想重演这一幕。现将那两次事件简述如下。

驱汉事件

在清末民初，西藏地方政府有过驱赶中央派驻人员和军队的例子。

1910年辛亥革命，钟颖（光绪皇帝的皇族）带领到拉萨的清兵发生哗变，藏军乘机将驻藏大臣联豫和清兵驱逐出藏。辛亥革命后，英帝国主义乘民国中央政府甫告成立，政局动荡不稳之机，挑拨西藏当局同中央政府的关系，唆使西藏统治集团驱逐清朝驻藏大臣，逼迫川军退出藏境。这是1912年的第一次驱汉事件。

1949年7月8日，在印度驻拉萨办事处代表英人黎吉生（H.Richardson）

为首的帝国主义分子的策动下，西藏噶厦政府通过印度噶伦堡（印度东北部城市，距西藏亚东口岸很近）电台，通知国民党政府及其在西藏办事处，称："为防止赤化的必要措施，决定请彼等及其眷属立即离藏内返。"

同一天，全副武装的藏军奉西藏噶厦政府命令包围国民党政府驻拉萨办事处（该地新中国成立后成为《西藏日报》所在地），对着国民党政府驻西藏办事处代处长陈锡璋，首席噶伦然巴说："国共内战打得厉害，国民党在哪里，共产党就追到哪里，为避免在藏国民党官员把解放军招引进来，西藏官员大会决定，西藏政府与国民党政府暂时断绝政治关系，请国民党驻藏办事处人员两周内离藏赴印度转道回内地。"陈锡璋等人于7月11日、17日、20日分三批被逐出西藏送往印度，再经海路返回内地。国民党《中央日报》在1949年8月19日对此作了报道。

与此同时，以摄政达札为代表的西藏少数亲帝分子与印度驻西藏总领事理查逊勾结正策划"西藏独立"。

历史上，驱汉事件出现过两次，现在西藏分裂分子又想故技重演，但是中国共产党和中国人民解放军维护祖国统一的坚强决心和誓死保卫国土的行动，使分裂分子遭到彻底的失败。

1955年以来，川、青、甘藏族聚居区上层反动分子举行过的一些武装叛乱，也在不断地流窜侵入西藏地区，其中的相互勾结，使得西藏地区的叛乱发展得也越来越烈，到了1959年的3月初，已是"山雨欲来风满楼"的场面了。

3月上旬，在拉萨直接指挥叛乱的"人民会议"利用"传召"（一种宗教仪式）的机会，加紧军事准备，他们以罗布林卡为叛乱指挥中心，将藏军、三大寺武装喇嘛和邻省逃来的叛乱分子纠集在一起，为数7000人左右。分别占据布达拉宫、罗布林卡、药王山、大小昭寺及市内各要点的建筑物，对中央驻西藏代表驻地、西藏工委机关和西藏军区大院，从市区的东、北、西三面形成半包围圈，而南面是拉萨河，只有河南侧的解放军308炮团的阵地被甩在圈外，我方的处境很是不利。

1959年3月10日是个重要的转折点，那就是在拉萨发生的叛乱正式公开化并升级了。3月10日本来是一个多月前由工委郭锡兰书记与达赖喇嘛事先约好到军区礼堂来开庆祝会，祝贺达赖考取格西学位（宗教最高学位），同时有军区文工团前些时到内地学习了一些新节目，也打算表演给达赖观看，要看节目还是达赖主动先提出来的。而到了这天达赖没有来，因为此时拉萨的气氛已经很不对头了，噶厦政府放出风来，造谣说："军区要趁演出的时候扣留达赖，要毒害达赖。"叛乱分子组织其家属并欺骗、胁迫拉萨市民和寺庙喇嘛，在这天早晨就前往达赖驻地罗布林卡，以要保护达赖为借口，阻止达赖到军区去，谁不去就罚银30两，再不去就杀头，这天逼迫去了不少人，把罗布林卡一带堵得水泄不通，还搞了打砸抢。

这天先是打伤了卸任的噶伦——桑颇·才旺仁增（西藏军区副司令员少将兼西藏藏军总司令）。那天上午桑颇·才旺仁增坐汽车去罗布林卡途中路过药王山地段，被叛军围住，因他的车牌是军牌，叛军以为里面坐的是阿沛·阿旺晋美，于是用石头砸他的车，车窗玻璃又划伤里面的人，结果走近一看车中坐着是桑颇，而砸车的藏兵是守卫药王山的藏兵二团（团长是桑颇的儿子登增顿珠），叛军一看砸的是团长的爸爸，吓得一哄而散了，满头是血的桑颇被司机送到军区医院，后来他没等到出院拉萨的叛乱就平息了。

其次是打死了西藏自治区筹委会委员帕巴拉·索朗嘉措（为时任昌都活佛帕巴拉·格列朗杰的哥哥，格列朗杰为第十二届全国政协副主席），索朗嘉措为爱国进步人士，他持反对叛乱的观点。这天，他来到罗布林卡附近，想去看个究竟，结果被人认出，指出他喊叫："共产党的特务来了，打死他。"于是，石头像雨点般向他身上砸来，索朗嘉措被活活打死。随后还把他的尸体栓在马尾上拖了2000米，后又抬尸游街示众，最后丢弃在私营的幸福之光电影院附近。后面的这个凄惨情景被我队交际处门口的哨位看到（交际处院在电影院的西侧不远），并通知全队外面形势紧张，只是当时还不知被害者是何人。

下午，谭冠三政委把噶厦政府的三个噶伦索康召到军区，严厉斥责了他们一顿，要他们对今天扣住达赖之事及欺骗挑动群众之事负责。

今天上下午反动分子在拉萨市区胁迫组织了藏族群众游行，张贴和呼喊反动口号："共产党和汉人滚出西藏去""西藏要独立"。

当晚噶厦政府宣布西藏独立。

3月11日

今天西藏局势仍然紧张，在拉萨的汉人包括我们登山队在内全部处于战备状态，据说有叛乱分子一两千人聚集在罗布林卡附近，并用机枪对着公路，军区命令他们撤走，如不走，则要用武力驱赶。据称中央军委有指示，要驻拉萨解放军保持克制，故未形成武力对峙，下午军区有很多空车开往青海，据说将去接军队来增援。

下午和晚上军区开出装甲车在布达拉宫前的广场及附近的马路上巡逻，军区和工委机关大门口的探照灯在夜间来回巡照，把布达拉宫前的广场照得如同白昼，广场上空无一人，这种意乎寻常的平静，使人感到这是风暴前的静悄悄。

3月12日

今日登山队全体人员都在修筑由交际处大院后门通往军区的交通壕，后门距军区大门80~90米，是根据军区领导的指示挖的，这样交际处就可和军区在地下有个联络通道，必要时我队可取得军区的支援，万一被敌炮轰塌守不住也可撤往军区。交通壕约一人深，可两人并排但略侧身即能通行，在交通壕上方用木板盖上，上面加些浮土，这样在外面的远处，则见不到壕沟和其内的情况，人在壕内通行时要稍微低头，以免碰到上方的木板，木板盖上的地方每隔几米留有缝隙，所以壕内仍有点光线，可方便辨认走路。

这个交通壕由登山队前后用了四五天时间才挖成，后来虽没有正式派上用场，但也在战斗打响后，使用过几次。

在交际处院北面和西面，对着广场的围墙下，各挖了几个洞，在洞口墙外修建了一系列小型碉堡式的射击工事及相配套的可俯卧的战壕沟。

在二楼一间朝北对着布达拉宫广场的大房间里，把窗户卸下，堆放了沙包，建成几个机枪射击工事，陈荣昌率领的机枪班就驻扎在此。

昌都活佛帕巴拉·格列朗杰（他的兄长索朗嘉措在前天被叛匪杀害），今天由工委接到了交际处，主楼的房间原多为登山队在居住，上午把我队许竞副队长居住的一间大房（朝阳，背靠广场的）让给帕巴拉·格列朗杰入住，他的母亲有胃病，队部还派翁庆章大夫去送药，看望了他们。几天后，工委统战部把帕巴拉·格列朗杰一家转移到更安全的地方去了。

拉萨团工委、妇联等人数较少的单位，今起集中住到交际处大院里来了，工委系统的藏族干部及家属也搬来了许多，大家挤住在前院的平房里。因叛乱分子威胁要他们去自首悔过，否则要杀害他们。

3月13日

登山队已经在交际处大院内实行派出队员轮流日夜在各据点站岗及巡逻，我随所在的班昨晚值了一个通宵的岗，平安无事。但看见广场对面布达拉宫在半夜时分，发出了几发信号弹，不知是什么打算。

拉萨有线广播站，今下午分别用汉语、藏语广播了西藏军区告拉萨各界同胞书。揭露了叛乱分子的武装暴乱阴谋，还播出了军区11日发给地方政府索康噶伦的信，谴责他们纵容叛乱。

这种广播以高音喇叭的形式，布置在市内主要街道的电线杆上，我们交际处大院门口就有一个正对准布达拉宫。

据说11日叛乱分子在罗布林卡附近布置机枪工事后，我驻军方是准备给予摧毁的，但上级未予批准。

下午军区调来了一个炮兵连配有山炮和迫击炮及相应的步兵，驻扎在我们院内。这样交际处大院火力大大加强了，下午又发给一批防御性的手榴弹，比一般的手榴弹个头要大，虽然投得不够远；但作防御用时有较大的杀伤力。

3月14日

昨晚全队在住所交际处主楼后院的空地上，着手挖地下掩蔽部，点起煤气灯，照得后院通亮，干了一个通宵，直到今晨6:30才完工，挖建了两大间地下室，一间储物，主要是把登山队的易燃物品如高山汽炉用的53加仑装的三大桶航空汽油放进去。据告叛匪也有火炮，为防炮弹击中引发火灾，这是最担心的事，因为登山队拥有航空汽油量较大，一旦被引燃，后果不堪设想。还设置有一间可做临时避炮弹袭击时供人员居留用。这两间地下室靠近我队住的交际处主楼，外来炮弹可由主楼阻挡，直接命中楼后的地下室不大可能，安全系数较大。主楼为两层的石头结构，比较坚固，一般的火炮是轰不倒的，但是二楼的顶部不够牢固，一旦有战事人员都将撤到楼下。

下午医务班的王义勤和翁庆章大夫到军区领备战的医药用品，这是军区邓少东少将副司令员办公室通知的事。但是到军区后未找到邓副司令员，好在王义勤大夫当过军区首长的保健医，她对军区大院很熟悉，结果找到了谭冠三政委，经他签批后，在后勤部领到了100个急救包、一批血浆等急救用品。

3月15日

交际处大院的防御工事大致就绪了，今天是星期日，队里照例仍休息，午饭后由区人民医院内科杨大夫向全队讲解急救包的使用及其他止血办法等专题。急救包按民兵班发下去，每个班五六个，每两人一个，剩余的留给医务班的急救站。杨大夫是临时由区人民医院借调来登山队帮助处理队里的无黄疸型肝炎的防治问题的。前一段队里体检中发现了二三十名队员肝脏肿大，个别人并有肝功能不正常。这种情况当时社会上正在流行，看来是传播到队里来了，不能不引起我队的重视，因我队马上要登珠峰了，禁不起非战斗减员的。当时这种无黄疸型肝炎虽然病情较轻，在国内一些地区还是流行过一阵子。直到1973年我国自己创建起一种检测澳抗阳性的方法才确诊这是一种由乙型肝炎病毒引起的轻型肝炎，稍后几年又研制出本国的乙肝疫苗，终于将这种较大范围传播的病情控制住了。

下午离驻地不远的贸易公司（相当于百货公司）居然开门营业，它已经关门一个多星期了，队里派代表去购了些肥皂等日用品。

晚餐后，登山队在餐厅以民兵连名义召开大会，由工委统战部负责同志传达西藏目前局势的报告。内容大致为，叛乱分子于3月10日在罗布林卡开会，通过了五项决议，他们妄称：

一、团结起来，动员起来；

二、征兵，征18~60岁的男性；

三、在工委、筹委会系统的藏族干部在10日前去自首悔过，过期不去，则格杀勿论；

四、不向汉人开第一枪（这是诡计和谎言），但要把汉人赶出西藏去；

五、西藏要独立。

10日叛乱分子在组织群众游行时，派人到印度驻拉萨领事馆去，要求印度在联合国支持他们，据说印领事馆未表示意见。

3月16日

中央新闻电影厂随登山队的摄影师沈杰此时也在拉萨，在他的著书《我的足迹》中，近距离地描述了当天叛匪活动的情景。引援摘录如下。

当年（1959年）3月10日叛匪发动叛乱后，拉萨各机关干部白天夜里都在修筑防御工事准备自卫，拉萨街头和公路上已经看不到我们的车辆，拉萨好像是叛匪的天下了。我和赵民俊同志经西藏工委的批准带着摄影机进行"出击"。3月16日的上午，叛乱分子强迫成千妇女在布达拉宫下面集会示威。这时的布达拉宫剑拔弩张，许多窗户被叛匪修成作战工事，无数轻重武器指向中共西藏工委和军区领导机关，到处杀气腾腾，战斗一触即发。老赵带着短枪和一台美国埃姆摄影机，我挎上冲锋枪和手榴弹，背上阿莱摄影机，一起向叛乱分子的会场奔去，工委派来保护我们的两位警卫战士手持轻机枪和冲锋枪远远跟随。当我俩在公路上快接近示威的妇女时，叛匪就煽动她们向我们吼叫，有的叛匪站起来要赶走我们，一阵大风扬起尘土向我们脸上扑来，情况很紧急。我想在公路上停留太久，有可能遭到叛匪的冷枪射击，于是我招呼老赵一同闯进了叛匪发动示威的会场中心，举起摄影机抢拍，哪里在吼叫，我们的镜头就对准哪里。可是许多妇女都用双手蒙住脸低下头，看来她们是受骗来的，做了见不得人的事。接着我们又用摄影机抢拍叛匪、反动喇嘛和上层反动贵族妇女窃窃商量的场面。这些家伙很快就背对镜头散开了。忽然，在我身后出现一个衣饰豪华的"母老虎"，脸像猪一样难看，好些妇女在为她开道，我的摄影机跟着移摄，她用头巾遮着半边脸骂骂咧咧钻进会场。这时布达拉宫持枪的叛匪掺入会场里来了，我们顺着墙根迅速离开会场。在路上又遇到一些挎刀荷枪的叛匪头目，骑着大马耀武扬威，我靠在树旁将他们的丑恶嘴脸一一摄入镜头。

拍完这组材料后，我们又商议去叛匪巢穴——罗布林卡拍摄叛匪修筑工事、封锁国防公路的罪证。西藏工委和军区先是不同意，怕牺牲人引起乱子。我们想到一个新闻摄影师是人民的眼睛，是历史的见证人，有责任把叛匪的罪行告诉给广大人民。经过我们再三请求，军区司令员才同意派两辆装甲车协助我们去前沿阵地拍摄，但同时有一道严格的命令：叛匪向我们射击不能还枪，打伤我们的人也不能还枪，赶紧把车开回来。就这样我们在3月17日上午乘装甲车离开军区，通过叛匪控制的布达拉宫，来到罗布林卡。我们看到叛匪在阵地上修地堡，公路旁有一条长长的战壕，中间有不少的叛匪，墙角下的枪眼后也伏着叛匪，有的还挂着枪来回走动。我们想在青藏公路管理局的岗楼上用长镜头拍摄，由于叛匪常打冷枪，角度受到限制。于是我们决定冲过敌人封锁线，进行试探，结果叛匪没有射击。但是埃姆（机）在装甲车的射击孔里不能工作，装有400毫米镜头的阿莱摄影机更无法施展，战争年代老一辈摄影师的许多英雄事迹激励我们，强烈的使命感促使我们毫不犹豫地确定要从车内伸出头去进行工作。我们选择一个比较安全的角落，打开装甲车上下的铁盖，老赵拿着埃姆（机）站在驾驶台出口工作，我在车顶上露出上半身，下面两战士抱着我的腿，我用黑布袋包着暗盒，头上换上军官帽，紧握着长镜头，就这样进入叛匪阵地，等装甲车一停，我操着机器，老赵立即拨长镜头的光圈，很快就抢拍了叛匪修工事的镜头。当敌人发现时，我们的装甲车正停在阵地中心地带，老赵正在拍摄叛匪封锁的全景，我用长镜头拍了叛匪持枪窥视和埋伏的近景。当我们在叛匪地堡附近第三次停车时，全车的官兵都从小孔监视着敌人的动静，不断地提醒我们隐蔽。我也呼唤老赵留心敌人射击。为了不让敌人看清车上真相，我架着长镜头向敌人阵地四处摇晃，这些叛匪被这意外的举动吓坏了，在距我们二三十米处的叛匪惊慌失措，有的把头缩进地堡里动也不敢动，有的还露出半个脑袋看个究竟，我们闪电般地拍了这个场面，我想，叛匪可能把装有长镜头的摄影机误认为是新式武器。等叛匪四处鸣号，重新集结兵力的时候，我们的装甲车早已掀起浓烟似的尘土在公路上消失了。车内一片欢腾声：哈哈！摄影机变成了新式武器！战士们大笑不已。本次拍摄的材料与不久后拍摄的平叛、受降等场面，以及被叛匪焚毁破坏的清真寺、民房、青藏公路管理局等镜头，都编入了纪录片《平息西藏叛乱》中。此片后来在全国公演了。

3月17日

下午谭政委在百忙之中来到交际处向登山队全体人员做了西藏目前局势的报告，涉及军事的内容的具体情节较多，主持人提出要大家不要做记录。谭政委要我队做被围困几个月的准备。我们回答，所带的登山食品够吃三个月不成问题。

晚11时，从药王山附近传来数十发枪声，驻我院的解放军即进入工事戒备，登山民兵连也派人逐屋通知大家要做好准备。

3月18日

今传来消息，达赖已于昨晚深夜（17日）从罗布林卡向南侧渡河离开拉萨，估计是逃往山南，再前往印度。为何让达赖一行逃跑了呢？当时在拉萨河一带就有警卫营一个加强连和一个装甲连。事后多年，据李觉（时任西藏军区参谋长、少将）老人在回忆中说："当时中央没有命令阻截他们，军队只是静静地坐在林子中，凭借月光远看着他们惊慌地用牛皮船一船一船往拉萨河南岸渡人。"

达赖出逃后，叛乱分子可能会更肆无忌惮地打杀起来，而解放军的反击也会更加坚决。登山队连部通知，从今晚起，睡觉不能脱衣服，大家都是和衣而睡的，一旦有情况就可以立即行动到达岗位。

3月19日

据说最近会有战斗，医务班里全是女同志，今日连部通知人民医院来队里的杨大夫和翁庆章从民兵班里抽调到医务班去，负责急救工作，由王义勤中尉军医任班长，翁为副班长。

医务班现在有医生护士共10人，医务班的工作室也从楼上搬到楼下，因楼下遭炮弹轰击的危险性小。现专开辟105室为急救站，上下午打扫房间，整理全部药品，将手术器械也进行蒸汽高压消毒。登山队大部分人员均在加修工事及前沿的单人掩体。

晚10时，全连进行了一次军事演习，宣布紧急集合，各就各位，从每人住房出来不许开灯，在黑暗中进入自己的岗位，到前沿工事或后院的地堡等地。

演习于晚11:30结束。

3月20日

今天，驻拉萨的解放军对叛乱分子进行了全面的反击。

清晨3:40，市郊响起了密集的机枪声和炮声。交际处的楼道里传来低沉但是急促的连续呼叫声："真的打起来了，不是演习，大家各就各位。"大家在睡梦中翻身而起，在楼道里、在楼梯上，一阵阵匆促的脚步声，登山队员们在黑暗中，带上自己的武器，迅速地跑上各自的岗位，酝酿了好多天的战斗终于爆发了。走到院中看到远处的罗布林卡方向，近处的药王山、布达拉宫之上都有闪烁的火光和冒出的浓烟。

叛匪今晨首先向西部我方据点——青藏公路局香拉站及油库进行了拂晓攻击，我方守备人员予以还击，战斗就此拉开。（为何首攻此运输站，因此站距罗布林卡不远，被对方认为是个"钉子"，该站的油库储有500多桶汽油，一旦被燃爆，将是个不小的灾难。叛匪对此连续猛攻了三次，我方虽有伤亡，但仍坚守，幸而在事先已将汽油桶预埋在地下室，也未造成损失）一说是叛匪和沿着拉萨河北岸巡逻的解放军小分队在牛尾山附近相遇，随即向我方开火。接着在城区，除布达拉宫正面外，都先后响起了枪声。此事当时就经军区再三查对，是叛匪先开枪，我方被迫还击。

夜间的枪声特别清晰，时密时疏，在密集时犹如北京城年三十晚上的爆竹声那样轰烈，使人感到惊心动魄，但是我们交际处大院北面正对着布达拉宫广场，此处却相对平静些。登山队员全部都在战壕或碉堡里严阵以待，全城已经灯火管制，电灯停了，医务班全体在急救室的烛光下又赶做一批消毒敷料等，也没有收到一个外来的伤号，枪炮声在黎明时分渐渐稀疏下来。

　　我们登山队中除了一部分在职和转业复员军人外，都是生平第一次如此近距离地接触战争，激烈的枪炮声和临战的气氛，使大家都激动不已。在黑夜紧急集合各就各位时也出了点小差错，有三个女队员摸黑下楼时跑错了路线，跑到其他班的工事岗位上去了，到天亮时发现走错了，才转回到自己应去的地方。

　　登山队连部接到军区的电话通知，解放军在上午10时要全面反击。当时我们几个站在主楼门口的人听到一阵轰隆炮响，科考队员崔之久（后为北京大学地质地理系教授）抬起手表一看，时针正指向10时，他说了声"好准时呀"。我方炮兵部队猛烈的炮火首先轰击药王山（距我院西侧约200米处），是市内第二制高点，拉萨的第一制高点是布达拉宫。从药王山的高处可以俯览军区大院、工委机关、筹委会和交际处，是对我方威胁最大、最近的敌据点。随后炮击射向布达拉宫两侧的敌工事和炮阵地。

　　上午我们在西侧的战壕里目击了解放军英勇地冲上药王山顶（距我们驻地直线距离约200米），他们相互掩护，依次爬上山坡，最后在一阵手榴弹的烟雾中夺取了制高点，我们也看到有些解放军伤员滚下了山坡，为解放事业付出了鲜血。下午我方的步兵全部占领了药王山，并挥师西进转向罗布林卡。王义勤大夫从望远镜里看到，在冲上山的人员中有几个熟识的面孔像是军区文工团的，王在军区门诊部时和文工团住在一个大院，和他们有过接触和认识，如今看见昔日的战友们冲锋在前，连连称赞他们（后来此事在次日送王富洲去军区门诊部时得到证实）。西藏军区文工团的团员们真是好样的，文武兼备，是卫戍祖国边疆的好战士。当然，这也反映出我方当时的确是兵力不足。解放军攻占药王山后，掌握了市内第二制高点，切断了西郊叛乱武装分子与市内的联系。同时为炮兵提供了俯览拉萨全城的观测所，我方在兵力上以少击多，就由此有了准确的炮火支援。

　　驻在我院的炮兵也发炮了，炮位就在主楼旁边不远。在发射炮弹时，炮弹冲出时的气浪把我们主楼房间的玻璃窗震得哗哗直响，玻璃抖动得好像要掉下来似的。好在我们于前几天的备战工作中已将窗户上的玻璃全部贴上了"米"字形的纸条，就是为了防止万一玻璃震碎时伤人。敌方也有炮火袭来，但显得比较微弱，我们院内的厕所、厨房附近落了炮弹，主楼后的炮兵阵地及隔壁的私商电影院也落了几颗炮弹，只将我院内部分玻璃震碎了些，人都在工事里，没有伤亡。

下午1:30，一颗敌方的炮弹落在我院大门口的地堡附近爆炸了，炸伤了解放军的一名机枪射手。前沿用步话机报告了连部，连部当即派医务班的王义勤和翁庆章及抬担架的同志跑去抢救。在地堡后部见到了伤员，弹片划伤了他头部右颞侧（即太阳穴附近），有一个10厘米左右的伤口，流血一二百CC，伤员神志清楚，我们立即用止血包包扎，抬回去再做进一步伤口处理。从大院前墙至主楼要经过几十米约两个篮球场长度的院子，我们四个人（翁庆章、屈银华——后为1960年珠峰登顶队员、万迪堃——科考队员北大学生、×××——第四位姓名没有记下来）抬起伤员后向主楼直奔，此时外面的战斗还在继续，枪炮声不断，对面布达拉宫的高处，大概见到我们这一目标后，又飞来一连串的子弹，但都从屋顶上呼啸而过，我们跑的速度较快，大概20秒后就钻进主楼门口的沙袋后了。站在门口迎接我们的是新影摄影师沈杰，他当时说了句"万迪堃你的手抬太高了"（有点影响镜头画面），把我们的这一冲刺纳入了他的摄影机。把伤员抬到急救站，经止血、缝合、打破伤风针等处理，病情稳定，就找张床位让他在医务室住下了。

在傍晚前又传来密集的枪炮声，我解放军攻占了罗布林卡，捣毁了叛匪的指挥中心，歼灭了叛匪的部分主力。

驻在我交际处院的解放军步兵数十人，今晚奉命从大院前沿阵地出击，由我们民兵连中最精干的几个班（主要由转复军人组成的），转移到前沿阵地去接防并负责掩护仍留在院内的炮兵。

3月21日

凌晨2:00被一阵猛烈的机枪声及炮声吵醒，其密集程度只有内地的春节夜晚才能听到见到。火力的焦点集中在布达拉宫附近，从军区方面射出的机枪带有电光弹，从空中划出一道道白光（为射手提供定向作用），从我院的顶上飞过，直向敌阵地，夹杂着暗黑色的其他弹头像雨点般向前飞去，这种景象大概只有在黑夜里才显得更为壮观。当然我们更关心的是布达拉宫是否能快点攻下来，据说布达拉宫周围一带修筑了大量工事，接近它时，布达拉宫中的叛匪从高处往下射击，阻挡了解放军的接近。

中午在市区，有激烈的枪战，解放军对市中心的叛匪已形成合围，包围了大昭寺、小昭寺、木鹿寺等处叛匪据点。

据时任拉萨市邮电局民兵连（全连有99人，配备有机枪、冲锋枪、步枪、手榴弹，驻地在大昭寺不远处）指导员王起秀在《亲历1959年西藏平叛》[①]一文中提到："民兵团部通知我们，解放军往哪里打炮打枪，我们就往哪里打枪，配合解放军作战，20日从大昭寺的南侧向我们的碉堡打来了子弹，我们命令民兵回敬他们，我们的机关枪叫起来了，对方哑了。……3月21日早上8点多钟，我在三楼的碉堡里观察情况，忽然看到大昭寺内有人用一根竿子举起一条白色哈达，寺内叛匪向解放军投降了。同志们欢呼起来，这天上午10时，我们邮电局的民兵连和流窜过来的叛匪打了一小仗。"

我队在紧张的日子里出现了一个较重的病号——王富洲，他声称晚餐吃得较多，接着在战壕里蹲了几个小时后，出现了腹痛和呕吐，昨晚我队医生会诊的结论，排除了阑尾炎，认为是肠套叠（指一段肠管套入与其相连的肠腔内，导致肠内容物通过障碍，为肠梗阻的一种），但对此病的确诊需要用X光机检查，即在梗阻的上方肠段出现液体平面的阴影，才好确诊。经请示连部后，上午由王义勤和翁庆章送王富洲去军区门诊部。此时街面上已空无一人，但到处都有流弹，只有走交通壕最安全，趁王富洲在腹痛稍减轻之际，我们扶着他由院后门的交通壕走至距军区大门10米处钻出地面，进入军区，

---

①《百年潮》，2008年10月号．pp.62~66.

找到门诊部。此时门诊部已扩展成野战医院，并部分扩展至后面的招待所，此处已经收治了几十名伤员，大多是昨天进攻药王山时负伤的，护理人员忙不过来，文工团的女团员来了不少在帮忙。王富洲在门诊部经X光检查看到腹腔内有液面阴影，同意肠套叠的诊断，留下准备住院治疗，称待战况可控些将送至7000米外的第49陆军医院手术。

在此听说到昨晚攻下罗布林卡时，打得很干脆利索，俘虏叛匪1000多人。

3月22日

叛匪所集中的据点，如药王山、罗布林卡、大昭寺等已在两天内被解放军攻下了，市内如今只剩下布达拉宫还为叛乱分子所占据，因此各路炮火从昨晚起都汇集到布达拉宫周围的敌方阵地，在猛烈的围攻及通过有线广播的政治攻势下，叛乱分子终于沉不住气了，在早上四点多钟有100多名妇女和男人在布达拉宫下层的一块高地上齐声向广场南侧的我方喊话："不要打炮了，愿意投降。"自此，我军炮火戛然停止，只用机枪戒备着布达拉宫周围的通道。我方的高音喇叭对着布达拉宫重复播放着优待俘虏的政策，要叛乱分子投降，否则将予严惩。

七点多钟，我按值班的排列到大院前沿的工事里去上岗，与一般医务人员上班不同的是，这次带的是急救箱加卡宾枪和手榴弹，并在此地目睹了下列具有历史意义的一幕。

上午八点多钟，当枪声沉寂之际，有十几个人摇着白旗，其中一个人扛着五星红旗，走出布达拉宫，半路经工委门口后，就径直来到登山队所在的交际处大门（正处于布达拉宫和军区大院之间），为首的人先把白旗从院前的工事洞口伸进来，接着其他人员从洞口进入了大院。来的十几个人当中是老百姓和贵族，叛匪和藏兵代表没有来。正好有解放军驻交际处院的代表在场，当即领着来投降代表出侧门往南进入军区司令部接洽投降事宜。我方提出要他们缴出武器投降，保证他们的人身安全。要这些来的代表回去传达，这些代表回去后不久，布达拉宫下面的民房陆续升起了很多白旗，当中也有升红旗和国旗的。

　　十点左右，布达拉宫里的叛乱分子数百人，举着白旗走了下来，在广场上集中，这时解放军即开始进入布达拉宫，并且达到最高层。在顶层升起了五星红旗，这是西藏和平解放八年以来在这个西藏的政治中心首次升起了国旗，意味着一个新时代开始了。

　　十点多钟，天空飞来了一架轰炸机，看样子是图-4，在拉萨上空盘旋了两周，又飞回去了。据军区的参谋说，昨天原定有三架飞机来轰炸叛匪在布达拉宫周围工事的，因天气不好乃中途折回，我们的民兵连昨日也接到通知，称有飞机来时一定要在掩体里防护好，因为双方的距离太近，要防万一投弹偏离一点，要避免伤及自己人。这次拉萨的平叛之战大部分都是市内的巷战，彼此的距离都不太远。

　　在广场的解放军分别进入布达拉宫和追击残匪去了，交给登山队民兵连

1959年3月22日上午，在布达拉宫的叛乱分子走出布达拉宫投降

在广场收缴武器和负责押送俘虏的任务。

下午在广场上集中的俘虏有500人左右，要他们排成一路纵队，先把手上的武器交到一处指定地点，然后逐一检查他们身上是否还有隐藏的刀具或其他小型武器等。因为藏人有佩刀的习惯，此时他们的身份已经不能允许了，对于个人的物品，包括钱财，则根据政策允许保留。投降的人群中还有些女性，对她们的搜查则由登山队中的女队员袁杨、周玉瑛包括藏族女队员潘多、齐米等去完成。为了执行革命的人道主义，对投降者中受伤者则做了及时的包扎等处理。然后将这几百名俘虏整队由登山队民兵连押送至解放军看管的地点。以上这些情景都由新影摄影师沈杰收录在《平息西藏叛乱》的纪录片中，并在全国公映。

拉萨市内的战斗已胜利结束，但市郊的叛乱尚未平息，解放军在继续向前推进，进入布达拉宫的军队人数不够，要求我民兵连派出部分队员参加一起到布达拉宫去进行搜查工作。

登山民兵连在布达拉宫广场收缴叛匪武器后，接工委指令要登山连随同解放军进入布达拉宫搜索残敌。解放军是一个连队三个排分成三路开进，登山民兵连近百人也分为三个排，分三路接着解放军后面跟进。

下午三时左右，科考队员黄万辉（北京大学学生）所在的（班）排，随在解放军一个排之后，从广场南端自治区筹委会门口出发，每个人都是端着枪前进。先从药王山南侧登上山顶，那里是前天攻下的，山上还是一片战场的萧瑟状态，几座房屋只剩下断墙残瓦和破落的工事。有七八个用白布包裹着的解放军战士遗体，集放在山坡一处，正待运走。这些年轻的战士为了维护祖国的统一大业，在勇敢地冲向山顶的战斗中，献出了宝贵的生命，长眠于雪域高原。上山的解放军和登山队民兵排经过这个地段时，都停步下来，脱帽鞠躬，怀着悲壮的心情向他们致敬和告别。半小时后，下药王山从布达拉宫西侧的大斜坡进入宫殿的中层。布达拉宫很庞大，其中一些通道的光线偏暗，尤其是此时太阳已经偏西，即使是在大殿堂，由于堂内各处都悬挂有多层幕幔（像舞台的多层侧幕那样），光线也不够明亮，好在登山队员多数都持有手电筒，这是他们在野外时的常备物品，只得用手电照亮，小心翼翼地层层搜索。后来进到一个大经堂，讲者座位仍高高地立于殿堂中央，只是人去位空。当进入另一个大间大概是高层喇嘛学习的场所，靠窗前有一排很讲究的长木桌，摆着一大堆经书，有的翻开着，有的静静地平放着，书桌下方是一长列高级锦缎面的软席坐垫。在不少房间里都陈列着一些大大小小的佛像和雕塑，上面镶嵌着一些珠宝，仍完好无损地在原地摆着，但是没有见到有什么零散的金银珠宝，估计是17日西藏上层集团一行500多人逃走山南转印度时带走了，还有就可能是22日布达拉宫投降前一天晚上，从宫内北侧跑掉了几百名顽固的叛乱分子，在逃跑时带走了，留下的都是些件头较大不便携带的珍宝，还有各种经文、字画都还有序地按原来的状态存放着，只是没有清扫，蒙上了一层层的尘土。

另一路有科考队员崔之久（北大助教）参加的搜索队也同样由解放军和登山民兵连各一个排的人员组成，他们也是从布达拉宫西门进入，到达的楼层较低，他们发现了一间军火库房，里面有百十来支英式步枪和十几门迫击炮和一大堆弹药，这些枪炮还处于未启封的状态，外层都用油和油纸包裹着，解放军记下了房位，即将派人去清走。

新华社派驻在登山队的摄影记者张赫嵩是跟着另一队解放军从正门（南门）进入布达拉宫的，他们在宫内中下层处搜到一处牢房，牢门被锁着，隔着木栏杆看到里面坐躺着六七个犯人，手脚都用木铁制的枷具铐着，见到解放军出现时，大叫大喊了一阵，由于没有翻译，语言不通，搞不清这些犯人的身份，是刑事犯、政治犯还是其他，不便当即处理，只好做手势让他们安静下来，犯人们见解放军没有伤害他们的意思也就接受了，不再喊叫。解放军的领队立即抽人去报告上级要求派人和翻译等来审理。

从正门进入布达拉宫的还有新近从西藏军区门诊部选调来充实女子登山队的王义勤大夫，她和她曾经认识的军区作战部长某大校及其警卫员一道，登上了布达拉宫的顶层。作战部长登高是去俯览观察拉萨城区的防务问题。他们一行在顶层区经过了高层喇嘛的寝宫，那是一个以杏黄色为主调的高级陈设大间，仍保持原样整齐的富丽堂皇，王义勤说可以称得上金碧辉煌。

在整个诺大的布达拉宫里，只见到几个留下未走的六七十岁的年老喇嘛，他们是负责供奉香火的，告诉他们可以继续看守香火，但是暂时不要随意进出宫门。

傍晚，进入布达拉宫搜索各队的工作告一段落，接到军区指令，解放军除留下一个班驻守在顶层外，其余军人全部调出执行新的出击任务，布达拉宫的门卫全部由登山民兵连负责执勤。布达拉宫除北壁为垂直城壁无出口外，东、西、南三侧均有出口和通道，于当晚登山民兵连近百人就在布达拉宫周围驻扎下来了，在重要的正南门是四人岗，其余各个出口为双人岗，还有流动哨，巡视各门之间的城墙，由各班排安排大家轮流上岗做到24小时日夜执勤。

这真是历史的机遇，一个国家运动队百十来人，曾几何时还全副武装地搜索和全面警卫过原西藏地方政府的政治中心——布达拉宫。这在我国体育史上是绝无仅有的，也可能是空前绝后的。

3月23日

西藏工委指示，要我登山队民兵连大部分继续去支援布达拉宫的善后工作，对此登山队照办。只留下的少数男队员及全部女队员在交际处大院担任守卫、向留在布达拉宫的队员送饭及做下一步进山的准备工作。

至于说为何工委和军区将此光荣而重要任务交给登山队民兵呢？我们想大概是登山队驻地离布达拉宫最近，而且登山队民兵连是由一个单位组成的，指挥调动起来较方便。

拉萨的有线广播传来消息，拉萨市成立了军事管制委员会。同时，西藏军区在拉萨市内四处张贴了藏文布告宣布："为了维护祖国统一和民族团结，解除西藏人民的疾苦，本军奉命讨伐，平息叛乱，望全藏僧俗人民积极协助本军平息叛乱，不窝匪，不资敌，不给叛匪通风报信。对于叛乱分子本着宽大政策，区别对待；凡脱离叛匪归来者，一概既往不咎；有立功表现者，给予奖励；对待俘虏一律优待，不杀、不辱、不打、不掏腰包；对执迷不悟、坚决顽抗者，严惩不贷。……尊重群众宗教信仰和风俗习惯，保护喇嘛寺庙，保护文物古迹。"

布达拉宫现在全由登山队员在站岗值勤守卫。昨晚起，崔之久所在的班就住在布达拉宫下外侧的一个贵族的院落里，他们用登山睡袋躺在客厅的地板上，这种状态持续了一周多。直到从青海来的增援部队到达拉萨，西藏军区的兵力得到加强后，登山队民兵连才逐渐撤出布达拉宫。

3月24日

自前天军区发出布告起，每天都有不少人在观看，藏族群众喜笑颜开，奔走相告，称赞平息叛乱好，因为叛匪的纪律很差，对藏族百姓也是大搞打砸抢，劣迹斑斑，对老百姓是一种祸害，赶走了叛匪，百姓自然高兴。还称誉政策非常宽大，可以安心下来生活，人心一稳定，社会就走向安定，市内的商店陆续开门，距交际处不远的国营贸易公司也营业了，市邮电局临时在贸易公司内办公，登山队好些人去拍了电报回内地报告平安。

市面上在逐渐恢复正常，只是街道上挂有高音喇叭的电线杆和电线被叛乱分子挖断不少，照明的电源还没有恢复。

上午在交际处门口，翁庆章见到王富洲独自从外面走回来了。翁感到很意外，说：你不是到第49陆军医院做手术去了，怎么这样快就回来了呢？王的回答竟有如此戏剧性的一幕。他说：在22日下午，拉萨的平叛战斗基本结束，局势已趋平静。军区门诊部决定，把王富洲和其他几位待手术的伤员转送到7000米外郊区的第49陆军医院治疗。用一辆救护车转院，派一个班的战士乘卡车护送。行至半途，突然遭遇路旁不远处几名散落叛匪的伏击，一阵子弹飞来，前导车上的战士急忙下车反击。救护车接着来到，车上的排长见此情景，急呼用冲锋枪压制对手，要全体战士赶快上车冲过去。接着两辆车加大油门，飞似的向西奔驰，那段路的路况不好，是条"搓板路"，凹凸不平，车颠簸得很厉害，车开得快时，有时弹起又落下，落下再弹起。救护车内的伤病号受此颠簸可受不了，但当时担心叛匪的伏击会带来更大的伤害，只好冲过去尽快脱离此危险区。王富洲在车上只好咬紧牙关，用手紧抱担架床。这一阵冲出了几百米，才减速行驶，最后几千米过去，到达了医院。下车时，王觉得在车上腹部有几阵剧痛后，肠子又绞动了一阵，现在不怎么痛了，没有用担架或轮椅，自己走进了病房。当天医生检查肠套叠的体征和症状均已消失，用X光检查也不见肠套叠特征的液体水平面了。次日又留下观察了一天，用X光复查仍为阴性，这样就让王富洲出院了。翁听后笑着对王说，你这是震动解套法代替了手术。但是有哪个医生敢用此法来治疗肠套叠呢？后来真的是痊愈了，没有再重犯。而且几天后王富洲就参加军管会的工作去了色拉寺，回归正常生活。

3月25日

上午登山队员分批赴贸易总公司理发、洗澡，自备战及战斗以来，有半个多月都不能外出，今全队大搞清洁卫生一番，也说明市民的生活在走向正常了。

今日有汽车从当雄开到，看来拉萨与内地的公路可能会恢复通车。据说原在拉萨的叛匪首领有三人还没找到，军队今在市区开始搜捕工作，有的民兵连，如市邮电局连还配合参加搜捕，用藏语喊话，登山队连仍警卫布达拉宫。拉萨民兵团发起向驻藏解放军寄慰问信，登山民兵连积极响应，因为我们此次都亲眼见到解放军英勇善战，前仆后继，流血牺牲，纪律严明，大家都深受感动，每人都在用心地写。

3月26日

前几天在我们院前头部负伤留住在我队的急救站里的战士，已经基本痊愈了，上午交际处派车由翁庆章送他回159团团部。

据团领导说，在攻击药王山时，提前一半时间完成了任务，这个制高点太重要了，占领它可以观察敌方火炮发射点，有利于我炮兵实施压制性反击，以至叛匪的炮火越来越弱。

此次炮战中，登山队所住的交际处大院内落了七发炮弹，只炸坏院后部的厨房及厕所的一角，主楼未受损失。院外周围也落了几发炮弹，除炸伤我院驻军一机枪手外，最危险的是21日在院前西侧的工事的附近，落了一发炮弹，距科考队员（林业专业）胡沐钦组几人俯卧的岗位只有三米左右远，着弹处扬起一阵尘土扑上了胡等的满脸，幸好是个臭弹没有爆炸，真是有惊无险。从着弹坑处看到弹头已穿入地下，弹尾留在坑口，从其尾翼轮认出这是一枚迫击炮弹，后由我解放军工兵挖走。还有在平叛战斗第二天，在交际处大院东侧的平房上，有名科考队员（其名字记不起，后来问崔之久，他也说有此事，其姓名也记不起来）在执勤时被弹片划伤幸不重。还有在登山队由刘连满领导的藏族队员培训班住在另一处——第二招待所，藏族女翻译贾扬拉姆也是在房顶上被子弹划伤头皮，刘连满说，真是危险，再低一点，她就没命了。

在功德林（大昭寺附近）一带的巷战最为激烈和艰苦，眼看大昭寺竖上白旗了，此处的叛匪也就接着投降。

今天从内地来了一个车队，估计即将返回，登山队不少人都抽空写信交到邮局。

白天在有线广播中，播放了谭冠三政委和达赖喇嘛于3月10~16日相互写的六封信件（各三封），从中可以体会到谭政委对达赖在政治上的争取，竭力想使事态和平解决，及达赖对谭政委关心的感谢和一度犹豫不安的心情。

3月27日

拉萨的战事已转向郊区，拉萨的三大寺——哲蚌寺、色拉寺、甘丹寺与反动的叛乱分子一直有密切联系，此次也参与了叛乱。前两个寺在我军发射了几发炮弹以示警告后，他们见大势已去，已表示要投降，但尚未缴出全部武器。

实际上，寺庙的喇嘛很多是被迫背上武器的，哲蚌寺的贫苦喇嘛有些因流露反对叛乱的意愿而遭到毒打；大昭寺有的喇嘛被枪杀；三大寺之一的色拉寺有很多喇嘛公开表示不愿参加。过去反动分子为杀害爱国喇嘛热振活佛，曾派兵攻打过色拉寺。这次叛乱时，这个寺的有些喇嘛说"藏政府打下的弹痕还在，我们不参加'藏政府'的活动"。

拉萨军管会决定将接收三大寺，西藏工委向登山队抽调50人参加接收三大寺的工作，登山队如数派出，上午到工委开预备会，并进行了分组。翁庆章、张赫嵩（新华社派在登山队的摄影记者）、阎桂珍、姚慧君等分在哲蚌寺分队，队长兼军代表是工委宣传部部长方驰辛。王富洲和刘连满、王义勤等分在色拉寺分队。黄万辉等分在甘丹寺分队，该寺离市区的距离较远些，在市东侧40千米处，至今仍在顽抗，没有表示投降。

3月28日

登山队参加拉萨军管会的同志原定上午去工委办公大院学习文件，临时接到通知要去欢迎进藏部队。中央为了彻底平叛，已向西藏增援了两个师的兵力，这些部队来自第54军和兰州军区的第11师，战斗力是很强的，这次从格尔木赶来。今日抵拉萨的先头部队是一个团，我们的欢迎人群上午乘车到达市西部哲蚌寺和第49陆军医院之间的公路旁集中。临近中午，入藏部队的车队来到，这部分车队是炮兵，全是车拉炮。从头几辆车上下来几个领导干部走过来和我们欢迎人群纷纷握手问好，然后车队缓缓开过，战士们在车上挥手致意，车上车下的人们大呼欢迎和致敬的口号，掌声一片。

3月29日

新华社在昨晚广播了国务院周恩来总理关于西藏出现叛乱问题的声明，谴责西藏地方政府反动集团撕毁十七条协议，进行叛乱，分裂祖国的罪行。命令西藏军区彻底平息叛乱，解散西藏地方政府，由西藏自治区筹备委员会行使地方政府职权，任命班禅为自治区筹备委员会代理主任委员职务。

上午参加军管会的人员到工委礼堂学习报纸上刊登上述国务院声明的文件及军区的布告等文件。

哲蚌寺分队派翁庆章在分队部工作，参加宣传及管文件等事宜，还兼任医务组成员，其他还有区人民医院护士阎桂珍和西藏干校一女学员索朗曲珍为助理。

下午翁庆章、阎桂珍等到区人民医院去领取哲蚌寺分队的常备药品和急救包，见到了他在同济医学院的低班同学钟乃川和汪丽珠大夫，他们现在忙得很，每天都有好几台手术，战伤住院的就有100多人，目前医院门诊只看外科。

3月30日

军管会哲蚌寺分队的同志早上4时起床，5时在工委大院集合出发，到达哲蚌寺下方，在公路南侧的解放军汽车十六团团部等候待命。因该寺为叛乱分子的重要据点之一，现在要去接管它，不得不提高警惕并拟定各种预案。已派遣解放军于昨晚12时起，从山下向上对哲蚌寺做三面包围。天亮后，军队从哲蚌寺正面靠进，再用喇叭作出政治攻势喊话，尖兵在无坐力炮和机枪的掩护下，抵达了哲蚌寺门前。经洽谈该寺表示投降，随之军队进入时未发生交火，和平进入。

哲蚌寺好大啊，它依山而建，就是一座山城。站在青藏公路上遥望根培乌孜山，其间哲蚌寺密密麻麻的高楼房屋都是用白色粉浆涂抹，酷似一座大米堆砌起来的山峦。所以命名为哲蚌寺，藏语的意思为"大米堆砌起来的寺院"。哲蚌寺的僧人定额为7700名，但它的常住喇嘛却达9000人至1万人，为西藏各寺院之首，此时因动乱人员大量外流。

中午在寺的1000多名喇嘛在寺前的广场集合，军管会分队的领导通过扩音器根据军区布告的精神向他们宣传政策，并指出由于该寺的主要成员在过去及此次都参加了叛乱活动。因此对哲蚌寺实行军事管制，重申该寺表示投降时，我方提出的五条：一、缴出全部武器；二、交出反动头子，找回逃跑的叛乱分子；三、交出一切反动文件；四、交出一切军用物资；五、对爱国守法分子予以保护，宗教信仰自由。讲话后即开始收缴武器，该寺人员当即交出几百支步枪以英式老枪居多，约需两卡车才能装完。

下午军管会分队全体及部分解放军进入寺庙参加搜查工作，第一轮全面检查完毕后，全体喇嘛依次返回寺庙。

工作队晚上住宿寺庙最上层大殿附近的平房里，收听到了中央台新闻联播报道，全国各少数民族地区纷纷集会拥护国务院对西藏平叛的声明和命令。

3月31日

工作队住的大殿旁平房海拔高度为4600米，比拉萨约高900米，气候比市内冷一些，傍晚下了一场雪。

队里的工作组大部分都下去进行搜索工作，我和广播组一起去支架电线将有线广播的线路从这个寺的上层大殿延伸到半山下的大庙里，以便开展宣传工作。

在哲蚌寺分队中有一名女登山队员姚慧君（来自北京大学地质系二年级），她在工作组中参加登记工作，即对全寺喇嘛进行登记。姚负责登记的是一批小喇嘛约100人，年纪都在4~5岁、6~7岁。工作组对他们提出三个出路，任本人选择，姚慧君对每个小喇嘛逐一都问了三句话：（一）留寺；（二）上学；（三）回家。查询的结果是，愿意回家的最多约50人，占一半，愿上学的30人，愿留在寺内的20人。他们今后的去处就要以这些小喇嘛们的意愿及与本人的家庭沟通后做出安排。这些小喇嘛都是根据当地的风俗习惯，凡家庭有两个儿子的，父母一定要送一个进入寺庙当喇嘛，民间认为当喇嘛可以学到宗教文化，以后会有出息。有的则是家庭太穷，供养不起送来的。其实小喇嘛长大以后多为底层的贫困喇嘛，是寺庙的劳动力，干些粗活，生活依然清贫，只有少数升至中层，物质生活才有些改善。在登记工作中，姚还遇见五六个欧洲喇嘛，衣着和其他喇嘛基本上一样，但在身高、面貌、肤色上看是西方人，有一个是意大利人。了解到西藏寺庙在解放前及解放初期，都曾有外国特务分子以喇嘛身份进入过西藏并潜伏下来，这几个人的身份如何当然有待审查。

4月1日

今日起做发动群众工作，发动下层贫苦喇嘛诉苦，控诉揭发上层反动人士的罪行。已了解到该寺有些不愿意参加叛乱的喇嘛，曾遭到过反动头子的捆绑和鞭打，现在他们都起来控诉反动头子。

队部指示医务组要为喇嘛们看病、治病，中午到札仓（即居所）至晚上共看三个札仓约120人，幸好下午从区人民医院又调来了皮肤科的杨大夫，才把今天的看治病工作做完。下层贫苦喇嘛住的条件很差，房内阴暗潮湿、寒冷，吃的也差，最好不过是酥油、糌粑。疾病最多的是关节炎、胃炎、皮肤疥疮、五官科疾病、上呼吸道疾病等。

4月2日

考虑到西藏的平叛局势一时不会很快结束，北京国家体委着眼于明年还有中苏合作登珠峰的任务，因此对登山队的下一步的训练作出了另行安排。下午交际处派车来哲蚌寺接登山队的人员返回市内，因工作队正处在紧张的开局阶段，推迟一天，明天回市区。

下午参观了达赖过去在寺讲经时的住处和讲经堂，同为军管会哲蚌寺分队的成员新华社派驻登山队的摄影记者张赫嵩在讲经堂外，替笔者和医务组同事拍下了两张照片，是为此次来寺的佐证。

和翁庆章等去哲蚌寺的同期，刘连满、王富洲等去的是色拉寺，由西藏工委宣传部部长和一位藏族副部长带队。共收缴以老式为主的枪支400多件，两门大炮和几百件大刀，他们还参加了财务清点，把财宝收集在一起登记，

1959年3月27日至4月3日，翁庆章在拉萨军管会哲蚌寺工作组，在寺的大殿前。

翁庆章与拉萨人民医院的医生、护士在哲蚌寺，左起：翁庆章、闫桂珍、杨大夫、索朗曲珍——西藏干校学员。

对装钱的库房一时点不完的，先贴上封条封存。他们也是工作尚未做完，提前被登山队召回。

4月3日

登山队派到拉萨军管会哲蚌寺分队的工作人员因下阶段登山任务有变动而提前离开哲蚌寺了。

关于哲蚌寺军管后的情况以及该寺在叛乱中的表现，用一段王起秀（时为拉萨市邮电局干部、平叛时民兵连指导员）记录当年（1959年）8月份，《人民日报》组织的11个国家19位记者、作家赴西藏采访团的成员之一——美国著名进步作家、记者已73岁高龄的安娜·路易斯·斯特朗的随访（原文载于百年潮2009年第6期，王起秀《1959年斯特朗赴西藏采访》）。摘录如下：

哲蚌寺是拉萨最大的寺院，平叛前也是最大的农奴主，这里可以说是西藏农奴制的一个缩影，是典型的封建"国家"，它拥有自己的法院、监狱和施刑制度。……以哲蚌寺为首的三大寺（哲蚌寺、色拉寺、甘丹寺）是数世纪以来西藏政治的中枢，它主导着西藏的命脉，具有任命西藏地方政府高级僧侣的特权。它拥有700多座小寺院，分布在西藏各地区和邻省的藏区。它还拥有185座庄园，2.5万多名农奴，拥有300个牧场，16万多名牧奴。该寺曾在1950年派50人的武装队伍和藏军一起去昌都阻止解放军进军拉萨。

在1950年3月的叛乱中，该寺输送了3050名武装喇嘛攻打中央政府在拉萨的机关单位，后又派出了2000多名喇嘛参加叛乱，成为叛乱的主力军，也是最大的叛乱者。这年（1959年）的3月16日，该寺的一个铁棒喇嘛宣布'西藏独立'。哲蚌寺在军管后开始民主改革，目的是将这个法律独裁者变成'遵法者'，将它的作用限制在宗教中。该寺尽管实行军管，但部队在平叛时搜缴了大量武器弹药后就撤走了。而后派来的工作组都是由到内地受过教育培训后由原来的农奴组成，他们只管寺内的民事工作，指导民主改革活动。

平叛结束后，西藏并没有就此安定下来，印度又盯上了这块佛土。1959年8月，印度政府悍然挑起一场大规模侵略中国人民的战争。中国政府被迫进行一场短促而有限的自卫反击战。8月25日，在西藏东段的郎久发生了双方军队的第一次武装冲突。10月，印又在西段挑起空喀山口冲突。此时，为避免边界冲突，我中央军委部队单方面从实际控制线上后撤20千米，如此一来，印认为中国软弱可欺，加快入侵中国。终于在1962年10月爆发了一次大规模的中印边界反击战，此为后话。

4月4日

登山队在驻地交际处召开全队大会，史占春队长宣布因西藏地区的叛乱在短期内尚不能完全平息，国家体委来电指示，中央已通知苏联今年暂停登珠峰的任务，我队将分成几路进行如下工作：

一、登山队员大部分，包括通信组、医务组、总务组，去新疆攀登慕士塔格山（高达7546米）为下一年登珠峰时做一次打基础的训练，其中女队员将冲击一下法国人郭刚所创的7400多米的女子世界纪录；

二、少数登山队员赴青海协助地质部门的山地考察；

三、科考队员将赴绒布寺与去年随侦察组进山留下的队员会合后继续进行科学考察；

四、数名身体不好的队员（即肝肿大且肝功能不好者）回京治疗。

4月9日

中国登山队除科考队留下等待进入珠峰山区外，即将离藏赴新疆训练，为明年再来登珠峰打基础。在离开前夕，军区司令员张国华中将在军区设宴为登山队践行。张司令员首先讲话感谢登山队的同志在拉萨平叛中对解放军的支持，在军管会的工作中对工委的支持，欢迎登山队明年再来登珠峰，并做好支援委员会的工作。登山队史占春队长讲话，衷心感谢工委、军区半年来对登山队全方位的照顾，在拉萨平叛非常复杂和激烈的战斗中，都时刻关护着登山队的安全，包括留在珠峰绒布寺科考人员的安全。

宴会上气氛热烈，大家都喝了不少葡萄酒。登山队员们纷纷谈论着在拉萨这段不平凡的经历和感想，荣幸地见证了西藏封建农奴政权宠拥下叛乱分子的武装暴乱及被摧毁。

对登山队来说这也是告别拉萨临行前的一次大聚会，几天后，他们将分赴新疆、青海、绒布寺、北京等地，也许要一年后才能再见面，因此除主宾敬酒外，登山队员、科考队员之间也相互祝酒话别。

宴会后，在军区礼堂观看苏联电影——《波罗的海的光荣》。

4月10日

拉萨已无战事，军队在向外围推进，市内的局势肯定是稳定下来了。登山队开始拆除所住交际处楼房及院墙外的碉堡等防御工事，因为拉萨的劳力不足，登山队把这些收尾的工作做完后，就可以为后来交际处的管理者和新来的住户省些事。

自3月28日起，从格尔木来的支援部队陆续进藏。张国华司令员于4月初抵达拉萨后，解放军即以四个团的兵力挥师南下，分东、中、西三路，渡过雅鲁藏布江，对山南地区的叛匪老巢进行围剿，同时对藏北、黑河等地的残匪也予以聚歼。随后，历时两年终于取得了西藏地区平叛的彻底胜利。

到1959年7月，西藏自治区筹委会举行第二次会议，做出了进行民主改革的决议，自此，西藏的封建农奴制度彻底崩溃，百万农奴获得了真正的解放。

4月11日

登山队此次在藏平叛活动中最后一次的执勤服务就是协助解放军两个排将一批目前不宜在拉萨居住的人遣送回内地。这批人中情况复杂，问题轻重的都有，有刑事犯、奸商、盲流到西藏而没有户口的人，为数500多名。以两个排押送500多人，兵力显然不足，而且车队很大，一共有70辆卡车。如今要和登山队近100人的队伍结伴同行，而且还是成建制的民兵连，每人都配有武器，这样就比较照看得过来了。

此时，青藏公路刚恢复通车，但进藏的全是运兵的军车，藏北一带还有散匪流窜，人数少的小车队不好走。这时要出藏回内地办理公务的各单位人员也有数十人，共凑在一起，此行人数为800人，卡车70辆，也是平叛后拉萨开往内地的第一支车队。

登山队员于早上6:30起床，分乘15辆卡车从交际处出发，到西郊与汽车大队会合，在车队的行列中，登山队及解放军的汽车与被押送人员的汽车交错排列，岔开编队很费了些时间。上午11时从西郊兵站出发，因车队大，沿途走走停停，行动迟缓，至下午7时才到当雄，比平常的行车速度慢了一倍，晚入住当雄兵站的活动房屋里。

4月12日

上午8时出发，下午4:20到达黑河，今日行程为180千米，晚住黑河兵站。

青藏公路和川藏公路上的军队兵站，是内地通往西藏公路上的创举和特色。因为这两条公路都长达2000多千米，沿途居民点少，物资供应和水源点短缺，一般单程要一周左右。汽车停下来要加油、检修，人员要进餐住宿，而军队的进出和供应需要常态化，所以设置了能供食宿的地点为兵站，大多选择在有水源、地势较开阔处，有一个大院子及相应的住房，可收纳几十台车、数百人，有些像西方的汽车旅馆（Motor Hotel）。两兵站之间约为一天路程。与此相应，对地方汽车的来往则设有运输站。兵站和运输站之间通常相距不远，有的就安排在公路两侧、对门对户。在这人迹稀少的地方，彼此好有个照应。兵站的设施和管理一般要好于运输站。

今天路上风沙很大，我们此行都是敞篷车，大家把行李放在背上，半靠着背对风，用皮大衣裹着，尚能对付。就是一天下来全身都是灰沙，脸都被风吹得有些刺痛，到兵站后也不敢用肥皂洗脸。昨夜在部队兵站得到消息，到黑河途中尚有匪情，可能会发生骚扰，要我们今天在路上提高警惕，今晨队里传达要求大家把手榴弹都从背包里掏出来，放在手边。结果一路平安无事，顺利达到黑河。

4月13日

自黑河车行150千米，下午抵安多买马站，兵站已住满了人，今日从内地来了一个车队，载运的是援藏的解放军，来往的两路车队重叠在一地，兵站已无床位，我们晚上只得露宿在卡车上。风很大，我队一名从部队来学登山技术的老排长，由于风寒及缺氧（此处海拔有4500米左右）头晕、呕吐，将他送到兵站医务室里吸氧后始缓解，因为是病号，留下他在室内过夜。

4月14日

由安多到达温泉站，因此站附近的山坡有温泉而得名。今晚住温泉兵站，傍晚到山坡上的温泉池旁洗脸洗手，水温颇高，有些烫手。中午汽车翻过唐古拉山口，山口海拔5400米，路面及附近山坡均积有冰雪。过唐古拉山后，已进入青海省境内。4月15日，由温泉抵达沱沱河站，从解放军那里传来消息，据说昨晚有一个犯人从我们的车队中趁黑夜之际逃跑了。温泉站距格尔木还有500多千米，在这种高寒地带的山区，逃跑者在饥饿、寒冷条件下，估计将很难跑出山区。

4月16日

由沱沱河抵达五道梁。

4月17日

五道梁距格尔木276千米，车队决定一天赶到，早上5时就起床，6:30开车，中午在纳赤台午餐，下午6时到格尔木，与押运车队的解放军在此告别。登山队一行住进青藏公路管理局招待所，由此换车赴新疆。

从拉萨到格尔木共计1217千米，我们车队一行走了7天，结束了1959年赴藏之旅。

对拉萨平叛顺利结束的回顾

2009年3月29日为纪念西藏百万农奴解放日50周年，曾于1959年在拉萨参加过平叛活动，此时在京的登山老同志聚集于体育宾馆，到会者16人。大家兴高采烈地畅谈了50年前的往事。盛赞解放军的英勇善战、不怕流血牺牲、以实际行动彻底地解放了百万农奴、维护了祖国的统一大业。

大家从当年在现场耳闻目见及心得体会中谈到：当年拉萨解放军的迅速平叛，这是一场以少胜多非常杰出的军事艺术之作。而"执行导演"是当

2009年3月29日，在京曾参加过拉萨平叛的登山老队员聚会，前排左起——姚慧君、胡沐钦夫人、胡沐钦、崔之久、王富洲、屈银华、王义勤；二排左起——刘启明、李长旺、张俊岩、刘大义；三排左起——黄万辉、王风桐、张祥、翁庆章、袁扬，摄影者张赫嵩。

时西藏军区在拉萨主持常务的谭冠三中将、邓少东少将等领导人。把一场本来看似不大好打的战役，通过他们的高度的指挥艺术，加上战士们的英勇奋战，仅仅通过两天半的战斗，就击败叛匪，攻克重要据点，迫使对方投降，而取得绝对的胜利。

　　1959年春，当时在拉萨的解放军只有1000多人。（据王起秀在她的《亲历1959年西藏平叛》文中记述是："只有2个团，12个连，不过1000多人。"翁庆章在其日记中记述是："8个连，不包括炮兵，总共也是1000多人。"据张小康在她于2014年出版的《雪域长歌》一书中提到："当时在拉萨的兵力为10个连。"尽管这三起数字稍有差异，但兵力不多只不过千余人则是肯定的）为什么在拉萨的驻军不太多呢？这是当时的环境条件决定的。关于人数的受限，一是十七条协议规定，中央只派一定数量的部队保卫边防，即由进藏的十八军改编为西藏军区的驻军。此外，根据当时中央的精神，西藏六年内（即第二个五年计划内）不改革，六年后还可再商定。在张小康的《雪域长歌》书中提到"西藏军区自1957年3月起，驻藏人民解放军减少了百分之七十，这些人都撤回了内地"；在西藏的驻军其供应要靠内地，长期的驻军仅靠公路运输，要增加人数，负担会更重。二是西藏地域广大，其他城镇也要有驻军，分散至各地，在拉萨的人数就少了。三是临时再额外增加驻军会引起西藏上层人士的疑虑。四是西藏东部和南部已有局部叛乱，从拉萨调出了部分军队去应对。

此时拉萨的局势相当严峻和紧张，叛乱分子有七八千人，并多次接受外国特务机关空投枪支弹药等军用物资。西藏叛乱分子看到人民解放军的一再忍让，认为是软弱可欺，这让他们的头脑发昏了，在军事上作了一个极端错误的估计。他们说，西藏军区驻拉萨的部队和机关人员，包括家属小孩在内，总共不过2000人。他们过高地估计自己，认为叛乱分子的战斗力占优势，至少在人数上就相当于拉萨解放军的三倍多，仓库里有充足的武器。由于错估了形势，所以气焰非常嚣张，叫嚣西藏要独立，声称要把共产党和汉人赶出西藏去。他们在罗布林卡周围、布达拉宫城墙下和市区修建工事，挖掘战壕，对工委、中央代表驻藏办事处、军区形成从东、西、北三面的包围圈，而南面是拉萨河，处境对我方显然不利。此时中央军委也曾指示要军区尽量克制，不打第一枪。我们领会是，从和平解放西藏以来，有问题以政治解决为上。也可能考虑到在拉萨的部队太少，叛乱分子人数为我几倍之众，打起来担心会吃亏。解放军在附近的青海虽有驻军，但在叛匪未公开闹独立之前，也不宜过早开进，那样会给对方以口实，说解放军增兵打他们。

战前估计困难之处，还有在拉萨市里打仗基本上是巷战，当地有很多文物古迹要避免损坏，而不得使用重武器（除轰击建筑在地面工事外）。解放军的对策是，要在战斗中缩小消极因素，扩大积极因素。从人数上看，敌众我寡。但军区让解放军担任主攻，充分利用各机关单位的人员组成民兵，在各自住地筑壕建堡以火力牵制叛匪。军区用分隔的办法，一是把拉萨分划为八个区，把城内大部分主要通道都用装甲车控制起来。二是以各民兵连在所在地用火力把道路封锁起来。如工委民兵连从东面、登山队民兵连从南面、人民医院民兵连从东北面封锁布达拉官广场及其相连的街道出口。邮电局民兵连封锁大昭寺附近，公路管理局民兵连控制罗布林卡北侧。无民兵连地区的路口则用军队装甲车巡逻控制。总之，在全城范围内，叛乱分子被局限在几个大据点或少数散在居民区内，不得任意流动。他们人数虽多，但军事素质低，且做不到互相支援。当时登山队民兵连封锁布达拉官前的广场也是成功的，凡有人（夜间则以黑影为准）一露头就用火力压制，不要说人，就是一条狗也通不过广场。在成功进行封锁控制后，解放军则集中几个连的兵力，在炮火轰击其据点周围的工事后，在局部的进攻点上形成以多打少，充分发挥人力火力上的优势，步炮结合及通信流畅，把握到最佳的战机，逐一攻克各据点。最先攻下药王山，其余依次攻入罗布林卡、大昭寺、小昭寺（全部投降），最后是布达拉官（在围困攻打后全部投降，少部分于前一天晚上逃走）。城区战斗结束后，又分别包围位于郊区的三大寺，在进行政治攻势下，均为和平进入。

当解放军重点攻击某一据点时，全城到处都有枪声，只是各地的疏密度不同，叛乱分子缺少现代通信器材。他们得不到什么信息，无法联系，只有坐以待毙或部分向市外逃跑一走了之。打到关键时刻他们就会动摇，出来投降。这也要归功于我军执行的革命人道主义、优待俘虏的政策。对待俘虏不杀、不辱、不掏腰包。西藏和平解放前夕，1950年底我军在昌都战役俘虏过藏军官兵几千人，对放下武器者，还发给路费让其回家。在这种曾于昌都战役实施过的优待俘虏政策的感召和影响下，在此次拉萨平叛中除极少数顽固头头逃跑外，大多数叛乱分子在不可能打赢的情况下，自然会放下武器来找出路了。毕竟他们中的多数是受谣言的蛊惑而来，叛匪头领在政治上破坏了十七条协议，仅为统治上层的利益而战就显得苍白无力，受裹挟而来的一般群众自然也战斗无力了。此次拉萨平叛中，投诚人员占被解决的叛乱武装人员一半左右。

总之，1959年拉萨平叛的胜利为整个西藏的彻底解放奠定了坚实的基础。

中国珠峰登山队赴新疆训练的"副产品"——创造了女子世界登山纪录。

20世纪50年代前，世界上女子登山运动仅限于西欧的一些国家，参与登山的女性比较少。

女子登山纪录第一个创造者是瑞士女登山运动员赫·吉连富，于1934年与男子一道登上喀喇昆仑山脉的西塞尔——康格里峰，虽未登上峰顶，但到了7300米高度。

1955年法国女登山运动员克·郭刚参加瑞士喜马拉雅山探险队，登上尼泊尔境内海拔7456米的高度，打破吉连富保持21年之久的登高纪录，一时被称为"世界上最高的女人"。

1959年春，克·郭刚率领一支国际女子登山队攀登8210米的世界第六高峰——卓奥友峰时，不幸遭遇雪崩，全军覆灭。

此时组成的中国男女混合登山队去新疆攀登慕士塔格山，共63人，有男队员42名（为拟定的珠峰的一线队员及高山运输队员），女队员15名，工作人员6名，包括汉族、藏族、维吾尔族、回族四个民族。

1959年7月7日，登山队长许竞等33名队员（包括王义勤、潘多等8名女队员）登上了海拔7546米的慕士塔格山的顶峰。

中国男女混合登山队此次攀登慕士塔格山的任务，男运动员是为了次年登珠峰进行一次训练，女运动员则要使我国年轻的女子登山运动不仅在高度上，而且还要在人数上创造新的世界女子登山纪录，结果不负众望地做到了。

西藏发生武装叛乱后，何时可以平定一时难说，1959年3月21日，国家体委副主任黄中前往苏联驻华大使馆，正式通知苏驻华大使契尔沃年科及文化参赞，并请紧急转告苏联体委，由于西藏地区出了些问题，为了运动员的人身安全，建议中苏联合攀登珠峰活动暂缓，一旦问题得到解决，立即恢复登山，希望得到苏方谅解。

话说中苏联合登山队的双方队员按预定计划在3月下旬就要在拉萨会合并一道进山了。

中国登山队于3月2日起在拉萨因西藏出现叛乱遭到了围困，而此时苏联登山队，自中苏珠峰侦察组苏方人员在1958年底返苏后，即将大部队员集中在高加索什赫里达登山营，整个冬天都在该营训练，其中包括攀登厄尔勃鲁斯峰（海拔5633米，高加索山区的最高峰），并在零下30~40℃条件下检验登山装备。

根据两国登山协议，1959年2月中旬，苏方已将登山装备（包括服装、帐篷、通信设备、氧气瓶、煤气罐及其他攀登装备）24.5吨和苏方的高山食品13吨全部从铁路运抵北京。据内定的苏方队长库兹明讲，这批物资是苏联历次登山中质量最好的一次，总值约450万卢布。3月初中方已将苏方物资运抵拉萨和格尔木，就等苏方队员于3月22日来北京，并准备了两架空军专机将苏方队员及随身携带部分高山装备转运进藏。

3月中旬，苏方队员从高加索山区回到莫斯科，菲里莫洛夫在书中（《通往埃佛勒斯之路》青年近卫军刊物，1991年12月）写道："原定1959年3月22日乘（图–104）专机，苏联登山队一行及物资由莫斯科飞北京。就在动身的前一天，苏体委紧急通知苏登山运动员开会，会上体委副主任波斯尼可夫说：接到北京电话，今年（1959年）联合攀登珠峰任务取消，原因未说。到会的苏联登山运动员们听到此消息都惊愕不已，会场一片寂静，简要地宣布后就散会了。此时队员们才三三两两议论起来，有的发牢骚说，我在原单位的假也请好了，全年的工作都作了调整，怎么就说不行了呢？大伙怀着各种猜想离开了会场，两天后在报纸上公布了中国西藏发生了叛乱，苏方登山队的朋友们说，这才明白了，我们理解。"

菲里莫洛夫后来在书中还说："中国登山队员都是我们很好的朋友，改在1960年春天登上去，为中国朋友感到非常高兴。"

二十四、 中苏登山第三次会谈

1959年3月，由于西藏发生武装叛乱，为了登山运动员的安全，因而不得不暂停1959年春季的活动。到了秋季，西藏的局势已趋于稳定。为了在1960年继续执行共同攀登珠峰的协议，中方从1959年10月起多次主动邀请苏方来京进行商谈。但此时苏方一反过去积极的常态，对此举棋不定，就来或不来商谈之事，经双方的沟通、磋商前后竟达13次，这反映了其内部对此事的矛盾。各次的联系如下。

第一次：1959年10月2日，国家体委荣高棠、黄中二位副主任在北京与参加社会主义国家体育领导机构代表会议的苏联体联主席罗曼诺夫和副主席别斯里亚克谈及此事，他们表示高兴受邀，并说回国后立即派代表来谈判1960年共同攀登珠峰之事。

第二次：1959年10月6日，我国家体委致函苏联体联，电文如下："中苏两国登山运动员攀登珠穆朗玛峰的计划拟在1960年执行，为了便于中苏双方进行准备，我们提议中苏双方体委派代表于1959年10月28日在北京举行会议，商讨有关各项准备事宜。你们意见如何，希望很快得到你们的答复。"

第三次：1959年10月14日，我体委通过苏联驻华使馆一秘拉兹杜霍夫正式致函苏联体联，邀请苏方派代表团于10月下旬来京就1960年中苏登山合作之事进行会议。

第四次：1959年10月18日上午，接到苏驻华使馆转来苏体联副主席瓦卢也夫致我国国家体委电，内容称：（1）两国运动员共同登珠峰是件大事，有重大的国际政治意义，因此需要更好地进行准备；（2）苏原组织好的登珠峰队伍已解散，目前队员情况及存放中国的物资情况待了解清楚后，才能确定登山时间和派人去北京谈判。

第五次：1959年10月23日，苏大使馆转来苏联体联致我国家体委的无线电话（打字记录）全文，来函同意并告将派人于11月30日到京，就中苏两国共同攀登之事感谢邀请，认为有必要重新会谈。将讨论下列问题。

（1）清查目前存放在中国的装备、工具、服装，经长期储存的食品及其他物资以及可利用率。

（2）确定装备、服装、食品改进修补的可能性，配制的期限及各方面应负担的财务开支。

（3）运输物资和人员到登山活动地区的实际细节问题。

（4）向那些高山营地运送物资和实现运送的方法。

（5）选拔双方队员的原则。

（6）交流双方队员在1959年已进行过高山锻炼的情况。

（7）确立双方在1959年11月—1960年2月进行体质和技术准备的原则及有关技术问题。

第六次：1959年10月24日上午，苏驻华使馆一秘铁达林亲自携带苏体联副主席瓦卢也夫签署的无线电话记录，来到国家体委面见黄中副主任，他转达电话记录为"感谢邀请，完全同意我委就1960年中苏共同登珠峰的意见，决定先派一个技术代表团与中国方面的技术代表于11月4日前后在北京会晤"。

第七次：1959年11月3日上午9:30，苏驻华使馆一秘铁达林电话通知我委，称苏体联准备立即派人来北京，具体人选为中苏登山队副队长、苏方队长库兹明和一位装备专家，将于11月4日抵北京。

第八次：1959年11月5日，苏代表未到，我方曾电苏驻华使馆询问，铁达林答，就在今、明天到。

第九次：1959年11月6日，我方与莫斯科苏联体联国际部直接通长途电话，苏体联国际部副部长契金接听时说："一切都办好了，在等机票。"并说："反正十月革命节快到了，6日不走，7日一定起飞。"

第十次：1959年11月9日，我方再次长途至莫斯科，契金说："库兹明本应在节前赴京，但现在生病了，正在住院中，因此何时去北京不好定。"

第十一次：1959年11月13日，我方电话苏驻华使馆一秘奇契林催问苏代表团抵京日期，并请其转达我们希望苏代表能早日来京，否则对准备工作有影响。

第十二次：1959年11月14日，苏驻华使馆一秘拉兹杜霍夫来电，称："昨晚我曾与瓦鲁也夫同志直接通电话，他说关于这个问题苏联体联尚未最后决定。因此代表团何时来北京不能答复。"

第十三次：1959年11月16日，我方与苏驻华使馆一秘拉兹杜霍夫通电话，他答："我已与瓦鲁也夫同志约定今晚通电话，然后就可确定苏联登山代表团来北京的确切日期，代表团一定来的，一俟确定后明日上午9~10点钟告诉你们。"这是最后一次与苏方的联系。

最后，苏方代表二人〔安吉宾诺克（苏体联副司长），库兹明（原拟担任中苏队的副队长、苏方队长）〕于11月24日到京，比最初苏方自己提出的日期晚到了20天。

苏方代表到京后，即提议先赴兰州检查苏方存放的装备（1959年3月苏方运来的装备已经分别运抵拉萨及格尔木，因西藏发生叛乱，这些装备又运回兰州，因兰州气候凉爽，空气干燥，在没有空调的年代，适宜存放物品特别是食品，同时为铁路及进藏公路之交会点，便于再次调运进藏），我方同意并派人陪同前往兰州检查。经检查后，苏方认为物资保管得良好。

　　30日返京后，于12月1日开始双方会谈。我方参加会谈的人员为史占春、许竞、罗志昇。这次会议主要是由中苏双方介绍各自准备工作情况。会上苏代表团长吉宾诺夫首先表示，苏联存放在中国的物资，经他们检查，认为满意。接着他提出建议说："由于苏联方面没有预料到1960年能继续执行攀登珠峰的计划，同时接到中国方面的通知时间较晚（我方建议会谈的通知是1959年10月14日发出的，并不晚），这给我们带来很多困难，经请示领导，召集登山协会全体负责人及专家开会，认为队员的冰雪和岩石操作的训练不够，一些主要装备还需要改进和试验，因此，在1960年继续执行攀登珠峰的任务有些勉强，建议在1960年准备，把正式攀登珠峰任务推迟到1961年执行或1961年以后登。"我方提出，在装备上有缺点，如氧气装备、高山帐篷短时内应是可以解决的。我方认为还是应在1960年登。因为各种条件已经基本具备，包括日喀则至绒布寺的公路都已修建好了。

　　在有关技术问题方面，还讨论了公路维修问题——按原计划，由中国负责修建的日喀则至珠峰大本营全长381千米的公路已于1959年1月竣工并全线通车。但因当时登山任务紧迫，抢在冬季施工，修建工作当作临时紧急任务而突击完成的，因此公路质量较差。夏季洪水期，部分地段已被冲坏，目前个别地段不能通车。为此，已与西藏联系，要求修复保养，以保证明年（1960年）登山期间的公路畅通。

　　中方还通报了气象情况及预报中的改进之处。按预定计划，气象组15人已于1958年11月在珠峰山下绒布寺建立了气象观测站，观测珠峰的天气规律，后来西藏政治局势虽已变化，但因此项现场观测极为重要，故气象组未撤回，至今仍在绒布寺坚持工作。他们经过一年多的坚守，对珠峰的气象要素进行了系统的观测，并基本了解了珠峰的天气规律。气象组目前已写好关于珠峰1958年11月—1959年6月的气象报告。

　　提到攀登时间，苏方还是不同意1960年登。后来我方又建议，1960年不正式攀登也行，但可以在珠峰地区活动，用以检验装备和让运动员适应气候。对此，苏方也拒绝了我方的此项建议，连备忘录都拒绝搞。

12月5日，安吉宾诺夫去了一趟苏驻华使馆后，在接着的会谈中一点余地都没有，就是1960年不来了。我方则坚持要按原协议，在1960年登，如果不来则原协议不生效了，以后何时要登则需要另外达成协议。第三次会议就这样对1960年原定的合登谈不到一起，只能不欢而散了。

苏方代表于11月24日到京，第二天即去兰州看存放的物资，花了一周。返京后会谈了3次，即12月1日、12月4日、12月6日。

我方当时估计苏方强调的技术原因只是借口，因为从苏方10月答应来商谈1960年登山的具体事宜，就一反常态地一拖再拖，这与第一、第二次会谈时的态度截然相反，他们可能是举棋不定。具体的执行部门、登山队的成员想登山，苏联体委这个层次也可能是支持的，但最高层领导顾及政治因素而不应允，所以上下来来回回地商量，一时没有定论。据当时参加中苏登山会谈的我方翻译周正的忆述："库兹明和我在会下聊天时，库曾透露过，此次合登珠峰机会难得，运动员都愿来，但上层不同意，安吉宾诺夫来京是奉命行事的，借口是技术问题，实则是政治问题。还有苏印关系友好，中印关系紧张的问题。"当我方会谈人员得知这一信息时，心中自然更有数了。

中苏合登珠峰的告吹实为中苏从分歧至走向决裂的冰山一角

中苏合作攀登珠峰，从1957年11月苏方倡议到1958年7月双方第一次会谈达成协议，其中也包括两党中央的批准。1958年10月中苏双方联手实地侦察了珠峰，12月第二次会谈商定的1959年春季攀登，因1959年3月西藏发生叛乱，中方提出为了运动员的安全暂停后延，到1959年秋季，西藏局势好转。11月中苏登山第三次会谈时，中方提出可于次年春，即三个月后双方恢复合登，但此时苏方却借口物资装备没有准备好，要求延期，我方则要求按原协议继续执行，即1958年侦察，1959年试登，1960年正式攀登的方案，苏方不同意，未达成协议。

这个从合作到分手的过程，只有两年，事态却像过山车那样大起大落，这是当时中国登山队没有想到的。因为合登珠峰苏方是提议方，中方仅是跟进而已。但中方认真地干起来，并投入了大量人力和物力，万事俱备了，怎么说一下就不干了呢？我们对此也是想不通的。其中的原委苏方称是技术问题，即没有准备好，我方则估计是政治问题，与国际环境及中苏关系有关。当时中苏的分歧还是隐蔽的，没有公开化，还没有扩大到政府层面，然而事态的发展及后来的揭晓，还是如我方的估计那样，苏方的高层因两党的政治分歧而把这次中苏合作攀登珠峰硬是给弄砸了。

中苏合作攀登珠峰的分手，实际上只是中苏若干合作或援助项目协议中出现的一个，只是很多其他援助项目和协议，诸如涉及原子弹、舰艇等军事装备方面，那些极为敏感的领域对外都是极端保密的。当时双方都不说，直到半个世纪后，才在一些报刊上逐渐被披露出来。

如时任副总参谋长的张爱萍将军曾感叹地说："中苏关系渐渐走向决裂，苏联撤走了专家，将新技术协定援建中国的导弹、原子弹半拉子工程扔进了西部的大漠上，甚至连原子弹的教学模型和图纸也不提供，绝尘而去。这一天恰好是1959年6月，二机部决定永远记住这个耻辱的日子，把中国的原子弹工程定名为'596'，要造出中国争气弹。"[①]

阎明复（曾任中共中央书记处书记、中央统战部部长，在炎黄春秋2005年第7期——《我了解的赫鲁晓夫权力斗争》一文中提到："毛主席、中共中央在赫鲁晓夫同'反党集团'斗争中对他的支持，表示要去莫斯科参加十月革命四十周年纪念活动，出席国际共运会议，……对赫鲁晓夫的地位无疑帮助极大。为换取毛主席更多的持久支持，赫不顾军方的反对，于1957年10月在莫斯科签订了有关苏联在火箭、导弹、原子弹方面援助中国的《国际新技术协定》。"1958～1959年间，该协定的一些条款得到落实。在此期间，中

①李旭阁. 中国的原子弹工程多少机密. 作家文摘，2011,12.

苏两党的分歧加剧，赫鲁晓夫决定终止对中国的核援助，他（赫）在回忆录中写道："当时原子弹样品已经装车准备启程运往中国，我经反复考虑决定停运。"1959年6月20日，苏联驻华使馆临时代办安东诺夫向陈毅外长提交了苏共中央给中共中央的信，声称出于对国际形势的考虑，原子弹样品推迟两年再提供（这种做法和对中苏攀登珠峰的要求推迟如出一辙，那就是以一拖了之——笔者注）。我（阎明复）作为翻译见证了这一转折时刻。

罗舜初中将（原海军副司令员）在作家文摘 2006年1月27日所刊《1958年中国军事科学技术代表团访苏前后》文中提到："关于在海军的新式武器和军事技术装备方面，1957~1958年苏联是给过援助的，尽管中间也有些曲折。直到1959年2月还签过军舰艇制造技术援助的协定。然而，仅仅一年以后，1960年8月，苏联政府单方面撕毁协议，停止提供原来承诺的设备和资料，中国海军的装备发展受到巨大的损害。"

随着时间的推移，中苏双方的分歧越来越大，而且由党内扩展至政府层面，直到1960年8月苏联全面公开撤退在华专家，包括我们登山队在内，此时才算是完全明白了。

说来也凑巧，中国登山队与苏联登山队的联手登山没有搞成功，半年以后，却和苏联一些其他行业的在华专家在一起经常跳舞联欢呢。那是1960年8月初，国家体委领导考虑到中国登山队当年5月底攀登珠峰后，除冻伤的住院外，大多都很疲劳了。因此安排登山队的100多人赴青岛疗养两个月，住进了海滨的纺织工人疗养院。该院一共有两栋三层高的疗养楼，登山队入住的楼名是"幸福楼"，苏联专家百十来人包括家属入住的楼名为"光荣楼"。纺院就住我们这两拨人，原住的休养员都转到其他疗养院去了。除了餐厅不在一起外，其他方面大多朝夕相处，早上在同一大院里各个操场晨练，下午轮流在同一个海滨浴场游泳，晚上纺院一周有两三次舞会，双方都参加彼此邀请跳舞。那时大学里的第一外语是俄语，登山队的科考队员大多是大学毕业生，多会讲几句俄语，在早晚院内散步见面时都打打招呼，简单聊几句。

这样两拨人一起相处了半个来月，突然在一个晚上他们全部离开了，疗养院方说他们回北京去了。过了几天，报刊正式披露苏联撤退了全部在华专家，这才知道两国的关系坏到了如此地步。中苏合作登山的"流产"只不过是中苏关系演变大过程中的一页，这个大过程的情节，近些年来国内报刊作过一些报道，下面作一简要引述。

因为自1959年3月西藏发生叛乱，叛乱失败达赖叛逃印度，中印两国关系紧张，而苏联在此问题上是偏袒印度的，这以后在很多事实上得到了印证。如沈志华在《中苏关系史纲》一书中指出："新中国成立初期到整个50年代，这一时期中苏关系的发展相对较好，但同时也出现了并不十分和谐的苗头——赫鲁晓夫上台后，随着矛盾和冲突的不断出现，中苏关系从半明半暗的分歧走向了公开的分裂。此间发生了很多影响深远的重大历史事件，诸如1959年的西藏叛乱。"并称："1959年8月中国和印度之间发生边界冲突以来（即8月25~26日，在西藏边境朗久附近，印度武装部队向驻守在马及墩的中国军队发动武装进攻，遭到中国军队快速反击，酿成朗久事件），苏联虽然开始还表面上保持中立态度，实际上却一直在援助尼赫鲁政府。从1960年10月到1962年2月，苏联向印度交付及印度向苏联订购飞机94架，喷气机引擎6台。"[1]

在稍后，连表面的中立都没有了，如"1959年9月9日正准备访美的赫鲁晓夫为了撇清与中印边界冲突的关系，不顾中国劝阻，当天发表了塔斯社声明，谴责中国，袒护印度，在一个社会主义国家和资本主义国家发生争议时，苏联如此表示，是十足讨好印度，而且更重要的是通过讨好印度，向世界各国尤其是美国表示，在对外关系和国际事务中，苏中有根本区别。1959年10月赫鲁晓夫回到莫斯科后，公开谴责中印边界冲突是可悲的和愚蠢的，使他遗憾和痛心，之后更直言中国的做法是狭隘的民族态度的表现。"[2]

---

[1]沈志华. 中苏关系史纲. 新华出版社，2007.

[2]周斌. 尼赫鲁战略误判挑战端. 国家人文历史，2013,20.

在这种时期，在这种一亲（印）一疏（中）的心态下，苏联的领导层显然不愿意看到中苏两国运动员再并肩攀登在印度北边紧邻西藏地区的珠穆朗玛峰。此外，我方的俄文翻译周正在1959年10月中苏登山第三次会谈的会下与库兹明的交谈中，也了解到苏方的所指技术训练不够是个借口，库称只要领导发话，队员一周便可集中，两个月可以训练完毕，氧气面罩是有些问题（苏方寄到中国的面罩样品，中方也在山西太原的橡胶化工厂在作改进），在三周内可全部改好，新的高山帐篷已经改好。并说安吉宾诺克（苏方登山首席代表）只能这样谈，他也决定不了。想当初，我国并无意开展登山，因各方建设任务太忙，顾不过来，是苏方一再动员我们，先是搞培训，又是搞合登（1956年登慕士塔格峰），接着联合珠峰侦察，等我们认真干起来了，连300多千米的进山公路都赶修好了，我方负责的准备工作都已就绪之际，苏方却以准备不足为借口而不来了。总之使我方感到对方已无诚意合作，只是始作俑者的他们，"不干"两字说不出口，一时不好立即回绝而拟以拖延政策迫使合登走向散伙。

桂杰在《中苏关系史纲中揭秘中苏关系破裂真相》（载于2007年2月13日《作家文摘》）一文中指出："在1956—1957年中苏关系恰恰处于上升时期，1957年11月的莫斯科会议是中苏同盟显示其力量和影响的最高峰。毛泽东在会议期间的言谈举止充分反映出一个客观事实——在国际共产主义运动中，中共已经可以同苏平起平坐了。但也就在此这时，双方的分歧开始露出苗头。"

1958年夏天，发生了"长波电台"和"联合舰队"事件（毛泽东拒绝了苏联关于建立"联合舰队""共同使用长波台"的要求），在社会上和史学家认为这场冲突是中苏关系走向破裂的导火索……后来发生的中共炮击金门事件关系可能更重大。

1958年8月23日，中国炮击金门之所以触怒了莫斯科，使赫鲁晓夫感到愤怒不已，原因在于，第一，事前中国丝毫没有向苏联透露，认为中国这种违反常规的做法不啻为对盟国的轻视和侮辱。第二，毛泽东有意向苏联显示中国可以独立行事的地位和能力，台湾问题是中国的内部事务，无须向别人请示或协商。第三，炮击行动本身充分表明中国不赞成苏联缓和国际紧张局势的对外政策，毛泽东认为，中国也可以搞"战争边缘政策"，因为"国际紧张"实际上对美国不利。第四，中国拖延向苏联提供在台海危机空战中获得的一枚美国"响尾蛇"导弹，这使赫鲁晓夫愤怒不已。总之，在赫鲁晓夫看来，毛泽东根本无视同盟的存在……对此不能容忍，苏联决定给中共一些颜色看。此外，人民公社问题反映出中苏在对内政策上的严重分歧，毛泽东对此不服，中共决定公开批评莫斯科。1959年10月，两国领导人又发生了激烈争吵。1960年伊始，双方在报刊上发表文章，后在世界工联和布加勒斯特会议上互相攻击，双方没有一个让步，于是在1960年6月赫鲁晓夫终于撕破脸皮，宣布限期撤退全部在华工作的苏联专家，从而使中苏分歧公开化。

二十五、 苏方退出，中方决定单独攀登

1959年10月20日，贺龙副总理把体委副主任黄中、登山队史占春队长和袁扬副队长请到办公室，问大家："如果苏联不参加，我们自己攀登珠穆朗玛峰有成功的把握吗？"史占春说："在攀登方面有困难，我们可以尽力去克服。有个最大的困难是我们缺少登8000米以上的高山装备。"

按照原来的协议，高山装备由苏方提供，苏联不参加，我们也就不可能指望他们，可是，目前我国还不能生产。贺龙说："我们可以到国外去买！你们搞一个预算，我们给刘少奇主席写报告，请他批外汇。"接着站起来说："好，就这样吧，他们不干，我们自己干！任何人也休想卡我们的脖子。中国人民就是要争这口气，你们一定要登上去，为国争光。"

贺龙将国家体委拟定中国登山队要单独攀登珠峰的决定向周恩来总理做了报告。后来，他又约邓小平总书记一起去见周总理，具体陈述了中国登山队近几年的成绩和攀登珠峰成功的有利条件。邓小平说："要登珠峰的计划国外已经知道，我们要是不登让国外登上去就会失去创造世界纪录的机会。"周总理同意了中国队单独登山的计划。

此时我国家体委致函苏联体联正式重申1959年和1960年两年内共同攀登珠峰的计划已撤销，以后合作再议的信件，内容如下。

　　苏联体联中央理事会

　　亲爱的同志们：

　　　　不久前我们曾在北京接待了贵体联所派来的由安吉宾诺克和库兹明两同志组成的代表团，在他们逗留中国期间，两国的代表们曾就1960年中苏共同攀登珠穆朗玛峰一事进行了交谈，会上，我们根据1958年中苏双方体委代表两次会谈所确定的计划提出，该项任务因在1959年内未能执行，应在1960年内完成。贵方代表则提出由于苏联队员的训练不足以及部分高山装备需要重新改制等原因，建议1960年不进行攀登珠峰的活动，将这一任务推延到1961年或更晚的时期执行。鉴于上述原因，我们认为中苏双方原已议定的在1959年、1960年两年内共同攀登珠峰的计划现在可暂予撤销。至于以后何时再行合作攀登珠峰的问题，等将来另行议定。

　　致以

　　　　兄弟的敬礼

　　　　　　　　中华人民共和国体育运动委员会

　　　　　　　　　　1959.12.11

　　贺龙副总理对攀登珠峰的艰巨性是有充分估计的，因此，他决定派中国人民解放军军事训练部副部长韩复东大校时兼国家体委球类司司长（登山项目属该司主管）去西藏担任第一线指挥员。1960年2月，贺龙对韩复东说："珠峰一定要登上去，我们不光是为登山，还要进行科学考察。英国搞了几十年，没有从北坡登上去，我们新中国是共产党领导的国家，要有这个劲头。登山队应该有部队的战斗作风。你是打过仗的人嘛，所以派你去。后方的事有黄中同志，前方就委托给你，你的位置应该在距登山队最近的地方。"

　　此时，国际上正出现一股反华逆流，国内又处于暂时经济困难时期，贺龙深知，在这种时候攀登世界最高峰的重大政治意义。他对史占春说："现在中国各界都在勇攀高峰，而你们是真正的攀登高峰。"史占春向贺龙立下了"军令状"：我们中国人凭自己的力量一定可以登上世界最高峰，非成功不可。贺龙说："有这个志气就好，你们要注意'三气一线'，就是天气、氧气、志气和登山路线。这是确保登山成功的主要条件。要么不爬，要爬就要爬上去。我在北京准备开几万人的大会欢迎你们！"（引自《贺龙传》"勇攀世界体育高峰"一章）

1959年12月12日体委致外办并报总理："关于取消在1960年与苏联共同攀登珠穆朗玛峰的计划改为我国单独进行攀登的报告"。文如下：

外办并报总理：

根据中央批准的我国邀请苏联共同攀登珠峰的计划，原订在1959年、1960两年内完成。但在1959年初，由于西藏发生叛乱，经中央指示，停止1959年活动，改在1960年继续执行。按照这一指示我委曾于1959年12月1日就此事与苏联体联代表举行了会谈。在会谈中，由于苏方代表一再强调苏方队员的技术准备不够，有部分技术装备尚需重新改制等原因，提出将此次活动改在1961年进行，但据我们进一步侧面了解，苏方代表提出改变登山期限的问题不是出自上述一般技术性的原因，主要是他们顾虑到由于这次活动可能在政治上涉及到中印问题，而采取拖的办法，准备"下马"。

鉴于上述情况，我们认为长期拖延预定的计划是不应该的。

争取他们明年（1960年）合登。如他们明年不能登，则我们自己干。

我们坚持原协议，不来就不生效，以后何时合登要另签协议。

国家体委党组（荣高棠盖章）

1959.12.12

12.23　廖承志批："拟同意，请陈（毅），杨（尚昆）核。"

12.24　陈毅批："拟同意，恩来、小平、贺龙各同志审阅。"

总理、邓小平、贺龙都作了圈阅。

邓小平批："口头上仍应告知苏方，我们拟于1960年试行登山。"

贺龙签批："立即解决外汇。"

杨（尚昆）作签字，12.28

我国家体委于1960年1月8日致电我驻苏使馆，通报情况。包括上述致"外办并总理"的报告内容。还提到："既然中苏双方原协议的1959年、1960年共同攀登珠峰的计划已经不可能执行。经中央批准，不再将此协议推迟到1961年进行。至于以后何时再行合作攀登珠峰的问题，我们已向苏方建议，可以另行议定。我国登山队将于1960年试行攀登珠峰，关于这个问题，我们将在今后适当机会口头通知苏方。附1959.12.11致苏体联函副本一份，供参考。"

稍后，在我国登山队攀登珠峰之前，国家体委国际司正式口头通报苏驻华使馆参赞，称我登山队即将向珠峰进发。

为了购得攀登珠峰的高山装备，国家体委于1959年12月30日致函国家计委、外贸部。

函件如下：

根据中央批示，我委国家登山队拟于1960年春前往西藏攀登世界第一高峰——珠穆朗玛峰。此项活动不仅在我国体育运动上是一重大壮举，同时在国际政治上也有重大影响。为保证此项活动的顺利进行，该队必须配备有足够的优质的高山装备，但这些装备我国目前均难以解决。为此，我委已请中央批准，立即去瑞士现货购买，全部款项据估计约需70万美元。因时间已很紧迫，请尽快给予批拨，以便立即派人前往。

此件上报后，很快经刘少奇主席及周恩来总理的圈阅批准，国家体委领到了这笔不小的外汇。后来有些作者的文章提到刘主席对登珠峰批准了70万美元之事乃出于此。

1960年1月初，国家体委派出史占春、周正两人赴瑞士采购高山装备，由于时间紧迫，要赶上春季登山所需，都是在市场以现货购买，基本上补齐了原定由苏方提供而国内尚不能生产的各种设备，如高山帐篷、鸭绒夹层登山服、高山防风服、鸭绒睡袋、高强拉力的尼龙绳、氧气装备、便携式报话机、小型液态煤气罐及灶具等(共花了60多万美元，这在当时国家经济困难，外汇储备不足的情况下，绝不是一个小数目)。按常规的商贸往来，这种商品得由海运来我国，但时间等不及了，于是商请中国民航协助，包租一架伊尔－18型客机作为专机，由北京直飞捷克首都布拉格。当时我国与西欧无航线通达，此次直飞布拉格也是我国民航首飞欧洲的最远点。把在瑞士采购的物品搭上火车运至布拉格，3月20日将6吨重的高山装备运回北京，经机场以最快速度通过海关手续。在京做数天清点整理，对空氧瓶给予加压充氧。这数吨高山物资由翁庆章和刘广达两人护送，乘空军派出的两架专机运至西藏当雄机场，西藏军区派出的三辆军车已在等候了。紧接着从机场经日喀则、拉孜、定日三天车程，于3月下旬运至珠峰大本营。此时，登山队第一次高山行军刚结束，这批高山装备的到来真是及时雨，一路地紧赶，终于在第二次高山行军即将启程之际，适时地装备了高山队员并赶上了运往高山各营地的所需物资计划的安排。

最早获知印度登山队也在同年同时攀登珠峰消息的，是1960年1月我国派往瑞士购买登山装备的队长史占春和翻译周正。他们当时正在苏黎世的一家登山和滑雪装备商店里选购登山尼龙绳和冰镐等物品。店主霍夫施泰德（曾是1952年、1956年瑞士珠峰登山队队员）指着同在他店里距离约10米远在挑选羽绒睡袋的两名亚洲顾客说："知道他们吗？一个是丹增·诺尔盖（尼泊尔籍，1953年英国队珠峰南坡登顶队员），另一个是印度登山队长甘·辛格，是印度陆军登山队的采购人员，印度已组成1960年登珠峰的登山队。"我方在获得此信息后，即通过使馆报告国内。稍后，我们通过我驻印使馆确认了这一信息。1960年3月2日新华社新德里报道，由印度陆军准将吉安·辛格率领的印度队正准备攀登珠峰，又进一步得到了证实。

印度队也来登珠峰，这对中国队也是一种激励，一南一北同时攀登珠峰，无疑是一场特殊的竞赛。1960年苏联队不肯来中国与中国队合登，尽管这还是它首倡的，是不是像一场"政治上的三角关系"，此时的苏方领导层就是不愿意苏联队和中国队一起在1960年于珠峰同时面对印度队。这是一种推测，但极有可能。

至于印度方面是否也知道中国队将与他们同时攀登呢，有这种可能，其消息来源也许从下列渠道得到：苏方的转告；瑞士登山装备商店有意或无意中的透露；印度在拉萨有领事馆，它会有收集信息的路子，而中国登山队在1960年进藏不是以参观团的名义，且队伍庞大，从拉萨进山途中会接触到各种人员。

二十六、1960年中国队登顶成功，国内外的反映

1960年2月，中国珠穆朗玛峰登山队正式组成，国家体委派往登山一线的总指挥是韩复东（原为总参训练部体育局局长，1959年调往国家体委任球类司司长兼管登山，1960年被派往珠峰大本营坐阵。在第三次行军突击珠峰，遭遇大风，8600米处第二台阶险峻地形阻挡，出现大批冻伤病号，主力队员严重减员，全队处于低谷的情况下，组织指挥登山队进行第四次行军突击珠峰并取得最后胜利。后任中国登山协会第二任主席）。队长兼党委书记史占春，副队长许竞，副书记王凤桐。全队共有队员214人，来自全国各地的不同工作岗位，有工人、农民、解放军官兵、教师、学生、机关干部和科学工作者，其中女队员11名，藏族队员占全队1/3左右，全队平均年龄24岁。队中有运动健将17人，一级运动员18人以及更多的二级运动员，但有些人则是第一次参加高山攀登活动。

2月下旬，登山队派遣由罗志昇和张俊岩带领的先遣组，在拉萨进行了短时间的训练与准备，得益于去年建成，今年维修好的新公路，只花了三天时间，就于1960年3月3日抵达珠峰山下1958年中苏珠峰侦察组选定的大本营营址。

先遣组人员顶风冒雪，很快完成了建立大本营（包括气象台、电台）的

营建。珠峰北坡下冒出了一座帐篷村落，包括队员宿舍、会议室、气象站、电台、医务室、库房，还有一块经过整平的场地，用来打手球等体育锻炼，营址南侧停放着各种运输车辆。此时选用的较大型的帐篷质量比起1958年的有很大的改善，这是刚从军队价拨调来的。采用新型的钢支架，外罩由单层帆布改为双层其间并夹着的棉花层，两侧还镶有可推动的玻璃窗，比起老式的要暖和些，光线也好些，高度约有两米，可在内直立着活动，一般可供（一个班的人和物）十五六个人居住。发电机也开始工作，晚上帐篷内都有电灯照明。尽管有改善，但在夜间仍然是零下好几度。只有作为医务室的帐篷里，因为要常给运动员做体检、看病及治疗，所以有时会在上下午燃起一个开放式的炭火盆，这样室温可以稍高些，也不必担心煤气中毒，因帐篷还是有些漏风，所以内外空气是交流的。这样一个设备齐全、可接纳200多人（不包括警卫部队），高度在5100米的登山大本营，在当时世界登山史上是空前的。1960年3月19日，

1960年中国登山队珠峰大本营的雪景

在大本营举行升旗仪式

包括主力队员在内的登山队大队人员抵达大本营。

登山队第一次高山行军

3月25日上山队员出发，从大本营（海拔5120米）到一号营地（5400米），仅升高280米，漫长的路程却使他们艰难跋涉了6个小时，速度偏慢主要是首次行军，而且每人都有20~30千克的负重。

26日过冰塔区至二号营地（5900米）。

27日到达这次行军的终点，第三号营地（6400米）。从这里再往上，就是以攀登困难和险峻著称的北坳。为保证在上述复杂地形中安全行军的各种高山物资，绝大部分集中储备在这里。此处还设有电台、气象服务台、医务站等。第三号营地除了在物资供应、人员休息上起后勤基地的作用外，还是沟通突击队伍与大本营通信联络的中转站，所以，大家都把它称之为"第二大本营"。在国外对这种类似的基地则称为前进大本营（Advanced Base Camp，ＡＢＣ）。登山队大队于3月29日结束第一次行军，返回大本营。

先于大队一天出发的北坳侦察组许竞等五人则更多地走出一站，于27日到达北坳稍下的6950米处后才返回。

登山队第二次高山行军

1960年4月15日，国家体委代表韩复东大校从北京赶到大本营，当天在登山队队部传达了贺龙副总理的要求，他说贺老总非常关心大家，让我给大家捎三句话：第一，争取按预定计划完成任务，把五星红旗插上珠穆朗玛峰；第二，注意安全，绝不打盲动仗，但在充分准备的基础上，也可以打几分冒险仗；第三，如果在登顶与外国队相遇，就应当采取正确的态度。

在本次行军中，我队的报话机在通话时常听到一种听不懂的声音。稍后，我们经分析才弄清楚，原来是珠峰南侧的印度队也在用报话机呼叫。印度队也曾派人到瑞士购买登山装备，想必在通信设备方面也买了与我队同一型号的产品。瑞士生产用于登山的报话机当时在国际上是挺先进的，主要是轻便、直线通话距离远（如中途有山峰阻挡则信号要衰减）。我方在瑞士购买时，还要出具书面说明，只用于登山，而不是用于军事。我队买了6台。这种报话机可选择几种不同档次的频率，如果中印两方的机器都调置到同一频段上，则会听到对方的声音。当然，我方也了解到此次登山活动靠近国境线，为了防止我们在大本营与各高山营地之间的报话机通话内容不要外泄，都采取了代号和暗语。另外，为了山上山下通信联系的可靠和保密，中国登山队下了大力气和投入，在大本营至6400米的三号营地（包括之间的5400米、5900米营地）架设了约15千米的电话线。这样，在大本营至6400米的前进基地营之间可保持有线、无线两路通信。而在6400米的基地营与更高的各高山营地之间没有山体阻挡，其间的无线通信效果较好。当我们在报话机听到外来的声音时，立即意识到我们在北坡，印度人在南坡，进入山区的时间应大体相同，只是在同一座高峰的不同坡面上。这就形成了中国和印度两国登山运动队之间，彼此都知道，却又相互看不见的一场激烈竞赛。

第二次高山行军参加的77人中（包括许竞带领的修路组、史占春带领的侦察组、胡本铭带领的运输组），有76人到达海拔6400米，65人到达6500

米，40人到达了7007米的北坳顶端，还有4名侦察组队员到达了7200米。一次行军中有40人通过北坳，也是空前的，这得归功于从北坳底部到北坳顶峰的行军路线上，在90%的地段上进行了整修并设置了大量安全保障设施，如在陡坡上布置了金属软梯和可攀扶的尼龙绳索。这大大节约了行军时间和通过北坳陡坡的

翁庆章在三号营地——6400米，为队员检查身体，背后为7000米的北坳

安全，是本次行军的最大成果。

参加运输组的青年队员汪矶，他是兰州大学地理系助教，1960年1月参加珠峰登山探险队水文组工作，在本次行军中到达7000米时，发生严重缺氧反应，虽经救助下撤到6400米营地，终因内脏器官出血，于4月12日不幸牺牲。

登山队第三次高山行军

第三次高山行军任务是：

1.侦察突击主峰的路线；

2.选择最后突击主峰营地；

3.建立7800米、8300米过渡性高山营地及运输高山物资；

4.在队员身体反应良好、气象条件有利的情况下争取登上主峰。

　　人员部署，由55名队员组成，分为四个小组。

　　第一组为瞭望支援组，15人由张俊岩率领，活动于6400~7800米，驻扎在7007米的北坳营地。

　　第二组20人，到达高度为8300米，主要任务运送高山物资。

　　第三组10人，到达高度为8600米（在第二台阶下方），建立突击营地，为登顶提供支援。

　　第四组10人，主要任务是突击登顶。

　　第二、第三、第四组由队长史占春、副队长许竞带领，突击组人员要等到了7800米以后，根据个人身体状况挑选决定。

　　根据气象组预报，4月28日—5月1日天气良好，本着把好天气用来登6400米以上的高度，大队于4月25日离开大本营开始第三次高山行军。

　　4月26日登山队到达6400米营地。

　　4月27日由于天气仍未好转，全队在6400米营地停留一天。

　　4月28日好天气过程如预报所言来临，大队由6400米三号营地出发，登至6950米的过渡营地，在靠近北坳顶端的冰雪陡坎下，架起帐篷宿营。

　　4月29日大队越过北坳最后一个陡坡，下午1时到达7007米的北坳顶部。正当大队从北坳沿着北山脊向南向上走通往主峰方向时，天气突变，狂风呼啸而来，风暴最大时，队员们只能紧伏在地，才能不被狂风刮走，即使风小些时，队员们也只能一寸一寸地匍匐前进。

　　史占春、许竞、王凤桐等在短暂的研究后决定，鉴于这样的天气可能是短暂的突变，队伍应该继续前进，争取黄昏前越过冰坡，然后在相对安全处扎营并和6400米营地取得联系，搞到正确的气象情报。

　　队伍继续前进，高空风仍然猛烈，气温降到了零下30多度。有个组想搭帐篷避风，四个人拉住帐篷四个角，结果拉不住，再要硬拉会把帐篷连人一块刮下山去，只好撒手让帐篷随风飞走。不到两小时，队中相继发生了冻伤。刘连满等十余人在途中发现雪坡上有一个冰裂缝，经查看，下面可以站人，刘等一行躲进冰裂缝里，待了几个小时。傍晚大队终于走到了冰坡的尽头——海拔7400米的冰雪岩石交接的地区。由于前方的路线因天黑已无法观察，登山队决定在此宿营。

石竞想方设法修好了由于气温太低而发生故障的报话机，和6400米营地取得了联系并获得大本营气象台"天气突变，后天转好"的预报。队长史占春决定全队在此休息一天，后天（5月1日）向我国登山运动新高度7600米前进。

据北坳观察组报告：4月29—30日，7000米以上高空一直被风雪笼罩，风速在10级以上。

5月1日天气果然晴朗，登山队从7400米处出发。从7400~8600米的地带是陡峭的岩石地区，一眼望去，满山是灰褐色，和7400米以下的皑皑白雪形成了鲜明对照。这里的岩石风化得很厉害，风化的石块从高处剥落下来，逐渐在较低的缓坡堆积起来，碎石下面又隐藏着未风化的岩层，在这种凹凸不平的碎石面行走起来很费力气。

下午6点多钟，主力队员9名和8名运输队员几乎前后脚到达7600米高度，运输队员出发时为12人，中途有2人高山反应严重，又派了2名健康的队员护送他们下山，所以只剩下8名了。

5月2日登山队从7600米营地出发，深夜11时史占春、许竞、拉巴才仁、米玛到达了8100米目的地，这是一个冰雪和岩石混合的斜坡，坡度在40度左右，队员们在这个斜坡上勉强搭好了帐篷。

5月3日凌晨，石竞、贡布、王凤桐也赶到8100米，休息小睡了4个小时后，上午10时，6名队员分成两个结组，第一结组：史占春、王凤桐、拉巴才仁；第二结组：许竞、石竞、贡布，向8500米高度进发。不久接近"黄色走廊地带"——珠峰北坡的岩石有灰褐色与黄褐色两种，在8200~8400米高度的地方是黄褐色岩石集中的地方。他们用了两个小时，才到了"黄色走廊地带"的最上部，这里已接近8500米的东北山脊的顶部。这时已是下午5点了，留下身体过度疲劳的拉巴才仁在此等第二结组上来建立突击营地。史和王则争取上到"第二台阶"，以便侦察突击主峰路线，又花了四小时，最终在距"第二台阶"顶部4米多的悬崖的下方8695米高度止步了。在晚上9点多钟，在8695米稍下一堆积雪处挖了一个不太深的雪洞，身体一半在洞内，一半在洞外，也未用氧气地度过了艰难、寒冷的一夜。

第二天，当史和王钻出雪洞时，他们吃惊地发现，他们昨晚实际上已经攀到距"第二台阶"顶部仅差4米多的地方，珠峰尖锥形的顶峰就在眼前，比他们也就高出200多米。他们观察地形作出判断，由此翻上"第二台阶"可有登上顶峰的路线，但此时他们的物资已耗尽，两人都有冻伤，只好下到8500米营地，与留在那里的石竞等人一道撤回大本营。

第三次高山行军完成了预定的任务，成绩是很大的，特别是确定了攀越"第二台阶"突击顶峰的路线。但是代价也不小，全队有34人受到了不同程度的冻伤。队员邵子庆也是科考队气象考察人员在7300米附近因严重高山反应牺牲，邵子庆时为北京大学地球物理系气象专业的年轻助教，他到登山队后为了采集更多更高的气象资料服务于登山和今后的研究，往往身先士卒，争取登上较高的高度，他真是鞠躬尽瘁，牺牲在这个充满艰难险阻的工作岗位上了。

此次受冻伤的队员几乎占上山一、二线队员（主力队员加运输队员）之一半。到达7100~8000米的70名队员中，冻伤者34名（48.6%），大部分是在大风口7450米附近受冻，大风口有如此大的杀伤力这是始料未及的，从此中国登山队把它列为从北坡登珠峰的第二道难关，不敢掉以轻心。

41名冻伤队员中有30多人每天都需要打针（冻伤部位附近作普鲁卡因局麻封闭，用以止痛和改善局部循环，有创伤破口者需注射青霉素等控制感染）、抽水疱（在被冻伤者伤处可有水疱需将其中液体抽出）换药（无破口者外敷一种登山队自配的改善循环，消肿止痛的中药膏——桑寄生膏）。还加上日常的其他病号要处理，医务组的大夫、护士才七八个人实在忙不过来，将此情况报给拉萨的支援委员会后，支委会即由日喀则第八陆军医

在7200米即大风口处，照片上部为北面（北峰），运动员从北坳往南登往主峰。

院派出一个以外科主任为首的六人医疗组，日夜兼程从日喀则赶到大本营支援，经一周积极治疗后，轻伤者归队，一时不能治愈的随第八医院医疗组转回日喀则治疗。

此次在珠峰遇到的第二道难关在7450米附近，是个大风口，从地形上说，它的南面是主峰，北边是北峰，主峰与北峰之间是个山谷，7450米附近正处在此山谷里，有一条狭窄的通道，是攀登珠峰最常采用的道路，由此向上到珠峰的东北山脊，在7450米处的通道，风一刮到这里风速就增大，如果在大本营风速是五级风，这里就有七级，一般要增加两级左右，所以这里也称为"狭管效应"地区。

"狭管效应"是指当流体在运动过程中，因通道突然变窄而产生的加速流动现象。在7450米处的狭窄的通道里东西走向，每当西风或西北风盛行时，一旦强劲的西风吹入此通道，空气流动速度加快，致使风速加大。登山者在此遇到则会带来很大的困难，或被大风阻挡迈步艰难，或被大风吹走在休息时放在雪地的登山背包，或被寒风冻伤面部、四肢。风速强劲时，大风可将登山者吹倒。如1960年4月的第三次高山行军时，有25人在此冻伤；1960年4月第二分队行军时，有16名队员在此冻伤，有4名队员的登山背包被大风吹下山谷。

登山队第四次高山行军——突击顶峰

由于天气恶劣，登山的第三次适应性行军遇到了困难。后来虽然完成了任务，但也付出了不小的代价，一批在体力和技术上有希望登顶的运动健将如史占春、王凤桐、许竞、陈荣昌、彭淑力等不同程度地被冻伤，不能继续攀登。突击组是登山队的主力，如今大量减员了，这一严酷的现实，在登山队引起了不安。此时，周恩来总理访问缅甸后刚回到昆明，一下飞机就问："我们的登山队登到哪里了？"当他知道这一情况以后指示说："要重新组织力量攀登顶峰。"接着贺龙副总理向登山大本营传达了周总理的指示，命令韩复东："要不惜一切代价，重新组织攀登。剩下几个人算几个人，哪怕剩下最后一个人也要登上去！"

我国高层对于中苏合作攀登珠峰及改为单独攀登之事一直是非常重视和大力支持的，此时对我国登山队是否能登顶之事也给予关注，这大概与当时（1960年初）我国和尼泊尔政府正在谈判中尼边境的划界问题有关。据史料记载，当时双方的分歧中有：一是珠峰的归属问题；二是几个山口的划分。

当时国际上关于珠峰的归属问题有三种说法。

1.认为珠穆朗玛峰属尼泊尔，中尼边界在该峰之北。1947年出版的《大英百科全书》即持这种主张。

2.认为珠穆朗玛峰就在中尼边界上，为两国共有，抱有这种见解的人较多，当时国内外许多地图就是这样画的。

3.认为珠穆朗玛峰在我国境内，中尼边界在该峰之南，根据北京大学地质地理系林超教授参考历史文献和中外地图研究结果，认为珠穆朗玛峰确定不疑地在我国境内。

尼泊尔政府曾公布外国登山探险队要攀登喜马拉雅山诸峰（含珠穆朗玛峰）须取得其同意。1953年尼泊尔籍的丹增·诺尔盖作为高山向导参加英国队从南坡登上了珠峰顶，尼泊尔对此大肆宣扬了一阵，其意思不言而喻，我尼泊尔人到达了珠峰顶，你们中国人呢？如果中国队登顶成功，这将表明，我们中国人从中国境内的北坡登上了属于中国的珠峰峰顶，这势将为中方在谈判中增加筹码和底气。

最终，中国和尼泊尔的边界谈判，珠峰的归属商定为上述的第二种，顶峰在中尼边界上，为两国共有。

第四次高山行军——突击主峰

5月13日，在韩复东主持下，登山队召开了进行第四次行军部署的会议。

气象组首先报告，由于高压气团向珠峰地区移动，因此将有一个好天气过程，其中将有四天左右的一等天气，最后修订在5月下旬的前几天出现。这是当年春季珠峰山区最后的一个好天气过程。接着雨季就要来临，届时山上将是大雪纷飞，能见度极差。

第四次行军的人员部署为：第一线即突击组，责成队部会同医务组从主力队员和运输队员中认真选拔。任命许竞为组长，为了保证在任何情况下都有人指挥，还决定由王富洲担任组长的第一代理人，刘连满为第二代理人。二线、三线、四线由运输队员组成，分别负责7600~8500米，6400~7600米及大本营至6400米的物资运输任务。

5月17日上午9:30，一线、二线队员在"突击顶峰誓师大会"后出发，当晚全部抵达6400米营地，这一段利用了牦牛运输，队员大多轻装前进，所以上得较快。

5月18日傍晚，6400米营地转来北坳营地的报告给大本营，一线、二线队员全部按计划到北坳。6400米营地定为重要前进营地，并设置有与大本营直通的有线电话联系。6400米以上仍为无线电报话机联系。6400米营地与以上的各高山营地距离较近，无线电的信号好。高山各营地的信号由6400米营地作中转，以有线电信号往下传至大本营，这样上下的通信联系要方便可靠得多。

1960年中国队通过北坳

　　5月19日，一线、二线队员抵达7400米营地。

　　5月21日，一线、二线队员抵达7600米营地。

　　5月22日，队伍经过重新调整，突击队员和运输队员27人携带着250千克物资来到了8100米营地。

　　5月23日下午2时，许竞、王富洲、刘连满、贡布四名突击顶峰的队员到达了8500米。在8500米高度上支设了一个帐篷，是支设在雪坡上的，在帐篷背后是一块5米高的大岩石，左边与前边都是岩石斜坡，这地方还有点避风。建好营地后，屈银华带着邬宗岳、群贝坚赞、多加、索南多吉、米玛、云登、次仁、却加、米玛扎西9名二线的运输队员也赶到了，完成了最后一次关键性的运输任务。根据事先的安排，屈银华留下来担任拍摄由突击营地至"第二台阶"的电影工作，其他9名运输队员返回8100米营地休息。

突击组在8400米地区，顶上方为珠峰峰顶

5月24日突击组起来后，煮了一锅人参汤喝，这是医务组为他们准备的营养品，是北京同仁堂的老山参呢。9时，许竞、王富洲、刘连满、贡布依次从帐篷里爬出来，用尼龙绳串联结组开始出发。不料，走出不远，登山队副队长、突击组组长许竞倒下了。他开路多，实在太疲劳了，组员们将许扶进帐篷休息，临时由屈银华补入突击小组。按照预案，由王富洲担任突击组长。突击小组继续沿着山脊前进，每人分得两瓶氧气（每瓶4公升×170~180个压力，每瓶氧量约为680~720升），他们还是多采取行进之前和休息时吸氧，这样也可有效力地消除由缺氧所致的疲劳，这种断续地吸氧也比较节约氧气。而戴着面罩在行进时吸氧，他们也试过，其不便之处就是面罩的出口处很容易因呼出气中的水汽在面罩口结冰，而致堵塞，经常要停下来清除结冰，所以这种方式较少使用。

突破"第二台阶"

"第二台阶"是从东北山脊登上顶峰的必经之路。在8700米处耸立着一道台阶式的峭壁。因为在其东侧8100米处也有一道台阶形的峭壁（这个比较容易攀登）称为"第一台阶"。这都是英国登山队1924年到达时所取的名字，传留下来，引用至今。

中午12时，突击组四人来到了"第二台阶"底部的裂缝脚下，"第二台阶"总高约20米，相当于一栋8层高楼，位于8680~8700米处，其中下部虽较陡，但还可找到攀附点或支撑点用以攀登。两小时后，他们到达"第二台阶"上部的一道四米多高岩石陡壁下，它的北面是很陡的岩壁，东南面是垂直的峭壁。"第二台阶"顶部就耸立在这么窄的东北山脊上。过去英国队曾四次登到这里而止步，宣布失败。有一次（1924年），两名英国队员登到这里被一阵云雾遮挡后失踪，所以外国运动员把"第二台阶"说成是"横贯着世界上最长的里程"。

此时，四名中国登山队员站在"第二台阶"的中上部，面对4米多高的岩壁，看到表面没有支撑点，有几个很小的棱角也用不上，在王富洲的保护下，刘连满继续开路，他在岩壁上打了两个钢锥，用双手扒住岩壁，脚尖蹬着岩面，使出全身力量一寸一寸地上升。但是坡陡及岩壁太硬，钢锥根本吃不住劲，身体稍微一歪，便扑通一下跌落回原地，刘连满爬了四次，跌落四次。刘连满摔在斜坡上喘不过气来，贡布和屈银华也分别尝试了两次，也都摔了下来。时间一分一秒地在流逝，大家都很着急。消防队员出身的刘连满想到了搭人梯的办法，大家都赞同。刘对王富洲说，你们踩着我的肩膀上吧。于是刘连满蹲伏在岩壁下，等着战友踏上他的肩膀。由屈银华先上，他不忍心穿着有钉的靴子踩在战友肩上，但为了集体去争取胜利，屈银华含着泪水脱下了高山靴，在那样的高寒地带，脱去高山靴就意味着会冻伤，但屈怕踩伤队友，义无反顾地脱了下来，可刚放上去一只脚就滑了下来，因为他穿的鸭绒袜子的外层是用塔夫绸做的，太滑了，屈银华于是又脱下了鸭绒袜子，只剩下一双薄毛袜，为此他付出的代价是冻坏了双脚（在这个攀登过程中，仅脱去高山靴和鸭绒袜一个多小时，他就得了严重的冻伤，后来在下山时遇到很大困难与危险，而在登山后冻伤的结果是两足的脚趾全部坏死被切

"第二台阶"——此图为中国队1975年再登珠峰时所拍，梯子也是1975年所搭。后来外国队经此时通过梯子很方便地就登上"第二台阶"了，他们称此梯为"中国梯"

除，还包括双足跟也切去一部分，术后好几年，在配上合适的矫形鞋之前，年轻的他走起路来完全像个老太太了）。

踩到刘连满的肩膀上，刘在脚下还踩着个背包以增加高度，刘伸直后，屈就达到三米多的高度了，在他的上方找到了一个合适地方，打下了两个钢锥，从而打造了一个可攀抓的支点，屈银华终于第一个爬到"第二台阶"上了。接着刘连满又相继把贡布、王富洲顶了上去。上边的三人放下绳子，合力把刘连满拉了上去。四个人都上到"第二台阶"顶上时，已经是下午5时，这个4米多的绝壁竟耗费了他们三个小时。

上了"第二台阶"片刻休息后，他们结组继续前进，这时，长时间在前面开路的刘连满体力越来越差，高山反应也越来越重，他一连摔倒了好几次，在海拔8700米处，他又一次摔倒后再也爬不起来了。王富洲等把刘连满安置在一个既避风又不会发生坠岩危险的一块大岩石旁的弧形凹槽中休息，留下他准备回程中再把他带走，并给他留下了一瓶还剩有40~50个压力（合160~200公升）的氧气瓶，剩下三人继续前进。当时已是19时左右，继续前进就意味着要摸黑夜行军了，这在当时中国登山运动中尚属首列，后来他们在自述中说是这么考虑的："当5月24日19点左右我们开会讨论，根据当时情况应采取怎样行动时，大家认为，虽天色将晚，但考虑到原来的气象预报是次日（25日）天气将变坏，大家的体力与每人所余的氧气量都不容许再拖长时间了，而且全组也没携带扎营设备。因此必须抓紧时间往顶峰攀登。又考虑到顶峰的风力一般在夜间比白天要小一些，而当天又是晴空，星光映着雪光，还是可隐约地寻找一下攀登路线。更主要的是想到了党的指示与6亿人民的期望，所以就决定只有前进不能后退，不能错过时机，不拿下顶峰，誓不回头。"

当他们走到8750米左右高度时，太阳的余光已全部消失，他们只好根据在山下测定的大致路线与过去的登山经验，在视域很短和雪光的反映下摸索前进。

在他们到达8800米左右高度时，所带的氧气基本用完，在这样的高度，还要同严寒和复杂艰险的地形拼搏，仅仅依靠空气中微弱含量的氧（按大气物理规律，在海拔8000米的高空，空气中氧含量只相当于平地的1/4）来维持生命。在这成败关头，他们要经受的是生与死的考验，他们开始了人类登山运动中史无前例的艰险历程。

1933年，英国登山队哈里斯和维嘉在珠峰北坡登至第二台阶下8572米处，未能再上了。英国埃佛勒斯委员会的组织者杨赫斯班于稍后在《埃佛勒斯探险记》一书中写下这样一段话来评价珠穆朗玛峰："这是一座飞鸟也无法越过的山峰，从北坡上去更是一条无法攀登的死亡路线。人类身体在任何地方所受的痛苦，都没有超过一个埃佛勒斯峰（按：应为珠穆朗玛峰）攀登者在登山的最后一天所遭受过的——即使他有完美的体格、旺盛的精力，如果他的勇气不足以忍受刺骨的暴风雪，他的神经不敢苍临悬崖的边缘，他的意志不能抵御一种像昏睡病（指大脑缺氧）的侵袭而勇往直前，那么他将永远也不能到达顶峰。"

在过度劳累和严重缺氧的条件下，王富洲一行已是处于极限负荷了。而此时还要摸黑进行高山行军，这不仅极其困难，而且相当危险。但是顶峰就在前面，胜利就在眼前，他们共同的信念是："只有前进，不能后退！"最后的路程，他们攀登的顺序是贡布在前，王富洲居中，屈银华在后。缺氧、寒冷、饥饿、干渴，使得他们步履艰难，到险峻之处要彼此做好保护才能挪动。当时天空有微弱的月光（据查，1960年5月25日为农历四月二十九，是下弦月，月亮应在后半夜升起）。在月光朦胧的照映下走得很慢，快到顶峰时，发现有一小峰，贡布上去后，以为到了，等王、屈上去后，才看见附近还有一个高峰，又继续前进。

主峰峰顶在他们攀上的岩石堆的西边，他们爬完了这一段路程，周围都在他们之下。突然，贡布大声说，前面是悬崖，没有路了。1960年5月25日北京时间4:20，王富洲、贡布、屈银华登上了世界最高峰——珠穆朗玛峰峰顶。

走在最后的屈银华赶紧用冰镐插进冰面作固定保护。在顶峰上每人开始按预定的程序做事。贡布从背包里拿出了一面五星红旗和一尊毛泽东主席半身塑像，屈银华拿出了一个空罐头盒，王富洲将写好的一页登顶纪念词折好放进盒内，贡布用国旗包裹起来，放到顶峰西北角下方7~8米处的碎石堆里，那里不容易被风吹走。

值得一提的是，15年后，1975年潘多和索南罗布等9名运动员再次登顶时，王富洲曾在他们行前，嘱托潘多去看看当年他要贡布在顶峰梢下碎石堆里的存放物。潘多下山后告诉王说，在王指定的方位，扒开一层碎石，看到物件还在，就是国旗风化得很厉害了。

三人在顶峰共停留了15分钟，最后王富洲采集了9块岩石样标本和雪样标本，就开始下山。

登上顶峰并在艰险的状况下安全地返回。

在离开顶峰时，他们检查只有一个氧气瓶还剩下6~7个压力（含24~28公升）将它带了下来，下到8800米左右，25日6时，三人都感到体力太疲乏，呼吸太困难时，三人就将这仅有的一点氧气分着吸完后，将空瓶扔掉。

这时候，天渐渐地亮了，他们回头便看见自己攀登顶峰留下的足迹。屈银华在下到接近8700米处取出一直随身带着的轻便电影摄影机，把这一英雄壮举和值得纪念的珍贵画面，摄入了镜头。

三人再走下一点，在8700米处与留下的刘连满重逢会合。

刘连满在王富洲等三人离开他上山后，便在背风岩石旁钻进鸭绒睡袋里躺下，当时他根据自己的身体情况估计，可能已无生存的可能，于是他花了半个多小时，吃力地用红铅笔（在高山上因低温，钢笔和圆珠笔都会冷冻而不能写，都是使用铅笔）在日记本上给王富洲写下了一封简短的诀别信。

"王富洲同志，这次我未能完成党和祖国交给我的任务，由你们去完成吧，氧气瓶里还有些氧气，对你们下山会有帮助，告别了，你们的同志刘连满。5.24"

写完信后，整个晚上总是感觉有些憋气，刘连满实在太疲惫了，便昏昏沉沉地睡了几段觉。良好的身体素质，平日的刻苦训练，造就了他强健的体魄，也许是对连续的高山缺氧反应的逐步适应，坚强的意志力，以及那只鸭绒睡袋，使他最终脱离了死亡的边缘，真是不可思议，真是奇迹。在海拔8700米的雪山高峰之上，一个人在没有额外补充吸氧的条件下，露宿了一夜，仅靠鸭绒睡袋，没有被冻死，也没有缺氧致死。这注定要重新诠释现代高空生理学上把"8000米以上认为是死亡线"的论点了。当然这天白天及晚上的天气也是出奇地好，风不大，没有降雪。如果是遇上一场暴风雪则难免会被冻死或被大雪掩埋掉，真是太幸运了。

一觉醒来，到了次日上午，刘连满正靠躺着，抬头看到王富洲等从山上往下走，知道他们已经胜利登顶了，心情非常激动，战友的胜利鼓舞了他，刘开始试图活动着手脚，一会儿好像能动了，他钻出睡袋坐着起来，接着还真的能站立了，感觉体力已有一定的恢复。而王富洲等远远地看到刘连满在向他们招手，知道他还活着，一阵激动给他们极度疲惫的身体带来了巨大的鼓励，也加快了自己的脚步。当四人会合时均兴奋得相拥而泣。王富洲等看到刘连满把没有舍得吸的氧气和留下的18块水果糖而让他们分吸、享用时，又都感动得流下了热泪。他们分吸完氧气后，每人吃了四五块糖（这么点糖对于能量补充差得远，但对提高血糖水平还是有点好处的），稍微恢复了点体力。此时四人中似乎以刘连满的身体经一夜休息比起王等三人经彻夜行军后还要稍微好一些。于是决定用在苏联学到的单环结控制下降方法，让王、贡、屈三人用绳索系在腰部，在体力相对较好的刘连满的帮助下，从"第二台阶"最高岩壁的顶部一一送下峭壁，然后刘再用绕身法自行攀下。下到"第二台阶"的底部，天气变了，开始是小雪，不久就飞起纷纷扬扬的鹅毛大雪，能见度很低，行走更加困难。他们又找到上山前在台阶下所留下的四个没用完的氧气瓶，取用了两个，痛快地饱吸了一阵，又缓了点劲。将剩余两个带走以应不时之需。当晚9时左右，他们四人返回到8500米的突击营地，为了夜晚休息得好些，他们将最后剩下的几十公升氧气吸完，至此在高山已再无氧气可用了。当年下山后，我曾问王富洲，你在8000米以上吸氧的感受如何，王说就像一股暖流传遍了全身，体力、精力都有明显的好转。而在平原的正常人吸氧则无此感觉，因为在平原身体内不缺氧。而有心肺功能不全的病人吸氧才有针对性的好处。

在8500米突击营地，他们商议后决定分批下山，此时王富洲、屈银华均有足部冻伤，行动迟缓。为了不拖累整个组，王富洲要求体力较好的贡布和刘连满先行下山，在一天之内赶到7000米处的北坳去，一是送去胜利的消息，二是求援。那里有个中转站，有氧气和食品等物资，可把信息告诉北坳下的6400米营地，该处有直通大本营的有线电话。如何把胜利的消息告诉大本营并转告全国人民，是他们此时最上心的事情。原来他们已和大本营失去联系几天了，突击组配备的报话机，当时由运输组携带，在8100~8500米途中休息时，运输队员陈××把报话机放在背包里，连背包都被大风吹跑，滚落到山涧下去了。突击组在失去报话机无法和大本营通信联系后，仍一直按预定的日程行进，面对重重险阻之际，没有坚定的信念、没有坚强意志和自我牺牲的精神是很难做到的。

在8500米营地，贡布、刘连满与王富洲、屈银华分手后下山，贡、刘不负所托，在途中只在8100米营地吃了点食物，就很艰难地拖着疲惫的身躯继续往下撤，下到7400米处，正好碰上由北坳上来的支援组边安民等四人，他们分出两人护送贡布、刘连满往下，另外两人继续上去接应王富洲和屈银华。贡、刘在支援组的帮助下，较顺利地赶到了北坳。那里有许竞、邬崇岳、曾曙生等人在留守。他们立即把胜利的喜讯传到了大本营——拉萨和北京。

王富洲、屈银华的下山路途的确不那么顺当，而是充满着艰险，甚至惊心动魄。他俩已是精疲力竭，在8500米营地已没有食物，只喝了点水，两人足部都冻伤，肿胀而疼痛。下山的坡度陡，天气不好，漫天的飞雪越下越大，能见度差，此时地面上慢慢积起了新雪，原来上山时的脚印被盖掉了，不得不重新探找路线。他们小心翼翼地从8500米下撤到8100米，能走的地段很少，大部是坐着屁股往下挪，在8100米营地喝了水和吃了点食物。从8100米至7600米地段比较陡，屈银华走着时滑绊了一跤，大叫一声"哎哟"，接着就向下滚翻，走在后面的王富洲赶紧反身将冰镐插入雪里，但软雪下面是坚硬的岩石，根本插不进去，连接的绳索带动着王富洲也一起朝下滚，而且越滚越快，滚下100多米处（相当于从三十层楼滚到一层）时，两人之间的结组尼龙绳突然被山脊上一块岩石挂住而停止了。两人缓过劲来，一看好悬啊，原来这里的一段山脊有个突出点，屈挂在山脊东侧，王挂在西侧，在一个石块的突出部将绳子勒住挡下了，若是两人都摔在同一侧，则将无此岩石阻挡，势必要坠入万丈深渊，长眠冰山了。屈银华挂着的地方靠上些，摔得不算太重，他爬起后，向滚得更远些的王富洲召唤。王从屈的上方滚落到屈的下方，王摔得较重，头皮被划破在流血，登山鞋也摔掉了一只，王躺在冰坡上一时因伤痛而动弹不了，试图站立起来也没有成功。屈做好保护后，一边收绳子让下方的王富洲借助结组绳的拉力，挣扎着爬了起来。稍加休息后，经过一番努力，他们总算又找回到下山的路线上，又一次与死神擦肩而过。运气救了他们，而连接王和屈的尼龙绳也起了关键作用，这种尼龙绳只有小手指那么粗细，拉力可达2000千克，一般长度为40米，王、屈之间用上的长度约为15米。这种结组绳在低温条件下不怕冷冻仍然柔软抗拉，是攀登高山的必备器件。

王富洲在这次滚摔中，被摔掉了一只登山鞋，这也增加了下山行动的困难，因为登山鞋下有钢钉，可以起固定作用，少一只鞋，会增加滑倒的危险。还有，丢了鞋子如何保暖也是问题。但是在下山后，令人奇异的是，王富洲丢了鞋的左足冻得不太重，经治疗后完全康复，而穿着鞋的右足却是严重冻伤，被手术切去五个脚趾。事后，王富洲问这如何解释，我们和王共同探讨作出如下解答：左足虽然丢了鞋，但穿有两层羊毛袜，行走时脚趾都在活动，其血流运行比较通畅这是很重要的，虽有冻伤但不太严重。而穿有鞋的脚趾，由于受鞋袜的包裹，相对活动偏少，行走时大部为脚掌在用力。脚趾在受冻又血流不畅时，乃造成最后严重冻伤的结果。屈银华双足冻得比王要重（在"第二台阶"段落中已有记述）。王屈两人下山后即住入拉萨西藏军区总医院，手术及前后住院三个月，至9月才回北京。后来在拉萨、北京的欢迎大会上，王、屈都缺席，登顶者三人，只能由贡布代表了，这是后话。

王、屈两人经摔滚后，歇坐在冰雪坡上喘息了一阵，这时离7600米营地很近了，由于乏力加受伤，他们走路已难支撑身体重心，大部分是靠坐在雪地上缓慢地往下滑蹭。到达7600米营地时，正好碰上支援组的边安民、边巴两人赶来接他俩，处在这最困难时刻，来得真是及时雨。这样由两名支援队员和王、屈一起结组，有人带路，及在滑陡的地段有人作出保护，这样下山的速度及安全性大大提高和有保障了。这种营救真是雪中送炭呀，以此时王、屈两人疲惫的体力和冻伤、摔伤的四肢，还丢掉了一只鞋，要靠本身的力量而安全下山，无疑是非常困难和危险的。支援组的营救正反映出登山这个集体项目的团队精神。在中国登山队队员之间，即使是几十年后重逢，仍多互称战友，因为他们在雪山峻岭之上，曾经在结组绳的相连下同生死、共患难，命运捆绑在一起。

当刘连满和贡布下到北坳营地（7007米），大本营与登顶突击组在失联几天后，得知三人胜利登顶的消息，自然是一片欢庆之声，但又听到王、屈受冻伤，对他们能否安全下山，则非常挂牵在心。如果三人登顶，只有一人返回，那么此次登山成就将大打折扣，就不是一个完美的胜利。

中国登山队中的人员组成，像一个金字塔形，在顶尖上的人数少，越往下越多。突击组是一线，运输组、支援组是二线，后勤组（气象、医务、总务）是三线，前线、后方的协同，还有国内有关单位，特别是西藏军区和

在大本营欢迎登顶三英雄

地方的支援，才能夺取最后登顶的胜利，所以说首登珠穆朗玛峰是集体的胜利，当然最后胜利的夺取是三名登顶队员。

5月30日北京时间13:30，在世界最高峰——珠穆朗玛峰上已生活了两个星期的中国登山队第四次行军的队员，全部返回大本营。王富洲、贡布、屈银华走在下山队伍的最前面，他们三人进场时是由在大本营的队员抬着进来的，受到全队的热烈欢迎。

登顶队员回到大本营时，的确是精疲力竭了。王富洲上山前体重是160斤，屈银华是154斤；下山后王为101斤，屈为102斤。在攀登高山过程中丢失体重是通常都有的事，一般一次高山行军到海拔7000米高度左右，历时一周，可掉10斤左右。一次登山活动在1~2月体重下降20来斤也是常有的事。其原因是身体的支出太大，指呼吸系统、心血管系统、血液系统、肌肉系统都是超负荷在运转，要消耗大量能量。而收入太少，指摄入的食物偏少，主要是在缺氧时，人的食欲不振，消化吸收能力减弱，能量得不到有效的补充，处于长期的负平衡状态。还有高山上的低温条件，使得体温丢失太多，也需要补充能量。此时人体进食不够，身体就只好动员消耗体内的脂肪和肌肉中的糖原来对付能量的支出，脂肪减少了，肌肉萎缩了，体重就肯定下降。当然，像王、屈两人在一次登山活动下降50来斤还是罕见的，由此也可见他们的这段登山的付出的确是艰苦至极。

在山下登山大本营，中国珠峰登山队副队长许竞向国家体委代表韩复东大校报告：中国登山队已胜利完成预定的任务，现在，参加第四次行军突击顶峰的全体队员都已安全返回。

6月1日，大本营举行庆祝大会。许竞在会上做了这次登山活动的初步总结，并代表队部正式公布：在这次登山活动中，共有53名队员打破我国男子登山高度7556米（贡嘎山）的最高纪录，其中还有28名队员到达了8100米以上的高度，占世界各国登山队在过去百年中到达这个高度的69人次的42.2%。一次登山活动中有这么多到达这个高度，在世界登山史上是空前的。

会上公布了的达到8500米以上的运动员名单：

到达顶峰8882米（当时我国没有自测珠峰的高度，此时是引用英国的资料）的有：王富洲、贡布、屈银华；

到达8700米的有：刘连满；

达到8695米的有：史占春、王凤桐；

到达8500米的有：许竞、多加、石竞、拉巴才仁、邬崇岳、群贝坚赞、索南多吉、米马云登、米马扎西、却加。

在这次大会上，许竞说："征服珠穆朗玛峰的胜利，为年轻的中国登山事业跨入世界前列打响了胜利的第一炮。"他又谈道："中国登山运动的发展曾得到了许多国家登山队的帮助。……当我们首次从北坡攀登珠穆朗玛峰时，对英国登山队所积累的经验作了多方面的综合研究，成为这次登山很好的借鉴。体育运动，就是这样在创造着人类既激烈竞争和对抗又团结和互爱的奇迹。前进与攀登的勇敢者的胜利，凝聚着走在前的失败者的努力，激励着后人新的超越，然而这种胜利，最大的意义则在于它显示了人类整体的又一次奋进。"

登顶成功在国内外的反映

新华社随队记者郭超人在大本营得到消息后，含着喜悦的泪水立即向北京发出了征服世界最高峰的第一条电讯。贺龙副总理收到了登顶成功的报告，眼里也闪出喜悦的泪花，立即向在外地的毛泽东主席和周恩来总理做了汇报。周总理正在参加一个宴会，接到贺龙的电话，他兴奋地举起酒杯，建议大家为征服世界最高峰干杯。然后，他又斟上满满的一杯酒，端端正正放在桌上，深情地说："这杯酒留着，等我们的登山英雄回来，请他们喝！"

征服珠峰的中国登山队凯旋回到拉萨。6月7日在罗布林卡大门前的广场上，聚集着欢迎的各界僧俗民众1万人以上，这要占当时全市城区人口不小的比例。西藏自治区筹委会代理主任委员班禅额尔德尼和西藏党政军负责人

在拉萨万人欢迎大会上

张国华、谭冠三将军以及印度驻拉萨总领事高尔、尼泊尔驻拉萨总领事巴斯
尼亚特也参加了欢迎的行列。欢迎大会以后，班禅大师和登山队副队长许竞
在首辆车前导，登山队员们分乘十余部敞篷汽车进入市区，在布达拉宫下，
又受到各界群众的夹道欢迎。中午，西藏党政军各界在军区礼堂联合举行宴
会，为登山队员们洗尘，班禅大师平易近人，还依次到登山队员们的席位祝
酒。

6月26日下午，国家体委，中华全国总工会和共青团中央在北京工人体
育场联合举行了有7万多人参加的盛大庆祝会。贺龙对大会组织者说：要让
登山英雄们和国家副主席董必武坐在一起。于是身穿蓝色登山服的史占春、
许竞、刘连满和藏族服装的贡布和同董必武副主席、贺龙、罗瑞卿、郭沫若
等在京的国家领导人并排坐在主席台上，接受了少先队员献上的鲜花。贺龙
副总理在大会上说："我国登山队在全国人民热情支援下，经过两个月的战
斗，终于把五星红旗插上了世界第一高峰，完成了人类历史上从北坡登上珠
穆朗玛峰的创举，在世界登山史上写下了光辉的一页。它又一次有力地证

明：解放了的中国人民无高不可攀，无坚不可摧。"他热情赞扬说："在登山队的英雄当中，有不顾高山缺氧的危险和身体极度疲劳，坚持不渝爬上顶峰的王富洲、贡布、屈银华；身先士卒、历尽艰辛破冰前进的登山队长史占春；有让队友踩着双肩越过绝壁，把宝贵氧气留给同志的刘连满；还有无数往返奔波于冰山险川之间，为了胜利登上珠穆朗玛峰而贡献一切力量的英雄。这种无比高尚的共产主义思想和风格，是我们伟大时代的精神面貌的集中反映，也是我们每一个人学习的榜样。"

攀登珠峰成功之际，正逢全国文教群英会在北京召开，中国登山队作为体育战线的第一个英雄集体被追邀参加了大会。队长史占春提前离开登山队群体回到北京，出席大会的史占春被选为主席团成员并在会上做了《五星红旗飘

首都各界7万多人在工人体育场举行大会庆祝中国登山队从北坡首登珠峰成功，董必武副主席（左2）、贺龙副总理（右2）、郭沫若副委员长（左1）出席大会

扬在珠穆朗玛之巅》的发言,受到中央领导及大会的热烈欢迎。1960年6月2日,全国文教群英会致电中国登山队,祝贺登上珠峰,并号召全国文教卫生工作者学习登山运动员的雄心壮志、艰苦奋斗、坚忍不拔和团结互助的精神。

国内主要报刊和广播电台对此做了集中的大量的宣传报道。

5月27日,《体育报》发了号外。

5月28日,《人民日报》《中国青年报社》《工人日报》《光明日报》《解放军报》《北京日报》《体育报》分别发表了社论。《人民日报》对此事发了两次社论,分别是:

第一次在登顶后,5月28日题为:"祝贺攀登世界第一高峰成功"

《体育报》的号外

我国的登山运动只有短短五年的历史,但是由于党和人民的关怀与支持,运动员坚持"政治挂帅",高度发扬了敢想敢干的共产主义风格和集体主义精神,这就使他们的体质和登山技术,能够极为迅速地发展和提高,因而取得攀登珠穆朗玛峰的胜利。这件事实证明,在我们的面前,前人还没有做到的事,我们也能够做到。让我们学习登上世界第一高峰——珠穆朗玛峰的登山队同志们的那种大无畏的英雄气概，在各个建设战线上掀起一个更大的跃进高潮！

第二次是6月26日，北京7万人欢迎大会当天发表的《无高不可攀》，号召各行各业攀高峰。当时大多西方国家对我国实行封锁，赫鲁晓夫又撤走全部在华专家。此时攀登珠峰的胜利，无形中是对我国各条战线上的自力更生、奋发图强起了积极的推动作用。

郭沫若副委员长在出席7万人大会后，于次日即兴写了下列诗篇，刊登于1960年6月28日的《人民日报》上，诗文如下：

喜闻攀上珠穆朗玛峰

闻由北麓攀上珠穆朗玛峰，此乃空前业绩，喜而赋此奉赠爬山队全体同志。藏语"珠穆"为女神，"朗玛"为第三。女神五峰，自北面南，真正中主峰最高，居第三位，故称"珠穆朗玛"云。

女神缥缈第三峰，

插上红旗分外红。

北麓攀登军冠首，

东风吹化雪无踪。

英雄肝胆夷天险，

集体精神旷代功。

慷慨高歌传四海，

弟兄携手扶苍穹。

稍后，登山队应邀分别在北京、天津、上海、南京、哈尔滨、西安、兰州、西宁、青岛、张家口10个城市向工人、农民、机关干部、部队官兵、学生以及科学界、文艺界和体育界人士做了180多场次报告，听众约有46.5万人。中国登山队登上珠穆朗玛峰的消息和登山队员们的英雄事迹，在人民群众中反映强烈，登山队收到了大量全国各地的群众来信。普遍认为这是我国人民征服大自然的一次具有历史意义和世界意义的伟大胜利，应该学习登山队员们攀登珠穆朗玛峰时表现出来的崇高风格。

不少青年人在给登山队的来信中，还表示对登山运动有浓厚的兴趣，希望能够参加以后的登山活动。北京地质学院、石油学院、清华大学、矿业学院、北京大学等高等院校，受这次攀登珠峰活动的影响，都建立或扩大了自己的登山队，结合所学专业开展起登山活动。

国际上的反映

中国登山队登上珠穆朗玛峰的消息迅速传遍了全世界，1960年5月27日至6月29日，苏联、匈牙利、保加利亚、波兰、朝鲜、越南等社会主义国家的体育组织纷纷打来电报表示祝贺。

英国、日本、印度、尼泊尔、瑞士等国的体育组织，不少国家的友好组织、友好人士也纷纷以不同形式表示了他们的祝贺。尼泊尔首相在5月28日记者招待会上对我此壮举表示祝贺。

在这些国家中，由于历史上或是现实中与珠峰有过渊源的有苏联（1958年与我国有过合作侦察珠峰，后又终止）、英国（在20世纪二三十年代有八次从北坡攀登未能成功）及印度（在1960年与中国队同期从南坡攀登未能登顶）等，他们报道得最多，此处例举一些他们的反映。

苏联方面的反映

苏联主要媒体在第一时间作出了反应。苏塔斯社5月27日根据我新华社27日的报道转发了《王富洲、贡布、屈银华登上珠穆朗玛峰8882米顶峰》，苏《真理报》28日发表了上述消息。

苏联方面发来的贺电、贺信的有：全苏工会体协理事会主席祖布科夫、全苏工会登山协会主席列普涅夫、苏斯巴达克体协全体登山运动员、莫斯科劳动体协主席哈东采夫、海燕体协主席阿尔巴比耶夫、火车头体协主席温仁科、苏体联登山协会、莫斯科登山协会、莫斯科高级技术学校全体登山运动员等。

曾于两年前来华参加过中苏珠峰侦察组的三名苏方成员——别列斯基、菲里莫洛夫、科维尔柯夫都来了贺电。别列斯基认为："是中国运动员顽强的工作和技能导致了这一伟大的胜利。"苏运动健将山德罗格瓦里阿注意到的则是"中国登山运动员的意志和力量"。苏运动健将鲁科杰利尼可夫（1956年中国苏联慕士塔格峰登山队登顶队员）在著文中称："是为史无前例的功勋"。

据新华社莫斯科1960年5月31日电："苏联体育报今天在第七版以大量篇幅刊登了苏体育协会和体育组织联合会和苏登山协会给中国国家体委及登山协会的贺电及有关中国登山队登上最高峰的评述、谈话和图片。"在诺维科夫写的一篇评述中指出，"人们很久以来都不能征服我们行星上的最高点，登上珠穆朗玛峰在登山运动中一直是个第一号问题，许多专家一直都认为从喜马拉雅山的北坡攀登的不可能。三位中国登山运动员从北坡登上了珠穆朗玛峰的消息使得研究喜马拉雅山的专家都表示惊奇"。这家报纸还在加上"卓越的体育事件"按语后发表了三位苏联著名登山运动员的短文。

苏联英雄、功勋试飞员希亚诺夫说："我曾参加过攀登苏联最高峰的斯大林峰（7495米），因此征服珠穆朗玛峰的中国运动员所经历的困难，我是能够体会的。我们过去曾经只是向往过攀登这样的高峰，但对人们来说，是没有不可能的事情的，自由人民的自由儿子——共产党员王富洲和屈银华、中国人民解放军战士贡布又一次光辉地证明了这一点。"苏联功勋运动员阿巴拉科夫（1957年向苏共中央和中共中央申请组成中苏联合登山队攀登珠峰的函件，就是由阿巴拉科夫牵头的12名苏联的知名运动员联名写的——笔者注）在5月28日《苏维埃俄罗斯报》撰文祝贺说："全体苏联运动员都衷心地为中国兄弟们所获得的卓越成就而高兴。中国登山运动总共只有5年的历史，就已经一举解决了像攀登珠穆朗玛峰这样最为复杂的难题，这是极为了不起的事。"

莫斯科登山协会来信表示："祝贺你们在登山运动中取得的伟大成就——由前人没有攀登成功的最困难的北坡登上了世界最高峰珠穆朗玛。"

在英国方面的反映

英国皇家地理学会会长内森于5月27日致函我国驻英代办宦乡，要求转达他们对于"中国登山队的辉煌成就的衷心祝贺。中国登上珠穆朗玛峰的成就，不仅在英国而且在全世界，引起了一切人们对中国登山运动员的卓越的技巧与胆略的钦佩，这一成就将永远作为登山探险上的里程碑而载入史册"。

英国登山俱乐部和皇家地理学会通过我驻英代办处转来信件各一封。要求我登山队长史占春访英作报告并为其《登山杂志》写一篇文章。我方于1960年10月20日通过我驻英代办处寄去史占春写的珠峰文章一篇及照片11幅，但婉拒前往访问。1961年8月3日，我方收到我驻英代办处转来英国登山俱乐部助理秘书的信及登山杂志一本，刊登了史占春的文章，经核对与史提供的原稿相同，只是把文内的"珠穆朗玛峰"称谓全部改为"埃佛勒斯峰"。

伦敦《泰晤士报》的评论说："光荣归于中国。王富洲、屈银华和贡布（他是西藏人）不能只是由于他们是第一批踩着了世界最高地方的积雪而获得这一特殊荣誉的，就某种意义说，他们在下述方面也做了同样多的事：他们登上了过去被认为是做不到的北坡至顶峰。"还指出："中国做了才说的精神值得特别注意。"

但在另一方面，他们心有不甘，总是想找一些漏洞，有的报纸提出了三点怀疑：

1.说我国登山队在27900英尺（合8503米）的高度上搭了帐篷，但这一带的石块向外倾斜，必然极难找到可搭帐篷的地址；

2.中国爬山队最后一段冲击是在24日上午9:30开始的，而到达珠峰顶是在25日的上午4:20，这就是说中国运动员连续行动了约19个小时，其中一大部分是在黑夜里进行的，.而这不包括下山在内；

3.在中国队登山的同一天，印度队也做了尝试，但因天气不好，而被阻，可能北部山坡天气也不好，中国队如何能爬上，印度表示惊奇。

他们还报道尼泊尔反动人士的一些叫嚣，妄称我未经通知尼泊尔政府而登上山顶是侵犯了尼泊尔的领土主权。

印度方面的反映

印度对我国登上珠峰一事是非常关注的，其主要原因就是在此同一时期印度也有一支由辛格准将领导的军事登山队在珠峰南坡从尼泊尔一侧在攀登珠峰。他们在1960年5月25日有三人，即库玛尔上尉、尼泊尔夏尔巴向导纳汪贡布和印军下士古雅特苏登至珠峰南坡8625米的高度，遇大风雪受阻。

中国登顶珠峰后，《印度时报》称："登山家很可能认为中国的成就是到目前为止最惊人的成就，这是第一次从北坡攀登埃佛勒斯峰。中国登山家可以正当地感到自豪，他们完成了许多有经验的登山家认为很难完成的任务。"《印度斯坦日报》称："这是第一次从北坡登上埃佛勒斯峰。因此，它具有特别的意义，这个不可征服的喜马拉雅山峰在人类的英勇面前低头了。"《印度斯坦时报》说："中国登山队成功地登上埃佛勒斯峰，登上这个山峰对任何国家来说都是一个惊人的成就，何况是一个很晚才发展出这种困难和危险的运动的国家，这个登山队应该受到衷心的祝贺。使我们对中国的成功感到高兴的另一个原因是这是第一个登上世界高峰的亚洲登山队"。并认为"值得称赞的是中国登山队的计划性和远见。惊人的科学组织的成就和个人的勇敢"。

印中友好协会也发来了贺电。

《印度快报》说："这里的人们认为这一成功表明了中国人看来在过去

10年左右所进行的登山运动惊人的发展。正如其他问题一样，中国人显然悄悄地进行准备工作，这样，如果成功的话，他们可以使人人都感到惊奇。年轻的中国登山队，居然解决了世界登山运动中的第一号问题，不能不使世界为之震惊。"

当年印方宣布印度登山队由于气候急变，决定放弃登顶。据新德里登山界人士称，当恶劣气候阻扰印人从南面攀登时，中方是从更荒凉的北面登上峰顶，对此甚感"惊异"，印报承认印队撤退是一个"痛苦"的决定。

印度多数报纸承认中国队此举是"杰出成绩"，值得祝贺和赞扬。但有的报纸在字里行间仍有意贬低中方成就和影响，如《印度斯坦时报》提到："从北面攀登并不比从南面难"，虽承认这是亚洲爬山队首次登上珠峰，但又说不知道有多少设备是来自苏联的。

我国气象学专家高登义（1966年、1975年参加珠峰登山气象考察及保障工作）在《乐在珠峰》一书（湖南少年儿童出版社，2002）中指出："国内外气象学家的研究论文侧面证明了1960年5月26日前后，中国登山队在珠峰北坡登顶会成功，而印度登山队在南坡攀登珠峰肯定会失败。"Neddugadi和Srinibasan在《季风爆发和探险珠峰》一文中指出："1960年5月26—30日的大风雪是由吉·辛格（Gyan Singh）领导的印度第一次珠峰探险失败的原因。5月26日登山队员最后突击珠峰顶峰时，击败他们的是大雪，并不是风。"

据高登义从上述两位气象学家在文中给出的珠峰南侧的降水和高空风资料，及按各时段在珠峰北坡的降水、高空风资料及高空天气形势图综合分析提出："从1960年5月21—25日，在珠峰南北两侧，在海拔8000~9000米风速均在20米/秒以下，南坡各日降水量在7毫米左右，北坡各日为晴天，无降水，宜于攀登顶峰。但从5月26日起，南坡降水骤增，从前一天的6毫米增至16毫米，5月27—28日增加到20毫米以上。在北坡从5月26日开始降水，26日为微量，28—29日的降水量略有增加，约5毫米。"据我国登顶队员们的叙述，5月25日从顶峰下到"第二台阶"（8695~8700米）只飘了点小雪花。26

日王富洲等下午到7600米时，天气变坏，而此时南侧的印度队在8625米处，遇到大风雪，不得不下撤而结束。高登义指出："1960年5月26日是个登珠峰的关键日，之前宜于登顶，之后不宜于登顶。从当年春季珠峰地区的西南季风的建立的资料看，也可以得到相同的结论。"

看来，印度队的运气似乎是差了一点，到了8625米的突击营地，只需一天好天气即可登顶。运气差这是前提，这似乎也要涉及其幕后对气象信息的掌握和运用问题。

尼泊尔方面的反映

尼泊尔青年联盟致电我潘自力大使，衷心地祝贺中国登山队登上珠穆朗玛峰是光辉的胜利。据《印度报业托拉斯加德满都电》："尼泊尔反对党领袖沙姆谢尔今天要求（尼）柯伊拉腊政府为中国人未经尼泊尔许可而登上埃佛勒斯峰一事对中国提出抗议。"（此时中尼边界条约尚未签订）

日本方面的反映

我国的近邻日本是开展登山运动比较普及的国家，登山人口众多。日本著名登山理论家大曾根纯认为："中国登山队完成了过去认为无法超越的从北坡登上珠穆朗玛的艰巨使命，是一个壮举。"日本山岳会发来贺电。日本山岳协会副会长认为："中国登山队从埃佛勒斯峰北面第一次登上顶峰，是了不起的成功。从北面登上顶峰，按它困难程度来说，有巨大的意义。"

其他国家的反映

瑞士登山队队长埃斯林在著文中写道："这说明中国的登山有了高速度的发展，仅仅几年前他们并不了解登山运动，没有想到他们那样快就登上去了。"

波兰登山家罗金斯基则非常赞扬中国登山运动员的训练有素和高度的技术水平。

印度尼西亚人民青年团总书记苏卡特诺盛赞"珠穆朗玛峰的征服者们在困难和危险面前所表现的坚定、顽强、团结和责任感"。

朝鲜国防体育协会赞誉称："贵国登山运动员是坚忍不拔、顽强果敢和集体主义精神的好榜样。"朝鲜报刊称之为"被载入世界登山运动史的辉煌胜利"。

保加利亚《工人事业报》称："征服世界最高峰是年轻的中国运动员的巨大成就。"

二十七、对珠峰的科学考察

珠峰与科考

根据贺龙副总理1958年4月8日在国家体委召开的登山座谈会的精神，由国家体委和中国科学院协同组成一支登山科学考察队，由来自中国科学院地理研究所、地质所、动物所、北京大学、南京大学、中山大学、兰州大学、兰州地质学院、水利电力部、林业部、国家测绘总局、中央气象局等部门，按其专业分为地质、地貌、测量、气象、水文、植物、动物七个组共计46人。组织这样的综合考察队伍在珠穆朗玛峰探险史上是空前的。

科考队的先遣人员于1958年10月在北京随侦察组乘飞机进藏，11月中抵绒布寺，率先建立起气象观测站。大部分队员于1958年11月下旬随登山队员及记者、摄影师一行共58人，从北京乘火车至甘肃峡东站，分乘20多辆满载着大批登山装备和物资的军用卡车，沿着青藏公路向拉萨进发。在翻越5000多米的唐古拉山口时，不少科考队员由于初上高原出现头涨、嘴唇发紫、食欲不振、夜不能眠等高山反应。当时青藏线上已有叛匪活动，西藏军区为保证登山队的安全，派了两部装甲车为登山队车队开路，由于车队大，行动慢，路况也不大好，从甘肃峡东站到西藏走了9天，于12月12日抵达拉萨。

1959年3月6日，即在拉萨的分裂分子发动武装叛乱前夕，第一批26名科考队员离开拉萨，16日到达珠峰下的绒布寺，野外考察期间可分成三个阶段。

第一阶段：从3月17日至5月17日，会合了先期（1958年11月）进山的气象组，以绒布寺为基地先后建立了高山气象、水文站。中央气象局和水电部支援了全套的台站设备和观测人员。除这些固定站外，3月22日在海拔5300米的东绒布河口建立第一号高山营地进行冰川观测。3月28日就到达5500米的中绒布冰川上建立第二号高山营地，这是历次英国探险队以来，到达珠峰山下时间最早的一次，来得早就意味着要遭遇寒冷，此时气温在摄氏零下15度左右。

第二阶段：5月拉萨地区的局势在平叛后已趋稳定，科考队第二批队员20人由队长刘肇昌率领从拉萨出发，于5月17日到达绒布寺。除继续进行气象、水文、冰川和地形测量外，另分出一小队18人，包括地质组、地貌组、动物组、植物组等向珠峰东侧越过多雅山口至海拔2500～5000米的达卡地区及卡马河地区。考察期间正逢雨季，在珠峰东侧的卡达地区，科考队员陷在沼泽地里，经受着旱蚂蝗的叮咬，看到睡袋里处处血迹斑斑使人感到心酸，有的人出去考察要露宿荒野几天，艰苦的情况可想而知。此行南经朋曲河谷地，抵喜马拉雅山南坡的我国边境线的达来拉（拉即山口，即达来山口）。

到达卡原始森林地区后，考察按各专业组分开进行。

动物组有调查珠峰地区有关所谓"雪人"传说的任务。20世纪50年代以来，到喜马拉雅山区的探险队曾报道有"雪人"的活动。如英国登山者埃·希普顿称于1951年在珠穆朗玛峰的基地拍摄到一张"雪人"脚印的照片之后，全球掀起了对"雪人"探索的狂热。此次据当地藏族老乡说这种动物称为"米采"，动物组访问过两位亲眼见过"米采"的人，据他们说"米采"比人高大，全身长着棕黄色的毛，能直立起来用两条后脚走路。夏天在高山冰雪上活动，冬天移居到附近河谷森林里。卡玛河谷里一位老乡说前两天有"米采"把他家的牦牛咬死了，搏斗的现场情况还在。动物组派人去现场照了像，在牦牛尸体旁，见到有几束像动物身上的毛。老乡也送给动物组一束棕黄色的细毛，说是"米采"遗留下的，动物组把它带回了北京。随后经中科院动物学家在实验室鉴定，这种毛和熊毛没有任何区别。这种"米采"应为棕熊类，所谓"雪人"之说只为传闻而已。据最近（2013年10月20日参考消息）一篇题为《喜马拉雅雪人或为罕见古熊》的报道称："新的DNA研究可能最终解开了'雪人'之谜。科学家们对他们发现的毛发样品进行鉴定，结果显示，其基因与古代的一种北极熊相符，他们认为，人们把高喜马拉雅山脉棕熊的一个分支错认为是'雪人'乃为这种神秘怪兽。"

地貌组王富葆、黄万辉等人深入林区考察，在原始森林中，因树荫蔽天，又无路可寻，在林中迷路三天与大队失去联络，就在林海里转悠。好在他们带有帐篷等装备和食品，也有一定的野外谋生能力，后来幸而遇到了在我境内避税的尼泊尔边民，他们对这一带地形较熟悉，才由尼边民送回至原达卡出发地与科考队会合，这也是虚惊一场。

同时，考察冰川的人员沿东绒布冰川进行工作，到达海拔6500米的勒仆山口和北坳下，并有部分人员补查了绒布寺附近的札卡曲河谷和西面的加绒河谷。

20世纪50年代中后期，西藏的叛乱主要是在拉萨等前藏地区，在班禅管辖的后藏地区虽没有叛乱，但也不是完全风平浪静的，由于流窜叛乱分子的混入，也多少出现过一些问题。科考队也曾有过点遭遇。

根据当地群众举报，为配合剿匪工作，负责科考队的警卫班要从卡玛地区押送了一个当地的反动头领带回交定日驻军营部。

此时科考分队也结束在珠峰东侧考察后，随警卫班经定日退回到绒布寺作短时休整。

第三阶段：科考队经定日去珠峰西侧，在定日期间科考分队也参与了一次对围剿土匪的配合行动。当1959年3月拉萨发生叛乱后，西藏军区往定日派驻了一个营，营长是王居仁（为驻西藏老兵），在绒布寺护卫科考队的警卫

1959年登山科考分队在珠峰东、西侧考察时，一直和随照护他们的警卫班在一起

班也属此营领导。一日下午，一位藏族老乡跑到科考分队的住地投诉说，他家附近在定日城西边的一栋小楼内来了四名土匪（汉族，三男、一女），这几个人是外来的，本地人都不认识。他们带有武器，还抢了老百姓的东西，肯定不是好人，要我们去把他们抓起来。当时科考分队及警卫班正在定日小休，经请示，营长派绒布寺的警卫班对此四人进行抓捕，此班和科考分队较长时间在一起活动也是一个小集体，科考队员也参加配合随行。当天傍晚，由排长领着保卫干事一人、翻译一人，在天色将暗时，由警卫班包围小土楼的周围和楼顶，排长等三人进入楼内进行逮捕。科考队员十来人在外围负责把守各路口，奉命对出逃者如拒捕可以开枪。负责翻墙上楼顶的战士在屋顶上面的动作有些过大，响声惊动了室内土匪，他们随即往外冲，双方对峙中，一土匪用枪击穿了将进入楼内排长的耳朵，负责保卫的战士扣动冲锋枪回击，把两个土匪都打死了。当晚楼内只有两名土匪，另两人外出未回（后来被营部派另一班战士在数日后的追捕中击毙），这也是科考队员作为民兵

的一次实习吧。

科考队在定日稍停后，又出发去珠峰西侧约60千米的绒辖地区（海拔2500~5300米），从定日骑马向南经加布越过普遮山口沿绒辖河直抵聂鲁桥约三日行程，自普遮山口以下全为高山峡谷，至达格章以下为连续的峡谷急流，峡谷两侧陡峭，驴、马均不能通行，所有的物资全部靠人力搬运，食品供应十分困难，经常靠采野菜来补充副食。徒步行进直抵边境线——雪扎，在该处还见有清朝道光十年立的界碑，以一条小河与尼泊尔为界。至8月12日结束野外工作。

9月返京后，时值中尼边境谈判仍在进行中，我外交部得知科考队有人到达过边境，还特意约请了地貌组黄万辉几人到部里咨询，黄等提供了资料和照片。

此次科考队共完成珠峰东、北西三面约7000平方千米的科学考察任务。除留下气象、水文组和电台组外，至8月12日结束为期半年的野外工作返抵定日，大队于9月15日返京。地质组在定日和协格尔一带，进行路线调查工作，推迟半个月抵京。返京后，全体科考队员长期在雪山峻岭当中，克服了许多难以想象的困难，1960年，两名科考人员随登山队到达海拔7600米，这是我国科考人员当时达到的最高高度。有两位队员甚至献出了宝贵的生命（兰州大学水文专业的汪矶牺牲于6400米，北京大学气象专业的邵子庆牺牲于北坳稍上的7300米处）。

首次珠峰科学考察（1958—1960）获得了许多重要发现，取得了很多有价值的科学资料。这些成果汇集出版的《珠穆朗玛峰地区科学考察报告》（科学出版社，1962）和《高山生理和高山医学论文集》（吉林医科大学，1964）得到了国内外学术界的高度评价，填补了世界最高峰科研的空白。

由于本书不是科研论著，科考成果的细节就不展开了，此处只举例几个学科方面的考察成果。

气象方面：

气象组张方范等从1958年11月22日在珠峰大本营架起观测箱起，1959年在山区坚持了这一年全年的观测，直到1960年5月25日王富洲等登顶，6月初撤营，先后在5100米的地区持续了一年半，收集了一套完整的珠峰地区的气象资料。至今仍然是为时最长的一次当地的珠峰气象记录，并作为之后的登山活动的重要的参照资料。

如气象观测的准确预报为我登山队于1960年5月下旬利用本登山季节最后一个好的天气周期而成功，对最后登顶起了极其重要的作用。

气象组通过此次观测调查，分析珠峰地区气候特点，一年中大致可分为四个季节：12月至次年2月为干季，在此期间高空西风盛行，晴朗少雨，空气极为干燥，气候严寒，风力较强，用放飞的气球测得8000米高空风速最大达46米/秒；6—9月为雨季，这时从印度洋吹过来的西南暖湿气流笼罩着最高峰，天气阴雨多云，雷暴和降水（雪）频繁；3—5月和10—11月为过渡的季节，气候相对较温和，降水和刮风都较少。过去英国登山队多次从北坡登珠峰时，其季节的选择有的合适，有的偏早，有的偏晚。1960年气象组为登山绘制了天气图，提供准确的天气预报，对掌握登顶时机起到决定性的作用。而同一时期，在南坡的印度登山队，因未掌握好天气变化，声称在8000多米，遇暴风雪不得不下撤而宣告失败。

地质方面：

在全面调查的基础上，草测了近7000平方千米的地质图；确定了珠穆朗玛变质岩体是前寒武纪地层，提出了由沉积变质的成因具有沉积韵律结构的观点。科考队在第四纪地层工作中，特别提出"定日盆地中部的贡达甫小丘是由沙砾岩组成，并由珠峰科考队命名为贡巴沙砾岩，时代属早更新世纪"。

地质组提出喜马拉雅在古生代处于稳定状态，中、新生代转为活动状态的观点，对研究青藏高原隆起有着重要意义，所建立的珠穆朗玛第四纪地层至今仍被学术界权威所接受。

对区内广泛分布的深变质岩系的变质作用进行了研究，提出来新的律类型、韵律构造、确定它形成于距今10多亿年的太古代，再加上对沉积盖层的地层顺序的建立，构造和岩浆特征的揭露，为确定奔去本区的大地构造性质、矿产预测提供了依据。

登顶队员王富洲在珠峰峰顶采集了九块岩石，地质组于1964年在北京实验室内用同位素方法测量和计算出其时代应为奥陶纪（奥陶纪——古生化第二个纪，约开始于5亿年前，结束于4.4亿年前，延续了6500万年。在此期间形成的地层称奥陶系。位于寒武纪之上，志留纪之下）。这和以后1975年再次登顶珠峰所得的结果相一致，使得长久未得解决的世界最高峰地区的地层和地质年代得到了确认。

地球物理方面：

首次获得了世界最高峰地区的重力、地磁测量数据；发现喜马拉雅山的均衡异常为+120毫伽，二相邻的印度恒河平原和雅鲁藏布江却趋于零值，说明尚未达到均衡，喜马拉雅山尚在上升。据重力资料计算出珠峰一带地壳厚度为55千米，而北面的雅鲁藏布江一带增大到77千米。综合地质及地球物理资料的成果，分析了喜马拉雅山的地质动力学格局，提出青藏高原"板块构造模型"。

矿产方面：

仅在稀疏的考察路线上就找到锑、铅、钼、铁、硫黄、石灰岩等8个中小型矿点，其中定日县鲁鲁一地纯锑储量估计就达13万吨。

地貌冰川方面：

研究了冰缘地貌，尤其是发源于冰川末端的绒布河（中绒布冰川）、卡达河（卡达冰川）、卡马河（康雄冰川）的河谷地貌以及绒辖河河谷地貌。

研究了本地区特有的冰塔林（由冰川表面因差别融化形成）状地形，冰川强烈后退等于其他地区不同的特征。这是低纬度和地形高峻地区的气象条件造成的。

紧靠着珠峰北坡的中绒布冰川长约15千米，冰川尾端海拔5180米，1959年6月间所测得的中绒布冰川粒雪线高度为5800米，东绒布冰川为6200米。指出这是西藏高原也是世界上雪线最高的地方。众所周知，冰川是气候变化的寒暑表，所测得的冰川移动速度、冰川消融强度等的数据对研究气候变迁有重要意义。

测绘方面：

测量组在中绒布冰川测量完成大比例尺的冰面地形图，并在冰川前端开阔的海滩上（即在大本营附近），用经纬仪测得最高峰的相对高度为3699.45米，水平距离为17.8千米。

测得侦察组大本营的经纬度为东经86° 43'39.15"；北纬28° 08'05.02"。

绒布寺的经纬度为东经86° 42'08.40"；北纬28° 11'47.05"。

测量组在中绒布冰川测量完成大比例尺的冰面地形图，并在冰川前端开阔的河滩上（即大本营位址）用经纬仪测得珠峰的相对高度的3699.45米，水平距离为17.8千米。

动植物方面：

珠峰地区（主要在东西两侧）的生物资源丰富。植物组采集到大量标本，其中有70号苔藓植物标本，填补了西藏地区苔藓植物的空白，还从中发现有几个苔藓植物的新种。植物组并调查了卡达地区和绒辖河谷的森林资源。山地植被的垂直分带明显，植物组将南坡划分为四个带，即高山荒漠、高山草甸、高山灌丛和森林带；北坡划分为两个带，即高山荒漠和高山草甸草原带。这个划分系统为后来的考察奠定了基础。

动物组共采得81种鸟类标本和22类哺乳类标本。鉴定出鸟类的三个新记录，兽类的一个新记录和两个新亚种。首次提出珠峰东面的卡玛河谷和西面的绒辖河谷在动物地理区划上应属东洋区的见解，当时并未为人重视，现已被学术界普遍接受。

水文方面：

这一地区冰雪储量很大，初步探明，仅珠峰北坡补给绒布河的冰雪储量估计达160亿万，相当于200多个十三陵水库的总储量。通过对绒布河一年多的观测，提出该河河水主要靠冰雪融水补给，水位变幅小，流量变幅大，水量变化随气候而变化。在河水流量、含沙量和冰雪融融等项目初步了解冰川补给的河流水文特征。

高山生理方面：

该组为登山队员的医学保障，开展科学实验取得重要成绩，进山前让运动员在低压舱内作模拟急性缺氧实验，用心电图、脑电图等指标，观测运动员的耐缺氧能力和身体反应，到达模拟高度7000米者35例，8000米者32例，9000米者22例，9500米者2例，多数人达到本人耐受低氧的极限。这批实验资料的受试者多，高度高，测试指标多，都超过国外同期的文献资料。此实验观察到受试者的生理综合指标一般到8000米高度开始变差，而且断续供氧亦有较好效果，从而为我国制订高山用氧计划提供了参考建议，且事后认为切实可行。

当年受试队员在低压舱对低氧的耐受能力与本人随后的登山成绩参照基本一致，故认为可为今后作为登山前选拔高山队员的主要方法之一。

在登高山现场从5100～7000米对运动员的脉搏、血压、呼吸频率、体温、四肢皮肤温度、心脏听诊做了观测，在5100米大本营做了血项、心肺、X线检查。

在登山前后做了心电图、脑电图和心肺X线检查，这些指标的综合评定，对筛选运动员及保证健康都起了积极的作用。事后总结出一批论文，其中《高山缺氧时人体若干生理机能变化的研究及其应用》一文获1978年全国科学大会重要成果奖。《高至9500米的低压舱缺氧试验》一文于1980年在全国首届航天医学工程学术会议大会报告，1982年以德文发表在西德 *Leistungssport*（竞技体育）刊物上。

列举上述几个方面的工作，主要表达登山和科考相结合，科研人员为登山直接或间接提供了服务和支撑，登山运动员帮助科学考察也做了大量工作，作出了贡献。如登上顶峰的三位运动员忍受着零下30度的严寒，在严重缺氧和饥饿的情况下，从顶峰上采下9块岩石标本，具有很高的学术价值。有的运动员帮助搬运科学仪器；在冰川考察时为科考人员带路；配合高山生理研究，在模拟8000～9000米高度上，进行心电图、脑电图的实验；帮助采集高海拔地点上的标本样本，等等。充分体现了登山运动与科学考察相结合的精神，做到了相互促进，做到"双赢"，使登山运动更具有科学性、创造性。

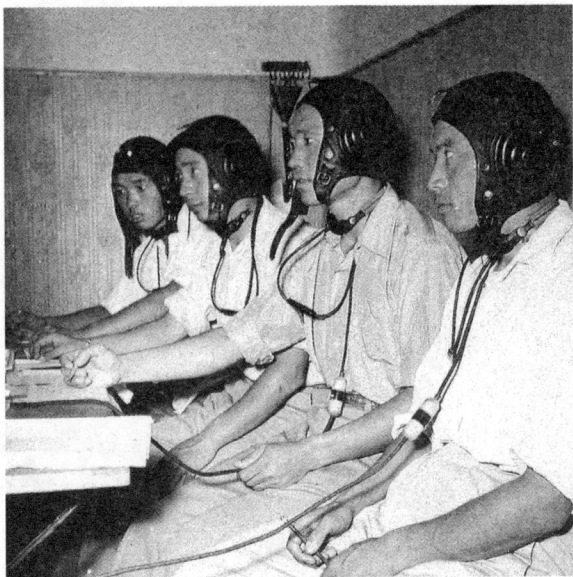

1958年在空军总医院低压舱内为登山运动员作模拟至8000～9000米的高空缺氧实验，左1、3为受试运动员张祥、初模孔；2、4为陪护医生翁庆章、乔居庠。

在首次珠穆朗玛峰登山科学考察的全过程中，已故的中科院竺可桢副院长始终给予很大的关注。1958年夏季的筹备会上，他代表科学院大力支持此项活动，每当科考队工作遇到困难，他总是亲自出面帮助解决。1959年底，科考队胜利完成总结工作时，他在院部接见全体考察队员，对考察成果的编写出版和标本的处理又作过多次指示。1960年8月他在青岛疗养时，接见了当时正在该地的部分登山队员和科考队员并一起座谈。1963年，竺副院长访问英国皇家学会时，介绍了我国首次登山和科学考察的丰硕成果，获得了英国朋友的高度评价。

岁月流逝，首次珠峰科学考察已过去半个多世纪，科考队员的功绩与精神仍在激励着人们去攀登科学技术高峰，"攀高峰"三个字就是从那时起才开始出现的新词汇。

二十八、尾声

中苏登山第四次会谈——处理留华物资

由于苏方未按协议执行计划,我方于1960年1月5日致函苏体联,称贵方代表建议1960年不进行攀登珠峰活动,将这一任务推迟到1961年或更晚的时期进行,鉴于上述原因,中苏双方原已议定的在1959年、1960年两年内共同攀登珠峰的计划,当时已经不可能执行。至于以后何时再行合作攀登珠峰的问题,可以另作议定。另外,为了攀登珠峰由苏联方面准备的一批高山装备与食品在1959年运抵后,尚存在我国境内,这批物资如果存放时间过久,将会变质和失去使用价值。因此,如果可能,我们希望能将这批装备与食品全部折价拨售给我们。

苏体联通过苏驻华使馆于(1960年)3月3日答复我体委称:"苏体联中央理事会可以满足你的要求,大部分装备、仪器、用具与食品都可以卖给你们。我们同意派代表去中国和你们商谈处理这批物资。"我方在此次谈话中,体委国际司司长张联华口头通知苏驻华一秘铁达林说,我国登山队将于今年春季试登珠峰。

1960年5月,中国登山队成功登上珠峰之后,7月15日张联华司长与苏使馆一秘桑飞楼见面，表达中国体委邀请苏联代表于8月间来华商谈留在我国苏方登山物资的处理问题，桑答应转达。

1961年苏体联代表，苏登山协会副主席库兹明于1月11日抵京（1月23日离京回国）。这次来京的任务比较单一，所以只来了一人，只是处理留华的物资，顺便谈谈今后登山的合作问题，我方与之会谈者为中国登山协会副主席史占春。

经协商，苏方决定将鸭绒装备、高山靴（鞋）、步行报话机、带望远镜头的照相机、气象仪器及部分私人小型电台带回去。将重约13吨的食品及全部煤气设备无偿移交给中方处理。将其余物资包括高山帐篷、金属装备（岩石锥、冰锥等）、氧气设备及大型电台，作价售给我们。

我外贸部一局程恩树局长和苏驻华商务处出口处处长戈尔沙阔夫参加了会谈中的谈定议价和办理交易手续。

苏方售于我方的物资总价为4万卢布，合人民币16万元。由两方的外贸部门办理交易及用外汇拨付。苏方需运回国的物资共计38件由我方在4月1日以前，运往中苏边境外贝加尔车站的奥德堡，运费由中方负担。至此，中苏合作攀登珠峰的有关事宜全部结束。

中苏再度合作攀登希夏邦马峰的愿望未能实现

1960年中国队登上珠峰后，苏联登山界就在向往希夏邦马峰了。1960年6月29日苏联体育报刊载了一篇短评，题为《最后一个8000米在等待着》。主题明确地指出："海拔8012米的世界最后一座8000米以上的高峰——希夏邦马峰完全位于中国境内，当世界上的其他13座8000米以上的高峰都先后为人类所征服之后，今天该轮到这个最后一座8000米的了。"

在1961年（第四次）会谈中，库兹明提出，苏联运动员希望与中国运动员共同攀登世界第十四高峰，这是当时世上唯一未被登过的8000米以上的高峰——希夏邦马峰（8012米），史占春回答说我们始终是愿意与苏方合作的，同时也表示"过去苏方曾提出共同攀登珠峰，但后来中途退出，其原因是什么，我们至今不能理解"。

其实1960年中苏未能合作登珠峰，史占春和库兹明都心知肚明，那就是苏联的高层领导不愿意看到中苏运动员并肩登山的场面出现在印度人面前。1960年我登山队登上珠峰一个多月后，6月17日库兹明给史占春的贺信中就提到："由于复杂的情况，使我们未能在一起手挽手地进行登山。……非常想了解（珠峰）最后300米是怎样克服的。……我们是否可以商量下一步的合作问题。"

为了促进中苏能继续合作登山，库兹明在第四次会谈期间曾两度请示苏驻华使馆，提出以苏联登山协会的名义邀请我登上珠峰的三位同志及史占春去苏访问并到各地作报告，我方估计这是对方为今后合作找机会。库还提出，要求在1961年能与中方共同攀登我国新疆境内的公格尔九别山（这是我方当时已内定在1961年由我女子登山队攀登的，并在稍后如期地完成了）。并提出他们1961年在高加索办登山学校时可帮我们培养一批登山教练，史表示感谢说这需要苏联体联的正式邀请。

几个月后，在1961年5月，由史占春、王富洲、周正（翻译）组成的中国登山代表团受苏联登山协会之邀访问了苏联，受到了友好接待，并在莫斯科和列宁格勒作了1960年中国登山队攀登珠峰的报告。在苏期间，苏方登山界又提出想与中方共同攀登希夏邦马峰的问题。我方认为还是应经过两国政府部门（至少是两国的国家体委）来商定，意思是由登山协会这类群体组织出面还不行。此事看来还是苏联登山界在积极努力，而苏政府部门方面始终未再出面，也就不了了之。

1964年5月2日，中国登山队成功登顶希夏邦马峰并进行了较大规模的科学考察，成为当年一件轰动全国乃至国际登山界、地理界的大事。因为那是地球上最后一座没有被人类登上过的超过8000米的高峰，当时很多外国队都想来单独登或和我国联合登，尤其是那个曾经在20世纪50年代指导过我们如何登山的苏联登山界，其帮助我们开展登山的潜台词就是想来中国登山。但是到了60年代，中苏关系已经严重恶化，无法实现了。由于希夏邦马峰整个山区都在我国境内，外国人来不了。这项任务就责无旁贷地落在中国登山队的身上。1963年，国家体委向国务院上报了《拟于一九六四年春季攀登希夏邦马峰的请示报告》，周恩来总理亲自审阅了报告的内容，用红笔在文件上做了多处记号、标注，并批示："安全第一，不鸣则已，一鸣惊人。"在那个英雄辈出的年代，为了祖国的荣誉，中国登山队出色地完成了这个为之自豪的任务。

我国登山队于1964年一举攀登希夏邦马峰登顶成功，至此不仅中苏合作的前景没有再出现过，就是在我国于80年代对外开放山区以来，也没有苏方人员再来华登山，因为当时的中苏关系仍很紧张，不具备交往的条件。而苏联登山队最终于1982年从尼泊尔的南坡登上了珠峰，这比他们最初想登上世界最高峰的愿望晚了23年。

结束语

从北坡登上从来还没有人到达的世界最高峰——珠穆朗玛峰峰顶，本来就是一件盛事。中苏双方原来商谈好组成中苏联合登山队共同攀登，并在1958年10—12月组成联合侦察组到珠峰北坡进行了考察。就在中苏登山队即将在拉萨集中会合之际，不幸在1959年3月10日西藏拉萨等地发生了武装叛乱。为了运动员的安全，中方提出暂停，待西藏时局好转后再登。当年10月西藏的叛乱已基本被控制，当地时局好转。于是中方通知苏方到北京商谈于次年（1960年）春，继续执行联合登珠峰计划，苏方同意来谈，但是启程日期就是定不下来，拖拖拉拉，反反复复，这中间经过13次联系，后来在使馆级的沟通下才来到北京，这种反复接洽的长过程，在外交上是颇为少见的，其中的原委就是苏方登山界仍在争取想来登山，而此时中苏分歧正在加深加剧，苏方的高层对此作了阻扰和干预，最后苏方决定1960年不来了。

苏联的出尔反尔倒给了中方动力，为了自力更生走自己的路，中方最终在中央的批准下，决定在1960年由中国登山队单独攀登珠峰，全队历尽险阻，努力拼搏，在付出一定伤亡的代价下（牺牲2人，冻伤30多人），终于在5月25日由王富洲等三人登上了峰顶，完成了人类首次从北坡登上珠峰的壮举。

中国登山队登上珠峰不仅是体育运动上的成就，它的意义远远超过了体育运动的范畴。它反映了中国人民不畏艰险、不惧打压、积极向上的进取精神。中国珠峰登山队有200多人，登顶者只有三人，其他人员都在各自岗位上各尽其责，200多人像叠起的金字塔，托起的只有三人。这就显示了登山队的团队精神。

中国登山队才成立五年就登上世界最高峰，这也要感谢苏联登山界的教练员和运动员的大力帮助，是他们给中国的现代登山运动启了蒙，又加以培训、合练和合登，共同侦察珠峰，为合登珠峰制定登山方案。苏联登山队1960年没有来，不是他们的本意，他们想来，但高层领导不同意，很可能是最高层。俗话说，买卖不成仁义在，中苏两国登山运动员的友谊还是长存的。1958年珠峰侦察组苏方成员菲里莫洛夫在书中提到："1962年1月30日在苏联登山联合会全会上，库兹明、别列斯基、菲里莫洛夫、科维尔科夫（中苏珠峰侦察组的三成员）被中国体委授予寄来的代表珠峰胜利的奖章及纪念画册。"从中国队登上珠峰后，苏联的媒体、体育界、登山界及登山队队员们纷纷发来贺信、贺电，媒体还给予高的正面评价。1961年还邀请史占春、王富洲赴苏作攀登珠峰的报告，这足以表达了苏联登山界的心意。然而，当时中苏的分歧依然存在，大的环境不行，中苏的登山合作就没有下文了。

笔者在写这一段文字时，正值2013年7月5~12日，中俄两国海军在日本海进行空前规模的联合军演，真使人感到往事并不如烟呀。

我们也感谢英国登山队，他们在1921~1938年从北坡攀登珠峰虽然没有成功，但他们对其经历作出了记录并大量报道。我们收集其中的书刊文献，翻译了30万字的文字材料，从他们的经历中我们吸取了经验，接受了教训，使我们少走了弯路。

最后，笔者引用郭超人（新华社西藏分社并派驻登山队的记者、后曾任新华总社社长）在1960年的一段话来结束本书。

全体登山队员把攀登珠穆朗玛峰的成功献给世界一切进步和爱好和平的人们，愿和平的力量像珠穆朗玛峰一样坚强而不可摧毁，愿世界人民的友谊像珠穆朗玛峰一样纯洁和永世长存。

后记

　　中国登山协会在本书的筹划及编写过程中给予了大力支持。国家体育总局文史工作委员会档案馆为写本书查阅重要的登山档案文献资料时提供了指引和支持。

　　本书在编写过程中，曾采访过登山队的老战友有：队长史占春、副队长许竞（兼侦察组组长）、刘连满、陈荣昌、王义勤、袁扬、桑吉、陈式文、刘广达、姚慧君等同志。

　　还和崔之久、张赫嵩、李长旺等开过座谈会，共同回忆登山期间的一些重要情节。2003年后，我和王富洲同志同住在一个小区，向他咨询请教的机会就更多些。

　　本书在撰写格式中，部分采用了日记式的叙述。除选用自己当年记下的日记外，还参阅了登山档案里1958年中苏侦察珠峰大事记的记录（这是由原体委登山处管文秘的胡琳同志根据侦察组的电报记载的）。我见到这两者在侦察珠峰期间所记载的事物在时间地点的一致，这使我有信心把这段经历作为史料传留下来并告诉读者。

　　在写侦察珠峰期间，我参阅了菲里莫洛夫1991年在俄罗斯《青年近卫军》刊物发表的《通往埃菲勒斯（珠穆朗玛）之路》一文。对此的俄文翻译，我请了国家田径队总教练黄健（他在苏联上的中小学及大学，1951年回国，其俄文水平比中文还高）帮助，由他口述，我记录了4000字的摘要。菲里莫洛夫还有一篇主绒布路线的侦察总结，我请华南师范大学的俄文教授胡思明（我高中的同学）译成了1000字的中文。我写作时也部分取材于这两项。如沿途及山上的温度和高度都是菲里莫洛夫所测。

　　1960年登珠峰时，中国和印度两队遭遇的天气问题，影响到登顶的成败。请中科院大气物理所的高登义研究员对此作了重要的评述。

　　本书侦察珠峰的图片大部分是菲里莫洛夫所拍，当年他曾寄给我8张，前些年恢复联系后，他说经多方查找又寄来10多张。鉴于我方人员对此的照片大都在"文革"中丢失了，所以很可能本书展示的为仅存的初到达珠峰的主要影像资料。李长旺、彭淑力两位提供了沿途及科考的照片。

　　1959年3月，拉萨平叛期间，新华社驻队记者张赫嵩拍下了叛匪走出布达拉宫投降及我和同事们在军管会哲蚌寺工作组的照片，也是登山队参加当年平叛活动的佐证。

　　1960年在珠峰，体育报记者陈雷生也到了六七千米的高度，拍下队伍攀登北坳和我在6400米营地为队员体检。还有些在七八千米高度的镜头是登山队员拍摄的，由于年代久远，记不起他们的姓名，都把他们归于登山队供稿。

　　对于上述各位提供的帮助，致以深切的谢意。

翁庆章　2016年冬

参考文献

［1］国家体育总局档案馆登山卷宗,1958,1959,1960.

［2］王鞠侯.大小高低.开明少年,1951（2）.

［3］中苏登山队侦察组.东绒布登北坳路线侦察总结,主绒布登北坳路线侦察总结,1958.

［4］林超.珠穆朗玛峰的发现与名称.北京大学学报,1958（4）.

［5］单超.雨过天晴——拉萨平乱两周日记.人民文学,1959（6）.

［6］中国珠穆朗玛峰登山队科学考察队.珠穆朗玛峰科学考察报告,科学出版社,1962.

［7］单超.布达拉宫的枪声.西安:陕西人民出版社,1982.

［8］杨勤业.漫步在祖国的高原上.北京:中国青年出版社,1983.

［9］王明业,刘肇昌.首次珠穆朗玛峰登山科学考察的回顾,1987.

［10］杨逸畴.中国的登山运动和高山科学考察.

［11］山地研究,1987,5（2）:65—72.

［12］中国登山协会中国登山运动史.武汉:武汉出版社,1993.

［13］吉柚权.白雪——解放西藏纪实.北京:中国物资出版社,1993.

［14］贺龙传编写组.贺龙传.北京:当代中国出版社,1993.

［15］中国登山协会.中国登山运动史.武汉:武汉出版社,1993.

［16］黄玉生.西藏地方与中央政府关系史.拉萨:西藏人民出版社,1995:569.

［17］廖东凡.雪域西藏风情录.拉萨:西藏人民出版社,1998.

［18］沈杰.我的足迹.上海:上海文艺出版社,2001.

［19］高登义.乐在珠峰湖南.北京:少年儿童出版社,2002.

［20］高登义.珠峰英雄传.中国科学探险,2005:28-43.

［21］高登义.亲近地球之巅.北京:民族出版社,2005.

［22］秦永章.日本涉藏史.北京:中国藏学出版社,2005.

［23］钟兆云.中国成立航空工业委员会,决心改变望"高"兴叹的现状.老年文汇报,2006-11-14.

［24］沈志华.中苏关系史纲新华出版社,2007.

［25］桂杰.揭秘中苏关系破裂真相作家文摘,2007,12.

［26］汉姆莱等著,王岩译.珠峰幽魂——揭开马洛里与欧文珠峰失踪之谜.汕头大学出版社,2007.

［27］王起秀.亲历1959年西藏平叛.百年潮,2008,10:52-58.

［28］刘连满.一个登山运动员的故事——刘连满自述,2008.

［29］王起秀.1959年斯特朗赴西藏采访.百年潮,2009,6:52-58.

［30］张小康.雪域长歌——西藏1949-1960.成都:四川人民出版社;北京:中共党史出版社,2014.

［31］崔佳.人类探险的历史.北京:中华工商联合出版社,2014.

［32］章明.我接触过的日本军用中国地图.作家文摘,2015,3.

［33］JohnHunt. Theascent of Everest Hodolerand Stoughton London,1953.

［34］Everest Historical Summary Mountain No.76Nov/Dec,1980:42~43.

［35］Norman Dyhrenfurth. Everest Mountain No.76 ,1980:30-39.

［36］Charles Clarke.Earlyexploration,climbinghistory1949-1974,Summary of attempts.Everest-Epicadventures.pp.10-13.Sackett&Marshall Limited,London,1978.

［37］Everest History.com.

［38］Л.Н.ФИЛИМОНОВ:ДорогаНаЭверест(菲里莫洛夫:通往埃佛勒斯之路).［俄］青年近卫军,1991,12.